# MORD MIT NUSSKROKANT

Jutta Mehler, Jahrgang 1949, hängte frühzeitig das Jurastudium an den Nagel und zog wieder aufs Land, nach Niederbayern, wo sie während ihrer Kindheit gelebt hatte. Seit die beiden Töchter und der Sohn erwachsen sind, schreibt Jutta Mehler Romane und Erzählungen, die vorwiegend auf authentischen Lebensgeschichten basieren, sowie Kriminalromane.

JUTTA MEHLER

# MORD MIT NUSSKROKANT

*Kriminalroman*

emons:

Lust auf mehr? Laden Sie sich die »LChoice«-App runter, scannen Sie den QR-Code und bestellen Sie weitere Bücher direkt in Ihrer Buchhandlung.

**Bibliografische Information der Deutschen Nationalbibliothek**
Die Deutsche Nationalbibliothek verzeichnet diese Publikation in der Deutschen Nationalbibliografie; detaillierte bibliografische Daten sind im Internet über http://dnb.d-nb.de abrufbar.

MIX
Papier aus verantwortungsvollen Quellen
FSC® C083411


Umschlagmotiv: Montage aus istockphoto.com/catnap72; mauritius images/foodcollection
Umschlaggestaltung: Nina Schäfer, nach einem Konzept von Leonardo Magrelli und Nina Schäfer
Umsetzung: Tobias Doetsch
Gestaltung Innenteil: César Satz & Grafik GmbH, Köln
Druck und Bindung: CPI – Clausen & Bosse, Leck
Printed in Germany 2019
ISBN 978-3-7408-0520-3
Originalausgabe



Dieser Roman wurde vermittelt durch die Aulo-Literaturagentur.

*Wenn Neid und Missgunst brennt wie Feuer,*
*so wär das Holz nicht halb so teuer.*
Hausinschrift in Siebenbürgen

# 1

Alles beim Alten. Alles wie früher. Wallys Himmelmutter und allen sonstigen Heiligen sei Dank.

Thekla warf der Agnes-Bernauer-Torte auf ihrem Teller einen liebevollen Blick zu, stach sie an und führte die Gabel zum Mund.

Wally hatte sich für Nusskrokant-Torte entschieden, Hilde für Gemüsecremesuppe mit Brunnenkresse. Alles wie früher. Ein Kaffeekränzchen wie in den Jahrzehnten vor Verbrecherjagd, Wagnis und Lebensgefahr.

Sie saßen an ihrem angestammten Fenstertisch im Café Krönner. Wally in einem neuen Blazer, von irgendeiner Boutique plappernd, die in Scheuerbach eröffnet hatte. Hilde mit säuerlicher Miene an ihrem Kräutertee nippend.

Ein Lächeln stahl sich auf Theklas Gesicht. Wie hatte sie dieses bewährte Bild vermisst, das längst verloren schien. Nun war es wieder da.

Ein kurzes Aufflackern vertrauter Panik ließ sie ängstlich um sich blicken, bis sie Gewissheit hatte, dass tatsächlich kein Schatten von Ali Schraufstetter auszumachen war, keine Spur von dem Kreisbrandrat mit seinem Riecher für Verbrechen.

Ihre Seelenruhe kehrte zurück. Sie ließ die Mandelmasse auf der Zunge zergehen, begann sich rundum wohlzufühlen.

Keine Rede von Mordermittlungen. Kein Anlass für Recherchen.

Sie schluckte genüsslich. Im Grunde unglaublich, wie oft sie bewiesen hatten, dass sie richtig gut darin waren, Verbrechen aufzuklären.

Thekla legte die Kuchengabel hin und begann verstohlen an den Fingern abzuzählen: Mit den Holzer-Blasen, die Hilde an den Beinen des toten Dichters aufgefallen waren, hatte alles angefangen. Kaum war der Fall geklärt, hatte Ali sie wegen einer Explosion auf der Feuerwache, die er nicht als Unfall abtun wollte, um Hilfe gebeten. Kurz darauf hatte er sie auf die höchst verdächtigen Umstände hingewiesen, unter denen eine junge Frau auf der Landesgartenschau ums Leben gekommen war. Dann … Thekla kam auf fünf Mordfälle, die sie, Hilde und Wally in den vergangenen Jahren gelöst hatten.

Eine beachtliche Leistung für drei alte Schachteln.

Nachdenklich stach sie wieder in ihr Tortenstück. Irgendwie auch wieder schade, dass das nun vorbei zu sein schien. Schade? Sie schüttelte entrüstet den Kopf über sich selbst. Wie könnte man bedauern, nicht regelmäßig in Lebensgefahr zu geraten?

»Ich muss gleich noch ins Reisebüro und einen Flug nach Bukarest buchen«, sagte Hilde und riss Thekla damit aus ihren Gedanken. »Mein Vetter Gustav wird am Samstag begraben.«

Thekla musterte sie verwirrt. »Versteh ich recht? Du willst nach Rumänien reisen, um an der Beerdigung eines Vetters teilzunehmen?«

Hilde nickte. »Gustl ist nach seiner Scheidung vor gut zehn Jahren in die alte Heimat zurückgegangen, nach Siebenbürgen. Genau genommen in ein Dörfchen namens Kleingude, das im Kreis Kronstadt liegt, Braşov, falls euch der rumänische Name von Kronstadt mehr sagt.«

Theklas Hirn mühte sich ab, diese erstaunlichen Informationen zu verarbeiten. Rumänien, das Siebenbürgische Becken, Transsilvanien. Hatte Hilde je erwähnt, dass ihre Familie von dort stammte und dass es da noch einen Vetter gab?

Ja, das hat sie, erinnerte Thekla sich vage.

Hilde hatte sogar Reisen nach Siebenbürgen erwähnt. Aber das schien lange her. Und hatte es je mehr als ein paar beiläufige Bemerkungen darüber gegeben? Hatte Hilde je mehr als ein paar nichtssagende Worte über diesen Vetter verloren?

Offenbar schon, denn Wally schien Bescheid zu wissen. Sie machte ein erschrockenes Gesicht. »Der lustige Gustl ist tot? Aber der war doch gerade mal sechzig, als er …« Sie scheute sich sichtlich, weiterzusprechen.

Hilde brachte den Satz für sie zu Ende. »… als er mit Wally

Maibier einen Rock 'n' Roll aufs Parkett gelegt hat. ›Tutti Frutti, all rooty‹, Elvis, wenn ich mich nicht irre.« Sie rümpfte die Nase.

Thekla hatte von dem Auftritt gehört und auch davon, wie Sepp Maibier ausgerastet war, nachdem man ihm die Sache zugetragen hatte. Er hatte Wally als liederlich und schamlos beschimpft.

Ausgerechnet Maibier, der es gerade nötig hatte, sich zum Moralapostel aufzuschwingen.

»Er ist ein Schwerenöter gewesen«, sagte Hilde und meinte zweifellos ihren Vetter.

»Und ein großer Säufer vor dem Herrn«, fügte Wally fast andächtig hinzu.

Zunehmend deutlicher stiegen in Thekla Erinnerungen an die Berichte auf, die Hilde und Wally damals über ihre Unternehmungen mit dem Vetter geliefert hatten, der aus Siebenbürgen angereist war.

Die drei hatten eine Schifffahrt auf der »Regina Danubia« gemacht und dabei eifrig dem prickelnden Prosecco zugesprochen, der auf dem Sonnendeck ausgeschenkt wurde. Sie waren in einer Gondel der Arber-Bergbahn zum Schutzhaus hinaufgeschwebt, wo sie unbedingt hochprozentigen Jagatee trinken mussten – zum Aufwärmen, weil da oben der Wind so kalt pfiff. Im Laufe der Woche, die für Gustavs Besuch in Niederbayern eingeplant war, hatten sie außerdem noch eine Bärwurz-Brennerei besucht, waren im Granzbacher Dorfwirtshaus beim »Alten Bier« gewesen und irgendwo privat bei einer Kräuterlikör-Verkostung.

Zweifellos hatten sie während der ganzen Zeit einen gehörigen Alkoholpegel aufrechterhalten. Doch all das wusste Thekla nur aus Erzählungen, denn sie selbst war während Gustavs Besuch mit Heinrich auf Hochzeitsreise gewesen.

Auch Hildes Gedanken schienen bei den Ausflügen mit ihrem Vetter zu verweilen, denn sie sagte halb bewundernd, halb missbilligend: »Die Siebenbürger Sachsen verstehen zu feiern.«

Soweit Thekla sich erinnerte, hatten die Besäufnisse nach »Tutti Frutti« ein jähes Ende genommen, weil Sepp Maibier seiner Frau jede weitere Beteiligung strikt verbot.

Schluss. Aus. Hausarrest. Kochen. Putzen. Wäsche waschen.

Da Gustavs Gastspiel in Niederbayern sich mit ihrer Hochzeitsreise überschnitten hatte, konnte Thekla sich ausrechnen, dass es exakt zwei Jahre und sechs Monate zurücklag. Und wie hatte Wally vorhin gesagt? »Aber der war doch gerade mal sechzig ...«

Hildes Vetter ist also nur knapp dreiundsechzig Jahre alt geworden, folgerte Thekla. Als sie sich fragte, was sie sonst noch über ihn wusste, gelangte sie zu dem Ergebnis: nichts. Hildes und Wallys Berichte hatten sich auf Gustavs Besuch hier beschränkt. Von dem Leben, das er ansonsten führte, war nie die Rede gewesen. Warum eigentlich nicht?

Vermutlich deshalb, gab sie sich selbst zur Antwort, weil Wally jedes Mal zu flennen anfing, wenn Gustavs Name auch nur erwähnt wurde. Sepp Maibier schien ihr das Über-die-Stränge-Schlagen nicht verzeihen und vergessen zu können. Noch Monate nach Gustavs Abreise schwelgte er in Groll und Entrüstung.

»Der Sepp ist ein Schweinehund«, hatte Hilde damals gesagt. »Der nimmt die ›Tutti Frutti‹-Chose doch bloß als Aufhänger, damit er Wally nach Strich und Faden sekkieren kann.«

Thekla hatte ihr entschieden recht gegeben, aber das hatte nichts daran geändert, dass Wally für ein paar unbeschwerte Stunden in vergnügter Gesellschaft heftig büßen musste.

Thekla legte die Kuchengabel auf den Teller, wandte sich Hilde zu und begann jene Fragen zu stellen, die vor zweieinhalb Jahren unterblieben waren. »Hattest du regelmäßig Kontakt zu diesem Vetter in Siebenbürgen? Warum ist er nicht schon vorher einmal zu Besuch gekommen? Warum hast du früher kaum über ihn gesprochen?«

Bevor Hilde antworten konnte, setzte sie hinzu: »Und wieso bezeichnet sich ein kleines Völkchen mitten in Rumänien eigentlich als ›Sachsen‹? Sind die Leute alle aus dem Erzgebirge, dem Vogtland und der Lausitz eingewandert?«

Hilde verneinte mit einem Auflachen. »Unser Freistaat Sachsen hat mit den Siebenbürger Sachsen so wenig zu tun wie Rübezahl mit Rüben.«

Thekla wollte gerade nachfragen, weshalb sie sich dann so nannten, da fuhr Hilde schon fort: »Der Volksstamm geht auf die ›Saxones‹ zurück. Das waren Siedler, die im Mittelalter dem Ruf des ungarischen Königs gefolgt sind und sich am Fuß der Südkarpaten niedergelassen haben. Dafür sind sie mit vielen Privilegien ausgestattet worden und haben Reichtum und oft auch Adelstitel erworben.«

Wally machte Kugelaugen. »Du und Gustl – ihr stammt von einem Edelmann ab?« Hilde verdrehte genervt die Augen, aber Wally ließ sich nicht beirren. »Da müsst ihr ja in Siebenbürgen noch eine Menge begüterte Verwandte haben.«

Das wagte Thekla zu bezweifeln.

Seit dem Mittelalter hatte es auf dem Balkan zahllose Kriege gegeben, die den Menschen dort, falls nicht gleich das Leben, so doch oft Hab und Gut gekostet hatten. Aber selbst wenn die Siebenbürger Sachsen jahrhundertelang gut davongekommen wären und reichlich Ländereien behalten hätten, musste nach dem Zweiten Weltkrieg mit Privatgrundbesitz endgültig Schluss gewesen sein.

Hilde bestätigte es. »1946 sind wir alle enteignet worden. Meine Eltern haben ihre Heimat schon bald nach dem Krieg verlassen und ihre Zelte in Niederbayern aufgeschlagen. Gustavs Familie kam erst etliche Jahrzehnte später nach Deutschland. Die Schengers sind aus unerfindlichen Gründen in Schwaig bei Nürnberg hängen geblieben.« Einige Augenblicke schwieg sie nachdenklich. »Bis zur Jahrtausendwende sind fünfundneunzig Prozent der sächsischen Bevölkerung aus Siebenbürgen abgewandert. Nur ein winziges, verarmtes und entrechtetes Häufchen ist zurückgeblieben. Nicht mehr als zwanzigtausend Seelen.«

Thekla runzelte die Stirn. »Seelen?«

»Die Zahl stammt aus dem Kirchenregister«, erklärte ihr Hilde, »erfasst also nur getaufte Gotteskinder. Die Abweichung von der tatsächlichen Anzahl dürfte allerdings unwesentlich sein.«

Zwanzigtausend Seelen, die sich an ihre Heimat klammerten und von Zeit zu Zeit sogar Zuwachs bekamen, weil der eine oder andere Aussiedler zurückkehrte und in der alten Heimat Fuß zu fassen versuchte.

»Gustav hatte sich in Deutschland ein gut gehendes Geschäft aufgebaut«, erzählte Hilde. »Mit fünfzig hätte er kürzertreten – ach, was sag ich, er hätte privatisieren können. Aber er musste ja noch mal neu anfangen.« Sie verdrehte einmal mehr die Augen. »Und das ausgerechnet im Burzenland. Ich habe bis heute keinen Schimmer, was ihn zurück ins Siebenbürger Becken getrieben hat. Das Leben in Rumänien ist doch mit dem in Deutschland oder Österreich überhaupt nicht zu vergleichen.« Nach einer kleinen Pause fügte sie hinzu: »Man muss allerdings einräumen, dass sich die Lage der Siebenbürger Sachsen in letzter Zeit entschieden gebessert hat, was daran liegen mag, dass Staatspräsident Johannis einer von ihnen ist.« Sie verstummte und sah aus dem Fenster.

Thekla hörte Wally etwas vor sich hin murmeln und neigte sich ihr zu, um verstehen zu können, was sie sagte.

»... Rock 'n' Roll mit mir getanzt ... Jagatee, Bärwurz und Doppelbock mit mir getrunken ... Ein Windbeutel gewesen ... Aber dass er sich in so kurzer Zeit zu Tode säuft, hätte ich nicht ...«

Offenbar war auch Hilde auf Wally aufmerksam geworden, denn sie sagte auf einmal scharf: »Er hat sich nicht zu Tode gesoffen. Medizinisch gesehen zumindest. Allerdings könnte er noch leben, wenn er nicht zu beduselt gewesen wäre, um sich in Sicherheit zu bringen, als seine Bude Feuer fing.«

»Der Gustl ist verbrannt?«, rief Wally entsetzt. »Aber wie konnte das passieren?«

»Ich weiß es nicht. Allerdings habe ich vor, es herauszufin...« Hilde brachte den Satz nicht zu Ende, starrte plötzlich unverwandt auf Wally, dann auf Thekla. Plötzlich lachte sie laut auf. »*Wir* werden das herausfinden.« Sie schlug mit der flachen Hand auf den Tisch. »Und deshalb werde ich im Reisebüro nicht einen, sondern drei Flüge buchen.«

Thekla seufzte schwer. Wie hatte sie auch nur eine Sekunde lang denken können, die turbulenten Zeiten des Detektivspielens wären Knall auf Fall vorbei?

»Jawohl«, bekräftigte Hilde ihren Entschluss. »Ich werde drei Flüge buchen. Für morgen und für so früh wie möglich.«

Wally hatte mit aufgerissenen Augen zugehört. »Du meinst, Thekla und ich sollen morgen mit dir nach Bukarest fliegen?«

Hilde tat, als wäre es längst ausgemacht. »Von da müssen wir mit dem Wagen weiter nach Kleingude.«

Als Wally versuchte, zu Wort zu kommen, starrte Hilde sie nieder. »Bei Kaffee und Kuchen im Krönner werden wir wohl kaum erfahren, wieso mein Vetter zu Tode kommen musste.«

In Wallys Augen traten Tränen. »Aber du kennst doch meinen Sepp. Er wird auf keinen Fall –«

Hilde ließ sie nicht ausreden. »Um deinen Mann soll sich Heinrich kümmern. Er muss ihm die Sache halt irgendwie schmackhaft machen. Wenigstens so weit, dass er dich weglässt.«

Thekla schloss einen Moment lang die Augen und konzentrierte sich auf ihren Atem. Das tat sie in letzter Zeit oft. Es half ihr, gelassen und distanziert zu bleiben, bewahrte sie in vermeintlichen oder wirklichen Gefahrensituationen davor, zu hyperventilieren.

So ist Hilde nun mal, dachte sie nüchtern. So ist sie immer schon gewesen. Springt mit Leuten um wie mit Spielfiguren und verlangt, dass alle nach ihrer Pfeife tanzen. Es stört sie nicht, Wally eine Ehekrise zu bescheren, es stört sie nicht, uns alle drei in ein rumänisches Kaff zu verpflanzen. Für wie lange eigentlich?

Thekla argwöhnte, dass ihre Aufenthaltsdauer in Kleingude vom Fortgang der Recherchen abhing, die Hilde anzustellen gedachte. »Gibt es denn irgendetwas Konkretes, das dich auf den Gedanken gebracht hat, hinter Gustavs Tod könnte mehr stecken als ein Unglücksfall?«, fragte sie.

»Hm«, machte Hilde. »Ich habe im Internet einen Bericht über den Brand gefunden. Die Siebenbürgische Zeitung hat ein Onlineportal. Fotos von der Brandstelle gab es auch …«

Sie musste nicht weiterreden. Thekla wusste es schon: Hilde hatte die Fotos an Ali übermittelt, und Ali hatte wieder einmal Übles geschwant.

Ali Schraufstetter, dachte sie. Man sollte dir den Hals umdrehen. Als ob es nicht gereicht hätte, uns in Niederbayern auf Verbrecherjagd zu schicken. Muss es jetzt auch noch im Ausland sein? Rumänien! Heiliger Birnbaum.

Was Heinrich wohl zu dem Vorhaben zu sagen hatte? Würde er strikt dagegen sein? Die Sache als völlig irrsinnig erklären?

Es wäre ihm nicht zu verdenken.

Hatte er es nicht schon als viel zu riskant befunden, im eigenen Landkreis auf Spurensuche zu gehen, Leute auszuhorchen und in fremden Wohnungen herumzuschnüffeln?

»Also abgemacht«, sagte Hilde soeben diktatorisch und warf einen schnellen Blick auf ihre Armbanduhr. »Morgen um diese Zeit werden wir schon im Burzenland sein.«

Thekla fuhr erschrocken zusammen, als von Wally ein leises Lachen kam. Hatte sie einen Schock erlitten?

»Burzenland.« Wally kicherte albern. »Das klingt nach Zwergen und nach Wichtelmännchen und nach verkrüppelten Tannen …«

Hilde warf ihr einen gereizten Blick zu. »Es klingt einzig und allein nach dem Namen des Bergbaches, der vom Königstein herunterkommt und Kleingude in zwei Hälften zerlegt. Der Bach heißt auf Rumänisch Bârsa. Die Siebenbürger Sachsen nennen ihn Burzen, sie haben …«, unversehens wurde ihr Gesichtsausdruck milde, geradezu verträumt, aber fast sofort legte sich ein spöttischer Zug darüber, »… seine Gestade viel besungen.«

»Mein Burzenland, mein Heimatland, mein allerliebstes Vaterland«, riet Thekla.

Hildes vorübergehende Gemütsbewegung mochte ein Trugbild gewesen sein. Ihre Lippen kräuselten sich mokant. »So ähnlich.«

»Ich erinnere mich. Oh ja, jetzt fällt es mir wieder ein«, sagte Wally eifrig. »Gustl hat uns das Lied ja vorgetragen.« Sie begann zu summen und schließlich zu singen:

»Burzenland, oh du Heimaterde,
du bist so wunderschön,
möcht' nie von dir gehn.
Burzenland, oh du Heimaterde,
du mein liebstes Plätzchen auf der Welt.«

Thekla musste grinsen. Typisch für Wally, sich so eine Schmalzhymne zu merken. Erstaunlich war allerdings, dass offenbar auch Hilde den Text noch im Kopf hatte. Sie hatte die Worte zwar lautlos, aber einwandfrei mitgesprochen.

Thekla begann darüber nachzugrübeln, wie viel für Hilde diese ferne Region bedeutete, der sie entstammte, in der sie jedoch nicht geboren, geschweige denn aufgewachsen war.

Nichts bedeutet sie ihr, hätte sie Hilde noch vor wenigen Minuten unterstellt, denn sie hatte in all den Jahrzehnten, die sie sich kannten, kaum ein Wort darüber fallen lassen.

Warum?, das hätte Thekla gern gewusst, aber so direkt wollte sie nicht fragen.

Schließlich sagte sie: »Bist du mit deinen Eltern oft zu Besuch in der alten Heimat gewesen?«

Hilde machte eine abwehrende Geste. »Unter Ceaușescu? Wie stellst du dir das denn vor?«

Gar nicht, dachte Thekla. Woher sollte ich eine Vorstellung davon haben?

»Ceaușescu hat nach dem Muster ›Big Brother is watching you‹ geherrscht«, erklärte Hilde. »George Orwell. Erinnerst du dich? ›1984‹. Haben wir in der Mittelstufe gelesen. Seine

Augen und Ohren hat die berüchtigte Geheimpolizei Securitate verkörpert. Zweiundzwanzig Jahre lang hat sie Rumänien in Angst versetzt.«

»Und nach Ceaușescu?« Thekla stellte die Frage, obwohl sie nicht recht wusste, ob Hilde über ihre Verbindung zur Heimat ihrer Altvorderen reden wollte. Das Thema schien ihr gleichzeitig lästig und willkommen zu sein.

Hilde malte mit ihrem Löffel einen Galgen in den grünlichen Belag, der von ihrer Gemüsesuppe auf dem Tellerboden zurückgeblieben war. »Ceaușescu ist Ende '89 von einem Militärgericht zum Tode verurteilt und erschossen worden. Seitdem verfolgt Rumänien angeblich einen demokratischen Kurs und gibt vor, sich nach Westen zu orientieren. Aber was man so hört …« Sie ließ den Rest des Satzes offen.

Thekla erinnerte sich, wie die Medien in den neunziger Jahren über die Zustände in Siebenbürgen berichtet hatten und wie daraufhin in ihrem früheren Wohnort Moosbach ein Rumänienhilfe-Verein gegründet worden war. Ehrenamtliche Helfer hatten alles gesammelt, wovon die Moosbacher sich trennen konnten: Kleidung, Schuhe, Geschirr, Spielsachen … Sie und ihr Bruder hatten meist Verbandszeug aus ihrer Apotheke beigesteuert sowie Babybrei, Fläschchen samt Sauger und Fieberzäpfchen. Das örtliche Busunternehmen hatte einen Transporter zur Verfügung gestellt, den die Burschen vom Schützenverein bis oben vollgeladen und via Österreich und Ungarn nach Rumänien gekarrt hatten.

Theklas Gedankengang brach ab, als sie Hilde sagen hörte: »… aber die Lage hat sich in den letzten Jahren allmählich gebessert – politisch und überhaupt, und dank der Rückkehrer kommt die Sache der Siebenbürger Sachsen irgendwie in Schwung. Als Gustl zu Besuch war, hat er nicht nur Rock 'n' Roll getanzt und gesoffen. Er hat auch einiges erzählt. Dass heutzutage in Siebenbürgen eine Zeitung in deutscher Sprache erscheint beispielsweise, dass es in Buchhandlungen Bücher in deutscher Sprache gibt und dass am Honterusgymnasium in Kronstadt die Unterrichtssprache Deutsch ist. Was für ein Fortschritt, wenn man bedenkt, wie es nach dem Krieg für die Leute dort aussah.«

Es erschütterte Thekla geradezu, wie wenig sie über Hildes Familie und deren ehemalige Heimat wusste. Sie hatte nie wirklich realisiert, dass Hildes Eltern nicht seit jeher in Granzbach sesshaft gewesen waren.

Verwirrt fragte sie sich jetzt, ob in Hildes Geburtsurkunde tatsächlich »Granzbach« stand oder etwa »Kleingude« oder irgendein Ort dazwischen, in dem sie unterwegs zur Welt gekommen war.

»Rumänien, speziell Siebenbürgen, ist kein Land, das Reiseveranstalter besonders anpreisen«, sagte Hilde. »Aber in den letzten Jahren hat der Tourismus trotzdem stetig zugenommen. Hermannstadt ist inzwischen vielen ein Begriff, auch von Kronstadt hat man wohl schon läuten hören. Transsilvanien sagt natürlich jedem was, der schon mal einen Dracula-Film gesehen hat.«

Vor Theklas innerem Auge tauchten Bilder eines Schlosses auf, dessen Türme und Türmchen in dichtem Nebel nur undeutlich zu erkennen waren; das geisterhaft auf einem hohen Felsen thronte und einen frösteln ließ; das umgeben war von dunklem Wald, in dem Wölfe und Bären hausten und Vampire ihr Unwesen trieben.

Hastig schüttelte sie die Vision ab. Das war die Hollywoodversion von Siebenbürgen. Wie mochte das Ländchen im Karpatenbogen in Wirklichkeit aussehen?

»Dabei ist Siebenbürgen eigentlich wie geschaffen für Reiseprospekte«, hörte sie Hilde halb spöttisch, halb schwärmerisch sagen. »Sonnenbeschienene Bergflanken, gemütliche kleine Dörfer, leise murmelnde Bäche, Schafherden und ihre Schäfer und auf allen Wegen Pferdefuhrwerke, die von schnauzbärtigen Kerlen gelenkt werden.«

Thekla sah sie verwundert an. Wo hatte Hilde solche Eindrücke her? Aus Erzählungen ihrer Eltern? Aus Büchern und Magazinen? Oder aus eigener Sicht?

Wie viele Reisen hatte sie – irgendwann nach Ceaușescu –

nach Siebenbürgen unternommen? Wo hatte sie während ihrer Aufenthalte gewohnt?

Thekla wollte noch mal auf das Thema zurückkommen, wurde jedoch daran gehindert, weil Wally sagte: »Gustl hat mir ein paar Bilder gezeigt, als er zu Besuch da war. Von seinen Milchschafen, seinem Schnapslager und von seinem Dorf. Ich habe die Häuser nicht gezählt, aber mehr als ein Dutzend können es nicht sein. Meint ihr nicht auch, dass es schwierig werden könnte, in so einem kleinen Nest eine Übernachtungsmöglichkeit zu finden?«

Hilde grinste. »Die Villa Bavaria hast du nicht zu sehen bekommen?« Sie wartete Wallys Antwort nicht ab. »Seltsam. Gustl war so stolz auf sein Hotel. Und da werden wir auch wohnen.«

Thekla fragte sich besorgt, wie diese »Villa« im rumänischen Hinterland wohl aussehen mochte.

# 2

Am Bukarester Flughafen Henri Coandă wurden sie bereits erwartet.

Wäre ja noch schöner, wenn Alina nicht dafür gesorgt hätte, dass wir abgeholt werden, dachte Hilde.

Der Mann, der sich ein Schild mit der Aufschrift »Hilde Westhöll« vor die Brust hielt, als hätte er für ein erkennungsdienstliches Foto Aufstellung genommen, war gut in den Fünfzigern, klein und stämmig. Hilde erkannte ihn sofort, obwohl es etliche Jahre her war, seit sie ihn das letzte Mal gesehen hatte. Sie besann sich sogar auf seinen Namen: Ion.

Ion hatte sie und Eckbert vom Flughafen abgeholt. Dreimal insgesamt.

Für Hilde war Gustavs Einladung anlässlich der Eröffnung seines Hotels seinerzeit überraschend gekommen. Und noch heute staunte sie darüber, dass sie damals tatsächlich nach Siebenbürgen gereist war. Ursprung, Wurzeln, Heimat, Altvordere – sie hatte sich nie dafür interessiert und war überhaupt nicht scharf drauf gewesen, die wenigen Urlaubstage, die sie sich gönnte, in Kleingude zu verbringen. Sie hatte weder eine Verbundenheit mit Siebenbürgen gespürt noch mit Vetter Gustav, zu dem der Kontakt über die vergangenen Jahrzehnte hinweg zwar nie abgerissen, aber auch nicht wirklich gepflegt worden war.

Eckbert war die treibende Kraft gewesen. Er hatte sie kontaktiert, hatte sich ihr als Gustavs Schulfreund vorgestellt, der wie ihr Vetter in den 1970er Jahren sein Heimatland verlassen und in Deutschland Fuß gefasst hatte. Er hatte ihr gesagt, dass er Gustavs Einladung sehr, sehr gerne annehmen würde, aber seines Gesundheitszustandes wegen nicht wage, allein zu reisen. Er hatte sie – mühsam genug – zu jener ersten Reise überredet, auf der sie dann verblüffenderweise jede Minute genossen hatte.

Der Grund dafür war hauptsächlich Eckbert gewesen, bei dem sie (eingebildete oder tatsächliche) Ähnlichkeiten zu ihrem früh verstorbenen Mann Gregor entdeckte. Und so blieb es nicht aus, dass sie sich mehr und mehr zu ihm hingezogen fühlte.

Hätte allerdings jemand zu sagen gewagt, sie hätte sich in ihn verliebt, dann würde sie diese Unterstellung entrüstet von sich gewiesen haben. Sie fand es einfach wohltuend und angenehm, mit Eckbert zusammen zu sein. Zwischen ihnen herrschte eine Nähe, die ihr seit dem Tod ihres Mannes schmerzlich gefehlt hatte. Aber verliebt war Hilde ganz bestimmt nicht.

Eckbert schon. Bis über beide Ohren hatte er sich vernarrt: in Gustavs Schafe, in die Hügel, auf denen sie grasten, in die Kerle, die sie hüteten, sogar in die Wildtiere, die sie bedrohten. Ins Burzenland, wie es leibte und lebte. Als der Aufenthalt zu Ende ging, nahm er Hilde das Verspechen ab, im nächsten Sommer wieder eine Woche gemeinsam mit ihm in Gustavs Hotel zu verbringen. Sie gab es gern.

So kam es, dass Hilde und Eckbert drei aufeinanderfolgende Sommer nach Kleingude reisten. Einen Monat bevor sie ein viertes Mal ins Burzenland aufbrechen konnten, starb Eckbert an seiner Herzschwäche, und damit war Kleingude für Hilde erledigt. Zurück blieb eine bittersüße Erinnerung an Kräuterschnaps und Nusslikör, an Zwetschgenwasser und Himbeergeist, Schluck für Schluck ausgekostet, während über den Karpatengipfeln die Sonne unterging.

Ion, der Aromune aus der Dobrudscha, war schon damals Gustavs Faktotum gewesen. Er hatte kein Wort Deutsch gesprochen, und daran hatte sich offenbar nicht viel geändert.

Heftig gestikulierend führte er die drei Damen zu einem Kleinbus mit der Aufschrift »Villa Bavaria« und scheuchte sie hinein. Ihr Gepäck verstaute er auf der Rückbank.

Hilde, Thekla und Wally schienen seine einzigen Fahrgäste zu sein, und Hilde fragte sich, wie Gustavs Villa Bavaria zurzeit wohl ausgelastet war. Besonders groß konnte der Andrang nicht sein, wenn außer ihnen keine weiteren Gäste angereist waren. Allerdings würde die Maschine, mit der sie geflogen waren, nicht die einzige sein, die an diesem Tag in Bukarest landete.

Für einen richtigen Touristenansturm war es aber ohnehin noch viel zu früh im Jahr. Auf den Bergen lag noch Schnee, und in den Städten war es zu kalt, um in Straßencafés oder auf Parkbänken zu sitzen.

Erstaunt spürte Hilde eine leise Sehnsucht, die sich wie unterschwelliger Zahnschmerz anfühlte, als sie an längst vergangene Sommertage mit Eckbert dachte: bei einem Kaffee in Kronstadt im Schatten der schwarzen Kirche, bei Wein und Käse in Bran am Souvenirmarkt, bei einer Brotzeit aus dem Rucksack in den Hügeln um Kleingude, wo das Gras sich mangels Regen schon im Juni braun färbte, oder einfach auf der Terrasse des Hotels.

In Erinnerungen versunken lehnte sie sich in ihren Sitz zurück, machte die Augen zu und versuchte, das Motorengeräusch auszublenden. Warum hatte sie immer nur diese eine Woche mit Eckbert hier verbracht und sich den Rest des Jahres über von der Sorge ums Bestattungsinstitut auffressen lassen, die völlig umsonst gewesen war? Vor allem nachdem ihr Neffe Rudolf den Betrieb übernommen hatte, hätte sie sich um überhaupt nichts mehr kümmern müssen. Sie und Eckbert hätten zusammen …

Theklas Stimme rief sie in die Gegenwart zurück, drang in ihr Bewusstsein und machte ihr klar, dass ihre beiden Gefährtinnen mit Informationen versorgt werden wollten. Ihr zuliebe hatten sie sich geradezu überstürzt auf diese Reise begeben, ohne zu wissen, wie sie verlaufen, und ohne eine Vorstellung von der Gegend, in die sie sie führen würde. Alles war viel zu schnell gegangen, als dass vor der Abfahrt Zeit dafür gewesen wäre, die beiden darüber zu unterrichten, was sie erwartete.

Widerwillig schlug Hilde die Augen auf. »Wir werden sicherlich gut fünf Stunden unterwegs sein.«

Nachdenklich blickte sie aus dem Fenster. Der Kleinbus

hatte das Flughafengelände längst verlassen und befand sich nun auf dem Zubringer zur mehrspurigen Fahrbahn Richtung Hauptstadt. Rund um Bukarest unterschied sich das Verkehrsnetz kaum von dem anderer europäischer Länder. Aber bereits wenige Kilometer weiter nördlich, östlich oder westlich sah die Sache ganz anders aus.

Ion blinkte und fädelte sich in den dicht fließenden Verkehr ein.

»Die ersten fünfzig Kilometer werden wir noch auf der Autobahn oder einer Schnellstraße fahren können«, erläuterte Hilde. »Dann wird es – milde ausgedrückt – ländlich. Die Straßen sind schmal und kurvig, ab Kronstadt regelrecht schäbig und voller Schlaglöcher. So war es jedenfalls früher, und ich fürchte, dass sich daran nichts geändert hat.«

»Wie oft bist du schon in Kleingude gewesen?«, fragte Wally.

Seit sie gelandet waren, füllten Eckbert, Kleingude und alles, was dazugehörte, ihr gesamtes Denken aus, sodass Hilde nicht lange nachrechnen musste. »Dreimal. In den Jahren 2010, 2011 und 2012. Immer zusammen mit Eckbert. Habe ich ihn nie erwähnt? Eckbert war ein Schulfreund von Gustav. Er kam aus dem Nachbardorf. Für August 2013 hatte uns Gustav im Januar schon Zimmer reserviert. Im April hatte Eckbert den ersten Infarkt. Der zweite – im Juli – hat ihn dann umgebracht.«

Sie merkte selbst, wie gepresst ihre Stimme klang. Eckberts Tod hatte sie damals schwer getroffen, schmerzte sie noch immer, was sie sich jedoch bis heute niemals eingestanden hatte.

Sie räusperte sich, um ihre Stimme zu klären. »Gustav ist 2007 ins Burzenland zurückgekehrt. Als die Villa Bavaria drei Jahre später kurz vor der Eröffnung stand, hat er Eckbert und mich eingeladen. Wir beide sind die ersten offiziellen Hotelgäste gewesen.«

Hastig schob sie eine wehmütige Reminiszenz an die einvernehmliche Stille beiseite, in der sie und Eckbert am Abend vor der Ankunft weiterer Gäste im Mondschein auf der Terrasse der Villa Bavaria zusammengesessen hatten. Mit Mühe gelang ihr ein nüchterner Ton. »Der Betrieb lief gut, so gut, dass sich Gustav ein Privathäuschen bauen lassen konnte und nicht länger in dem kleinen Appartement im Dachgeschoss des Hotels wohnen musste. Die Mansarde hat er dann Ion überlassen.«

Sie machte eine kurze Pause, um sich zu sammeln, die Thekla für eine Zwischenfrage nutzte. »Wenn ich alles richtig mitgekriegt habe, dann müsste der Brand im Privathaus ausgebrochen sein. Liegt oder besser lag es in der Nähe des Hotels?«

Der Anflug eines Lächelns umspielte Hildes Lippen. »Das Grundstück für sein Zuhause hat Gustav sehr sorgfältig ausgesucht. Es liegt auf der Kuppe des Sonnenhügels und ist von der Villa Bavaria weit genug entfernt, um die Hotelgäste wie Stummfilmfiguren wirken zu lassen, liegt dabei aber so günstig, dass er alles im Blick hatte. Das Hotel, die Nebengebäude, die Zufahrt, sogar das Winterquartier der Schafe …«

Sie unterbrach sich, weil sie einen Seufzer ersticken musste.

Vielleicht hätte sie nach Eckberts Tod doch noch mal herkommen sollen. Gustav hatte sie auch danach noch regelmäßig eingeladen, aber sie hatte ebenso regelmäßig abgesagt. Ohne Eckbert nach Kleingude zu reisen, war ihr irgendwie unpassend erschienen. War nicht er es gewesen, der das Burzenland für sie erst zum Leben erweckt hatte?

»Hotel, Privathaus, Nebengebäude, Schafställe. Dein Vetter muss es ja in seiner alten Heimat zu einigem Wohlstand gebracht haben«, hörte sie Thekla sagen.

Der unebene Straßenbelag verzerrte Hildes Nicken zu einem achterförmigen Schlingern. »Gustav war der geborene Unternehmer. Er hätte es überall auf der Welt zu etwas bringen können. Den Beweis dafür hat er schon als junger Kerl geliefert. Kaum in Franken angekommen, hat er sich als Erstes nach einem lukrativen Geschäftsmodell umgesehen, hat dann zielsicher zugeschlagen, und bald gab's ›Gustl's Imbiss‹ an jeder Ecke in und rund um Nürnberg.« Sie schmunzelte halb spöttisch, halb bewundernd. »›Bratworscht im Weggla‹. Die fränkische Antwort auf Hamburger und Co.«

Hilde hatte Gustavs Geschäftstüchtigkeit stets großen Beifall gezollt. Gegen ihn waren sie und ihr Mann – florierendes Bestattungsinstitut hin oder her – Stümper gewesen.

Gustav hätte ein riesiges Bratwurstimperium haben können, wenn ihm daran gelegen gewesen wäre. Aber aus Profit hatte er sich nichts gemacht. Das war sein Schwachpunkt gewesen. Sobald ein Geschäft genug einbrachte, verlor er das Interesse daran, wandte sich anderen Dingen zu, suchte neue Herausforderungen. Gustl war unbeständig und flatterhaft gewesen. Daran war die Ehe mit Margot zerbrochen. Ob ihm das manchmal leidgetan hatte? Hilde wiegte den Kopf. Schwer zu sagen. Aber warum hatte er einen – im wahrsten Sinne des Wortes – derart großen Schritt getan und war nach Rumänien zurückgekehrt? Um Margot vergessen zu können?

Vielleicht hing er ja stärker an seiner Frau, als er es selbst für möglich gehalten hat, sagte sie sich. Margot hat ihm gefehlt, die Bratwürste nicht. Im Gegenteil, Hilde musste grinsen, er hatte sie im wahrsten Sinne des Wortes satt.

Ihr fiel ein, dass sie mit Eckbert sogar einmal darüber gesprochen hatte, weshalb Gustav sich die alte Heimat für seinen Neustart ausgesucht habe. Gustl sei ein Abenteurer mit Hang zu Schwärmerei und Kapriolen, hatte Eckbert gesagt und sicherlich recht gehabt. Aber musste ihr Vetter deshalb im Burzenland ein Touristenhotel bauen und in den Hügeln drum herum Schafe züchten?

Hilde hatte sich manchmal gefragt, wie sich beides miteinander vertrug. Erstaunlicherweise schien sowohl das eine wie das andere zu florieren.

Aber – darin war Hilde sich sicher – Gustav wäre nie ins Burzenland zurückgekehrt, hätte er nicht einige wichtige Voraussetzungen dafür mitgebracht.

Erstens hatte er die rumänische Sprache noch immer fließend beherrscht. Zweitens hatte er Freunde in der Gegend. Drittens kannte er jedes Fleckchen Erde im Karpatenbogen.

Und viertens, der wichtigste Punkt: Gustav wusste mit dem Amtsschimmel umzugehen.

Ihr Vetter war fast erwachsen gewesen, als seine Familie in den Siebzigern mit einer der großen Auswanderungswellen aus Siebenbürgen weggespült worden war und bald darauf zu Landsleuten stieß, die schon Jahrzehnte zuvor im Fränkischen gelandet waren. Dank der rumänischen Sprache, die er in Wort und Schrift nicht nur fehlerfrei beherrschte, sondern auch elegant anzuwenden vermochte, kam er schnell in den Ruf, unentbehrlich zu sein, wenn Papierkram mit rumänischen Behörden zu erledigen war. Er reichte Gesuche ein, füllte Formulare aus, verfasste Widersprüche, beantwortete Anfragen. All das lehrte ihn, wie in rumänischen Ämtern der Hase lief und wie man mit den rumänischen Bürokraten am besten zurande kam.

Für die Rückkehr waren seine Erfahrungen ein solider Grundstock, und sie erlaubten ihm, einen Coup zu landen, der bis dato kaum einem anderen Siebenbürger Sachsen gelungen war.

Zu Hildes enormer Verblüffung hatte Gustav es geschafft, einen großen Teil der nach dem Krieg konfiszierten Grundstücke seiner Eltern von der rumänischen Regierung zurückübereignet zu bekommen. Offenbar handelte es sich um viele Hektar Land in und um Kleingude. Hilde hätte neidisch werden können, denn auch ihre Familie war damals enteignet worden. Sie hätte ebenfalls – eventuell mit Gustavs Hilfe – versuchen können, das Land ihrer Eltern, das sich an den Hängen des Königstein befunden hatte, zurückzugewinnen. Aber ihr lag nicht das Geringste daran. Was hätte sie mit solch unwegsamem Gelände denn anfangen sollen? Schafe darauf weiden lassen? Gott bewahre. Bebauen? Unmöglich. Brach liegen lassen? Wozu?

Land nur um des Besitzes willen zu vereinnahmen – ganz zu schweigen davon, dass bei der Sache ein riesiger Batzen Schmiergeld angefallen wäre – schien ihr …

»Plemplem«, sagte sie leise.

»Was ist denn aus den Bratwürsten geworden, als dein Vetter nach Siebenbürgen zurückgekehrt ist?«, schnitt Theklas Stimme in ihre Gedanken.

Hilde zog ein Gesicht. »Scheidungskinder.« Theklas verständnislose Miene bewog sie zu präzisieren: »Gustav hat auf das Sorgerecht verzichtet, die Wörscht sind bei Margot geblieben.«

Der Schlussstrich, den Gustav gezogen hatte, war offenbar endgültig gewesen.

»Ist sie auch eine Siebenbürger Sächsin?«, fragte Wally.

»Margot?« Hilde musste lachen. »Margot fränkelt wie Herbert Hisel, Gott selig. Und blödeln kann sie genauso gut. Wenn die Margot am Christkindlesmarkt in der Verkaufsbude steht, verdoppelt sich der Umsatz von einer Minute auf die andere. Margot und die Bratwörscht im Weggla stammen aus dem Frankenland. Sie gehören zusammen.« Spitz fügte sie hinzu: »Wie Gustav und das Poussieren zusammengehört haben.«

»Er hat seiner Ex alles überlassen? Einfach so?« Wallys Ton drückte Zweifel aus.

»Das Geschäft, das Haus, den Wagen – ach ja, den Sohn nicht zu vergessen«, zählte Hilde auf. »Was aber nicht heißen soll, dass er mit leeren Händen gegangen ist. Gustav hatte seine Gewinne in Aktien angelegt. Das Portfolio muss umfangreich gewesen sein. Und eine ganze Menge Schwarzgeld war auch da, möchte ich wetten.«

»Was ist aus dem Sohn geworden?«, wollte Thekla wissen.

»Daniel? Der wohnt, soviel ich weiß, noch bei seiner Mutter, obwohl er inzwischen schon Ende zwanzig sein muss. Scheint nicht recht auf eigenen Füßen stehen zu können.« Hilde schaute aus dem Fenster, weil der Wagen unvermittelt angehalten hatte. Der Grund dafür war offensichtlich: Vor einer Kreuzung hatte sich ein kleiner Stau gebildet.

Sie nutzte die Verkehrsstockung, um die Hinweisschilder am Straßenrand zu studieren. Auf einem blauen mit weißer Schrift las sie »Braşov 10«.

»Zwei Drittel der Strecke haben wir schon hinter uns«, stellte sie befriedigt fest.

Das letzte Drittel würde sie allerdings genauso viel Zeit kosten wie die ersten beiden.

Als die Wagenkolonne wieder anfuhr, registrierte sie erstaunt, dass Ion sich links einordnete und kurz darauf von der Straße nach Kronstadt auf eine Nebenstrecke abbog.

Sie zupfte ihn am Ärmel. »Wir müssen doch in Richtung Braşov fahren.«

Ion zeigte auf eine Anzeige am Armaturenbrett. »Benzina.«

Er musste also tanken, was bei der Entfernung Bukarest–Kleingude nicht weiter verwunderlich war. Aber warum hatte er nicht längst an einer der Tankstellen angehalten, die in regelmäßigen Abständen die Hauptstraße säumten? Warum kurvte er dazu in die Pampa?

Mehrere Kilometer sogar, wie sich schließlich zeigte.

Nach etwa zehn Minuten erreichten sie ein Dorf, dessen Namen aus zu vielen Vokalen bestand, als dass Hilde ihn richtig ablesen, geschweige denn hätte behalten können.

Kurz hinter dem Ortsschild hielt Ion vor einer Zapfsäule, die sich neben zwei weiteren unter einem geschwungenen Dach befand.

Er deutete auf ein dahinter aufragendes Gebäude und nuschelte etwas, das sich wie »Manca – bea« anhörte, und klopfte dabei auf seinen Bauch.

Essen und trinken, riet Hilde. Ion wollte anscheinend nicht nur tanken, sondern auch gleich Mittagspause machen.

Dagegen war nichts einzuwenden. Blieb die Frage: Wie viel Zeit veranschlagte er dafür?

Hilde klopfte auf das Zifferblatt ihrer Armbanduhr und sah ihn fragend an.

Er beschrieb mit dem Zeigefinger einen Halbkreis.

Dreißig Minuten.

Sie nickte. »Okay.«

»Ich muss sowieso allerdringendst pinkeln«, sagte Wally.

Ion sprang aus dem Wagen, schob die hintere Tür auf und

wartete sichtlich ungeduldig, bis seine Fahrgäste ausgestiegen waren, dann zeigte er wieder auf das Gebäude.

Thekla, Hilde und Wally eilten darauf zu. Als sie eintraten, stellten sie fest, dass es sich um eine gepflegte, modern eingerichtete Cafeteria handelte. Sogar die Toiletten, die sie sofort aufsuchten, erwiesen sich als akzeptabel.

Ion wusste offenbar, wie man deutsche Gäste zufriedenstellte.

Im Gastraum entdeckte Thekla einen freien Tisch zwischen zwei bodentiefen Fenstern, der ihnen angenehm schien.

Kaum hatte sie sich auf den weißen Plastikstühlen mit Schalensitz niedergelassen, stieß Wally einen Entzückensruf aus und zeigte auf die Kuchentheke, die sie von ihrem Platz aus direkt im Blick hatte.

Hilde neigte sich zur Seite, um besser sehen zu können, und registrierte beeindruckt, wie groß die Auswahl war: Nusshörnchen, Mohnkuchen, Hefezopf, Sahneschnitten …

»Die Nusstorte sieht besonders lecker aus«, verkündete Wally. »Obwohl auch der …«

Hildes Interesse an der Kuchentheke war bereits erloschen. Müßig ließ sie den Blick durch den Raum streifen.

Außer ihr, Thekla und Wally schienen keine Ausländer hierhergefunden zu haben. Einheimische jedoch schon. Am Nebentisch saß ein junges Paar mit zwei Kindern. Rumänen, wie Hilde der Unterhaltung entnahm. Der nächste Tisch war von drei Männern besetzt, dem Aussehen nach wenig erfolgreiche Geschäftsleute, die das »Repede« wohl als Treffpunkt gewählt hatten.

Hilde fragte sich, ob der Name des Lokals, der über der Eingangstür stand, auf die Papierservietten und den Rand der Kuchenteller gedruckt war, eine Bedeutung in wörtlichem Sinn hatte.

»Wie Italienisch, Französisch und Spanisch hat sich die rumänische Sprache aus dem Lateinischen entwickelt«, hatte Eckbert ihr einmal erklärt. »Folglich gibt es viele Entsprechungen.«

Sie durchforstete ihr Gedächtnis nach einem Wort, das in einer dieser Sprachen genauso oder wenigstens ähnlich wie »repede« klang. Aber etwas Besseres als »rapido« fiel ihr nicht ein. Sie dachte eine Weile darüber nach, ob es sein konnte, dass die Cafeteria »Rasch« oder »Schnell« hieß, und gelangte zu der Ansicht, dass es nicht abwegig war.

Währenddessen war ihr Blick über die Köpfe weiterer Gäste und zwangsläufig auch über die Einrichtung des Lokals gewandert. Offenbar hatte der Besitzer des »Repede« eine Vorliebe für alle Arten von Kunststoff. Vollplastiktische und -stühle bestückten den Raum, Polyestergardinen hingen an den Fenstern, Kunstblumen steckten in Acrylglasvasen, die auf Spitzendecken aus Polyester standen.

»... der Sohn wird wohl alles erben«, sagte Thekla, als sie bei Kaffee und Kuchen saßen, als hielten sie eines ihrer Montagstreffen im Krönner ab.

Erst als sie fortfuhr: »Oder hat dein Vetter hier eine neue Familie gegründet?«, fiel Hilde wieder ein, wovon zuvor die Rede gewesen war.

»Durchaus möglich«, antwortete sie, ohne lang zu überlegen. »Enthaltsam hat er ganz bestimmt nicht gelebt.«

Im Nachhinein fand sie es allerdings seltsam, dass sie nicht einmal zu der Zeit, als sie mit Eckbert drei Sommer hintereinander eine Woche lang in Kleingude gewesen war, etwas von einer halbwegs ernst zu nehmenden Liaison gehört hatte.

War da nichts außer den üblichen Techtelmechteln?, fragte sie sich. Oder hat Gustav es vorgezogen, die Sache geheim zu halten?

Nicht ein einziges Mal war ihr etwas von einer Frau in Gustavs Leben zu Ohren gekommen. Damals nicht und nach Eckberts Tod, als der Kontakt zwischen ihr und Gustav wieder spärlicher wurde, erst recht nicht.

In den vergangenen vier Jahren hatten Gustav und Hilde meist nur an Weihnachten und an den Geburtstagen Grußkarten ausgetauscht. Ab und zu hatten sie miteinander telefoniert, sich aber wenig zu sagen gehabt.

Gustavs Besuch vor drei Jahren war eine riesige Überraschung gewesen, und es war auch bei diesem einen geblieben. Hilde fragte sich noch heute manchmal nach dem Grund für Gustavs unvermutetes Auftauchen in Granzbach. Eine sinnvolle Antwort hatte sie nie gefunden und würde es nun wohl auch nicht mehr tun.

Unverhohlen gestand sie sich ein, dass sie alles in allem recht wenig über Gustavs Lebensumstände in Siebenbürgen wusste. Zum einen, weil sie sich nicht wirklich dafür interessiert hatte, zum andern, weil Gustav sich offenbar recht gut bedeckt halten konnte, wenn er es so wollte.

Aber geheiratet hat er kein zweites Mal, dachte Hilde. Das hätte er mir erzählt.

Thekla hatte die Stirn in Falten gelegt, als krame sie in ihrer Erinnerung nach etwas ganz Bestimmtem. Schließlich schien sie darauf zu stoßen. »Alina. Hast du nicht jemanden mit Namen Alina erwähnt? Hat *sie* dir die Todesnachricht geschickt? Könnte sie Gustavs Lebensgefährtin gewesen sein?«

Hilde zuckte die Schultern. »Offiziell ist Alina Geschäftsführerin der Villa Bavaria. Wieso hackst du eigentlich auf Gustavs Beziehungskisten herum?«

Thekla sah sie missbilligend an. »Weil wir ein Motiv brauchen werden, falls sich herausstellt, dass Ali wieder einmal ins Schwarze getroffen hat.«

»Ob Alina privat mit Gustl verbandelt war …« Hilde ließ den Rest offen und zuckte erneut die Schultern.

Es würde sich erweisen.

Und was würde sich noch erweisen? Dass es bei dem Brand, der Gustav das Leben gekostet hatte, nicht mit rechten Dingen zugegangen war? Was durchaus sein konnte, denn Gustav hatte sicherlich Neider gehabt. Wie viele in Kleingude ihm wohl schon allein die Rückübereignung des Besitzes missgönnt hatten? Ganz zu schweigen von dem Hotel, das er dann dorthin gebaut hatte.

Aber selbst wenn es Spuren geben sollte, die zweifelsfrei auf Brandstiftung hinwiesen, wie sollten sie sie erkennen?

Anhand der Fotos hatte Ali nicht viel mehr sagen können, als dass ihm die Sache komisch vorkäme. Er hatte noch etwas von Glassplittern und Verpuffung gemurmelt, aber Hilde hatte gar nicht mehr richtig zugehört. Es hatte ihr genügt, dass durch die Bilder der Argwohn des Kreisbrandrats geweckt worden war.

Wir hätten ihn mitnehmen sollen, ging es ihr durch den Kopf. Ali würde wissen, worauf man achten muss; er könnte fachmännische Untersuchungen anstellen und die richtigen Schlüsse ziehen.

Falls es nicht längst zu spät dafür war.

Sie stieß nun doch einen Seufzer aus. »Mehr als uns ein bisschen umsehen und – so weit möglich – umhören, können wir wohl nicht tun.«

Weil keine Antwort darauf kam, blickte sie von ihrem Teller hoch und stellte fest, dass Wally sich erhoben hatte und wie magisch angezogen auf die Kuchentheke zusteuerte.

»Quarkbällchen. Mhm, wie lecker die aussehen. Die muss ich unbedingt noch probieren.«

Thekla war ebenfalls aufgestanden und hielt auf eine Auslage mit abgepackten Süßwaren zu, die sie so gründlich studierte, als vertrete sie Verbraucherschutz, Lebensmittelaufsicht und Gesundheitsamt gleichzeitig.

Hilde sah ihr mit müdem Blick dabei zu, fühlte sich auf einmal schlaff und träge. Nach einer Weile wandte sie sich ab und schaute aus dem Fenster.

An der Tankstelle herrschte momentan nur wenig Betrieb. Ion hatte den Kleinbus nach dem Auftanken von der Zapfsäule weggefahren und in einer Parkbucht seitlich des »Repede« abgestellt. Hilde konnte nur das Heck sehen und Ion, der soeben daran vorbeiging.

Neben einem roten Kleinlaster mit einer Aufschrift, die sie aus der Entfernung nicht lesen konnte, blieb er stehen und klopfte ans Fenster der Fahrertür. Die Scheibe wurde hinuntergelassen, und Ion sagte etwas zu der Person im Wagen.

Hilde richtete sich auf. Ihre Neugier war erwacht. Hatte

Ion ganz zufällig einen Bekannten entdeckt, oder war dieses Treffen verabredet? Hatte er deswegen den Abstecher zum »Repede« gemacht?

Sie beugte sich vor, um ihren Blickwinkel zu vergrößern, und beobachtete Ion genau. Er war einen Schritt zurückgetreten, die Fahrertür ging auf, und ein langer Kerl mit pechschwarzen Haaren stieg aus. Er überragte den etwas pummeligen Ion um mehr als zwei Köpfe.

Hilde hätte beinahe laut aufgelacht. Was für ein Gegensatz. Lang, schwarz, hakennasig türmte sich neben klein, rund, plattnasig auf.

Die beiden traten an die Ladefläche des roten Kleinlasters, wo der Lange einen Zipfel der Plane zurückschlug, die sie überspannte. Ion warf einen Blick durch die entstandene Öffnung, nickte, eilte zu seinem Minibus und öffnete die Klappe des Kofferraums. Der Lange hatte mittlerweile eine Kiste ausgeladen, die etwa die Größe einer Kühlbox besaß, übergab sie Ion, ging zurück und holte eine weitere.

Gut ein Dutzend Kisten und drei kleine Fässer packten die beiden in den Kleinbus um. Der Kofferraum musste randvoll sein. Deshalb also hatte Ion ihr Gepäck im Wageninneren verstaut.

»Möchtest du probieren? Schmeckt himmlisch.«

Hilde machte eine abwehrende Geste, die recht barsch ausfiel und Wally sicherlich verletzte. Aber darauf kam es jetzt nicht an. Wally würde die Kränkung schon verschmerzen. Im Augenblick konnte Hilde beim besten Willen keine Rücksicht auf Wallys Befindlichkeiten nehmen, denn die Vorgänge in der Parkbucht beanspruchten ihre gesamte Aufmerksamkeit.

Ion hatte mittlerweile den Kofferraum geschlossen und war mit dem Langen hinter einen Betonpfeiler getreten.

Hilde rutschte samt Plastikstuhl ein Stück nach rechts in der Hoffnung, die beiden wieder in den Blick zu bekommen, konnte vorerst jedoch nur Ions Hand sehen, die ein Bündel Scheine aus der Gesäßtasche zog. Offenbar ging es ans Bezahlen. Der Lange – er befand sich außerhalb ihres Sichtfeldes – schien das Geld zu zählen, denn als sie Ion schließlich im Visier hatte, sah sie ihn abwartend dastehen. Eine halbe Minute später kam wieder Bewegung in die Szene. Ion nickte und deutete einen Gruß an, indem er zwei Finger an eine imaginäre Hutkrempe legte. Im nächsten Moment schoss der Lange hinter dem Pfeiler hervor, sprang in seinen roten Kleinlaster und fuhr davon.

Ion blickte sich argwöhnisch um, bevor er sich in Marsch setzte und auf den Eingang der Cafeteria zuschritt.

Als er eintrat, wandte Hilde sich hastig vom Fenster ab und neigte sich ostentativ Wally zu. »Ja bitte, lass mich das Quarknockerl mal probieren.«

Dafür war es allerdings zu spät. Wally hatte es schon aufgegessen. Sie wirkte so zerknirscht, dass Hilde sich wegen ihrer Schroffheit von vorhin tatsächlich Vorwürfe machte.

Lang hielten ihre Gewissensbisse jedoch nicht an, sondern wurden durch Überlegungen darüber verdrängt, was das wohl für ein Geschäft gewesen war, das Ion und der Lange miteinander getätigt hatten. Koscher konnte es auf keinen Fall gewesen sein, sonst wäre es nicht hastig und verstohlen an einer abgelegenen Tankstelle abgewickelt worden.

Was zum Teufel enthielten die Kisten? Es musste sich um etwas von Wert handeln, denn das Bündel Geldscheine, das den Besitzer gewechselt hatte, schien ganz ansehnlich gewesen zu sein.

Ion hatte sich mittlerweile mit Kaffee und einem Käsebrötchen versorgt und saß nun an einem kleinen Ecktisch weit weg von den Fenstern, die ihm einen Blick in die Parkbucht gewährt hätten.

Hilde gedachte das auszunutzen und einen Blick in den Kofferraum des Transporters zu werfen. Es interessierte sie brennend, was Ion da eingeladen hatte.

Sie sagte zu Wally, dass sie einen Augenblick an die Luft müsse, aber gleich wieder zurückkommen wolle, und eilte davon.

Falls Ion den Kofferraum versperrt hatte, würde die Aktion

umsonst sein, aber Hilde glaubte, nichts dergleichen beobachtet zu haben. Ion hatte nur die Klappe zugeschlagen.

Tatsächlich ließ sich der Kofferraum anstandslos öffnen. Ordentlich aufgestapelt warteten rote und blaue Boxen auf ihren Weitertransport. Sie wiesen weder eine Beschriftung noch irgendeine sonstige Kennzeichnung auf.

Hilde fehlte die Zeit für lange Betrachtungen. Um zu erfahren, was die Boxen enthielten, musste sie zumindest bei einer unter den Deckel schauen, was sie auf der Stelle tun wollte, falls der nicht verschweißt, versiegelt oder anderweitig fixiert war.

Als sie die Box, die zuoberst und zuvorderst stand, näher in Augenschein nahm, stellte sie fest, dass der Deckel links und rechts von je einem Bügel gehalten wurde, der in einer Vertiefung eingehakt war.

Kinderleicht zu öffnen.

Ohne sich um etwaige Zuschauer zu kümmern, griff sie nach den beiden Bügeln und klappte sie hoch.

Der Deckel sprang auf. Sie hob ihn ein Stück an und spähte darunter. Ein säuerlicher, fast stechender Geruch strömte in ihre Nase. Die genaue Ursache war nicht auszumachen, denn der Inhalt der Box war in Wachstuch gehüllt. Wenn sie mehr herausfinden wollte, würde sie den Deckel komplett abnehmen und eine Ecke des Wachstuches wegziehen müssen. Hastig hob sie ihn hoch, ließ ihn im nächsten Moment jedoch erschrocken fallen und fuhr herum.

Ion stand direkt hinter ihr.

Hilde biss die Zähne zusammen. Es war nicht leicht, Ions grimmigem Blick standzuhalten, aber es gelang ihr.

Sie starrten sich an wie Duellanten.

Er kann dir nichts anhaben, sagte sich Hilde. Nichts, gar nichts. Nachdem sie das dreimal wiederholt hatte, fühlte sie sich besser. Ihr Gesichtsausdruck wechselte von erschrocken zu angriffslustig. Im nächsten Moment sah sie Besorgnis in seinen Augen aufflackern.

Sie hatte also recht gehabt. Ions Transaktion war nicht astrein, ebenso wenig wie der Inhalt der Boxen. Niemand sollte wohl davon erfahren.

Wie weit aber würde Ion gehen, um sein Geheimnis zu wahren?

Kommt ganz darauf an, überlegte sie, wie viel Brisanz die Ware besitzt, die da soeben den Besitzer gewechselt hat. Je mehr er zu verlieren hat, falls sein Geschäft auffliegt, desto gefährlicher könnte er werden.

Fieberhaft suchte sie nach einem Ausweg aus der vertrackten Situation und fand ihn darin, die Arglose zu spielen.

Sie wandte sich dem offenen Kofferraum zu, gestikulierte wild und rief: »Bagage? Bagage? Wo Bagage? Wo?«

Ion bedachte sie mit einem argwöhnischen Blick, nickte jedoch, schob sie mit einer Hand beiseite und warf mit der anderen die Heckklappe zu. Dann trat er an die rechte hintere Tür, öffnete sie und deutete auf die letzte Sitzbank, wo einträchtig nebeneinander drei Gepäckstücke lagen.

Hilde tat überrascht. »Ach, *da* ist das Gepäck.«

Ion nickte erneut, rührte sich nicht von der Stelle. Er wollte offenbar einen Beweis dafür, dass es ihr tatsächlich um ihre Tasche zu tun gewesen war.

Gut, so einer ließ sich fabrizieren.

Mit einem Lächeln, das halb verlegen, halb gewinnend wirken sollte, wandte sie sich ihm zu. »Medikament. Dringend.« Sie tippte auf ihre Armbanduhr. »Längst überfällig.« Da Ion keine Reaktion zeigte, stieg sie in den Wagen und machte sich am Gepäck zu schaffen. Ein Blick durch das Seitenfenster zeigte ihr, dass er sie mit Argusaugen beobachtete.

Also weiter mit der Posse.

Resolut zog sie den Reißverschluss eines Extrafaches an der Außenseite ihrer Reisetasche auf, griff hinein und hoffte, etwas Geeignetes in die Finger zu bekommen.

Ein Müsliriegel sollte es tun, dachte sie, oder eine Tüte Schokolinsen. Irgendetwas würde sich auf alle Fälle finden, weil sie immer eine Kleinigkeit für den Notfall in eines der Außenfächer steckte.

»Alina.« Hilde rieb sich übers Kinn. »Ich habe sie nie persönlich kennengelernt, Gustl hat sie kurz nach meinem letzten Besuch im Sommer 2012 eingestellt. Vom ersten Tag an hat er sie in den höchsten Tönen gelobt: ›Alina schmeißt den Betrieb in der Villa Bavaria schon ganz allein, kümmert sich um die Gäste, die Küche, das Personal ...‹ Es hat kein halbes Jahr gedauert, bis er gesagt hat, ohne Alina könne er das Hotel auf der Stelle zusperren.«

Hilde stoppte Thekla, die offenbar etwas sagen wollte, mit einer Handbewegung. »Ich glaube nicht, dass das nur so dahergeredet war. Mir kam es nämlich so vor, als ob Gustl das Interesse bereits wieder verloren hatte und das Hotel nur noch als Klotz am Bein betrachtete. Er sagte kaum noch ein Wort darüber, redete lieber von besonderen Schafrassen, die er züchten wollte, und – ich sag es ungern – von einer Hundert-Liter-Destille.« Mit einem Stirnrunzeln fügte sie hinzu: »Ob Alina sich jetzt auch um die Schafe und das Schnapsbrennen kümmern muss?«

»Meinst du, er hat ihr alles vererbt?«, fragte Wally. »Wenn sie seit Jahren zusammen sind und ...« Sie brachte den Satz nicht zu Ende, denn Hilde strafte sie mit einem genervten Blick.

»Alina hat mir nur einen kurzen Brief geschrieben. Todesnachricht, Todesursache. Datum und Uhrzeit der Beerdigung. Mehr stand nicht drin. Wer Gustl beerbt – sein Sohn oder eventuell seine Geliebte –, war daraus nicht zu ersehen. Ob und mit wem er liiert war, ebenso wenig.«

Sie achtete nicht auf Wallys verletztes Zurückzucken. Wer dumme Fragen stellte, musste mit harschen Antworten rechnen.

Eine Weile herrschte Schweigen, weil Wally und Thekla stumm aus dem Fenster blickten und Hilde sich Gedanken darüber machte, wie schwierig es wohl werden würde, ein klares Bild von Gustavs Lebensumständen zu gewinnen. Welche Beziehungen – privater oder geschäftlicher Natur – war er eingegangen? Wie viele davon hatte er über kurz oder lang wieder abgebrochen? Wie viele gepflegt oder gar vertieft? Wie viele hatten ihm Freundschaften verschafft? Wie viele hatten ihm große oder kleine Feindschaften eingetragen?

»Du hast ihn ja selbst kennengelernt, als er zu Besuch da war«, sagte sie irgendwann in versöhnlichem Ton zu Wally. »Gustav ist immer schnell entflammt gewesen, aber genauso schnell konnte er einer Sache oder einer Person überdrüssig werden. Und er ist immer ein großzügiger Mensch gewesen. Alles konntest du von ihm haben. Nur seine Treue nicht. Kein Wunder, dass es Margot nicht mit ihm ausgehalten hat. Keiner konnte ihr verdenken …« Sie unterbrach sich, weil Wally rein gar nichts mehr hören ließ. Nicht einmal ein Hüsteln. War sie ihr etwa ernsthaft böse wegen der Bemerkung von vorhin?

Hilde beugte sich vor, um an Thekla, die in der Mitte der Sitzbank saß, vorbeischauen zu können, und schickte sich an, Wallys Namen zu rufen. Aber Thekla legte bedeutsam den Finger auf die Lippen, ließ den Kopf zur Seite kippen und schloss die Augen.

Das hieß wohl, dass Wally eingeschlafen war.

# 3

Wally erwachte von einem Rumpeln und Stoßen.

Sie fühlte sich durchgeschüttelt wie ein Körnchen im Salzstreuer. Als sie die Augen öffnete, hüpften kahle Büsche und brüchige Felsbrocken an ihr vorüber.

Sie hob den Kopf, der wie ein Pingpongball gegen die Fensterscheibe schlug, und sann darüber nach, wo sie sich befand.

Als sie Thekla neben sich spürte, fiel es ihr ein.

Sie saß in dem Kleinbus, der am Flughafen bereitgestanden hatte und der sie, Thekla und Hilde nach Kleingude bringen würde.

War sie tatsächlich heute früh mit dem Flieger nach Rumänien gereist? Hatte Sepp wirklich seinen Segen dazu gegeben?

Ja, das hatte er getan, wenn auch zähneknirschend. Was war ihm schon anderes übrig geblieben, wenn er vor Heinrich nicht als Idiot dastehen wollte? Als kleinkariert, vernagelt, hinterwäldlerisch, bockbeinig – wie auch immer man ihn wegen eines Protestes gegen Wallys Reisepläne hätte nennen wollen.

Dass Thekla und Hilde ihn seit Jahrzehnten mit solchen Attributen bedachten und keinen Hehl daraus machten, stand auf einem anderen Blatt. Die Anschauung der Weiber war Sepp Maibier wurscht. Aber vor Theklas Mann Heinrich gut dazustehen bedeutete ihm etwas. Deshalb hatte er Wally, angeblich um Hilde bei der Beerdigung beizustehen, ziehen lassen. Allerdings hatte er es sich nicht verkneifen können, ihr einen Sack voller Kränkungen mit auf den Weg zu geben.

Hastig verscheuchte Wally die Erinnerung an ihren Aufbruch am Morgen und an das, was Sepp anstatt herzlicher Abschiedsworte zu ihr gesagt hatte.

Lieber vorwärtsdenken und sich ausmalen, was sie im Burzenland erwartete.

Aber auch das schien ihr wenig ersprießlich.

Sie ließ die karge Landschaft, durch die Ion das Fahrzeug lenkte, an sich vorüberziehen und spürte leise Furcht aufsteigen. Die baumlosen, nur mit ein paar verkrüppelten Sträuchern bewachsenen, mit Steinen und Unkraut, teils sogar mit Unrat übersäten Flächen wirkten abweisend, ja geradezu bedrohlich. Die Dörfer zeigten sich wie ausgestorben, die Häuser blickten mit traurigen Fensteraugen auf die schadhafte Straße. Nirgends spielende Kinder, nirgends Menschen, die plaudernd beieinanderstanden, nicht einmal eine Frau mit Einkäufen oder ein Mann mit Schaufel und Harke.

Mit einem Seufzen wandte sie den Blick vom Fenster. Vielleicht hätte sie doch auf Sepp hören sollen. Auf seine Weise hatte er es doch nur gut gemeint, als er sie von ihren Reiseplänen abzubringen versuchte. »Glaub bloß nicht, dass die Walachei ein Disneyland ist. Du wirst dich wundern, wie rau es da zugeht. Sogar Wölfe und Bären gibt es noch – von Vampiren will ich ja nicht reden. Du wirst dir vor Angst in die Hose machen.«

Wally konnte ein Aufstöhnen nicht unterdrücken. Es wäre wohl wirklich gescheiter gewesen, im vertrauten Scheuerbach zu bleiben, wo jeder jeden kannte, alle dieselbe Sprache sprachen und Sepp Maibier wie ein Leitbulle über sein durchaus ansehnliches Revier wachte (in dem Wally definitiv eine Spitzenposition einnahm), anstatt sich über ihren Mann hinwegzusetzen. Was hatte sie damit gewonnen? Eine Erholungsreise ganz gewiss nicht, denn Hilde beabsichtigte ja, die Umstände, die zu Gustavs Tod geführt hatten, genauestens zu untersuchen. Schlimmstenfalls lief die Sache auf eine Mordermittlung hinaus, die sich hier in der Fremde als viel gefährlicher erweisen konnte als jede Mörderjagd zuvor. Würde Hilde vernünftig genug sein, am Ende doch die Finger davon zu lassen?

Garantiert nicht, dachte Wally.

Aber was nützte ihr diese Einsicht jetzt? Für eine Umkehr war es längst zu spät.

»Wir sind da«, sagte Hilde.

Hilde ertastete eine Blisterpackung und glaubte sich zu erinnern, dass sie Hustenpastillen enthielt, die allerdings längst verschrumpelt oder zerbröselt sein mussten oder was immer mit ihnen passierte, wenn man sie ein Jahrzehnt sich selbst überließ.

Es fühlte sich an, als steckten winzige Kiesel in den Ausbuchtungen, aber die Packung selbst wirkte noch ganz ansehnlich.

Sie hielt sie Ion vor die Nase. »Important. Medikament. Wichtig für Herz.« Bedeutungsvoll legte sie eine Hand auf ihre Brust.

Endlich schien Ion zufrieden. Er wandte sich ab und sah zur Cafeteria hinüber.

Hilde steckte die Packung in ihre Jackentasche und stieg aus.

Als sie einen Blick in Richtung »Repede« warf, erkannte sie, was Ions Aufmerksamkeit erregt hatte.

Thekla und Wally waren aus der Tür getreten und kamen auf sie zu. Offenbar nahmen die beiden an, dass die Fahrt weitergehen sollte.

So war es wohl auch, denn Ion bedeutete Hilde, wieder einzusteigen.

»War was?«, fragte Thekla, als er den Wagen startete.

Hilde machte mit dem Daumen eine winzige Bewegung in Richtung Kofferraum. »Wir haben geheimnisvolle Fracht geladen.«

Thekla schien nicht recht zu wissen, was sie mit dieser Auskunft anfangen sollte, wollte offenbar nachhaken, aber Hilde hinderte sie mit einem Kopfschütteln daran.

Thekla nickte begreifend und sagte schließlich: »Dein Vetter hatte also eine Geschäftsführerin für sein Hotel.«

Daraufhin kam Hilde wieder zu Bewusstsein, dass es Thekla und Wally nach wie vor gravierend an Informationen mangelte. Da hatte sie ja einiges nachzuholen. Und das würde sie – so gelobte sie sich – jetzt, auf dem letzten Teil der Strecke, auch umfassend tun.

Der Kleinbus hielt mit einem letzten harten Ruck.

Ion sprang heraus, schob die hintere Tür auf und ließ seine Fahrgäste aussteigen.

Steifbeinig setzte Wally ihre Füße auf den Boden Siebenbürgens.

»Hier sieht es aber schön aus«, sagte sie nach einem kurzen Blick in die Runde. Es war ihr gar nicht bewusst geworden, wie sehr sich die Landschaft auf den letzten paar Kilometern verändert hatte. Die Ebene hatte sich zuerst gewellt und sich dann zu teils bewaldeten, teils grasbewachsenen Hügeln geformt, durch die sich das schließlich nur noch spurbreite Sträßchen schlängelte.

»Schön hier«, wiederholte sie, und es stimmte: Glitzernder Schnee lag auf den sanften Hügelkuppen, die das kleine Tal säumten, in dem das Dörfchen Kleingude lag.

Hilde lachte. »Wenn man sich die maroden Häuser, die brüchigen Zäune und die vereiste, mit Schlaglöchern gespickte Straße wegdenkt, könnte man den Flecken tatsächlich malerisch nennen.«

»Er *ist* malerisch«, vermeldete Thekla.

Wally entging, was Hilde darauf zu sagen hatte. Ihr Blick war weitergewandert und an hoch aufragenden schroffen Felsformationen hängen geblieben, die sich hinter den östlichen Hügeln erhoben.

»Das Königsteingebirge«, murmelte sie. Hilde hatte den Namen erwähnt, als sie vom Burzenbach gesprochen hatte, der offenbar irgendwo dort oben entsprang.

Sämtliche Gipfel und die Flanken der Steilhänge gleißten weiß. Da lag wohl noch eine ganze Menge Schnee. Wallys Blick kehrte zu den vorgelagerten Hügeln zurück und registrierte, dass sie zumindest an den Südhängen bereits ausgeapert waren. Auf einigen grünbraunen Flecken in Talnähe weideten sogar schon Schafe.

Eine muntere Stimme ließ sie aufhorchen.

»Willkommen! Ganz herzlich willkommen! Wie schön, dass Sie da sind.« In gedämpftem Ton setzte die Sprecherin hinzu: »Allerdings würde ich mir wünschen, der Anlass für Ihren Besuch wäre nicht so ein trauriger.«

Die melodiöse Stimme gehörte einer attraktiven Mittfünfzigerin, die – nachdem sie Thekla und Hilde begrüßt hatte – jetzt mit ausgestreckter Hand auf Wally zukam. »Alina Schüller. Und Sie müssen Wally Maibier sein. Hilde hat Sie und Frau Stein gestern angekündigt.«

Ion hatte inzwischen das Gepäck ausgeladen und eilte mit einer Reisetasche in der linken und einer in der rechten Hand einen komplett vereisten Weg entlang, der von der Parkbucht zu einem geschotterten Vorplatz führte.

Alina bat Thekla, Hilde und Wally mit einer Handbewegung, ihm zu folgen.

Zwei Hunde schlugen an, als sie sich in Bewegung setzten. Im nächsten Moment fiel ein ganzer Hundechor ein. Erschrocken machte Wally wieder halt und sah sich um.

Ion hatte mittlerweile den Vorplatz erreicht, überquerte ihn und stieg eine breite Treppe mit drei Stufen hinauf. Vor einem großzügigen Eingangsportal blieb er stehen.

Jetzt erst fand Wallys Blick das eigentliche Ziel ihrer Reise. Gustavs Hotel Villa Bavaria hob sich herrschaftlich von den umliegenden kleinen und sichtlich renovierungsbedürftigen Häusern ab. Es war zweistöckig und recht ansprechend im Landhausstil gestaltet. Entlang der Südseite erstreckte sich eine breite Terrasse, überdacht von einem Balkon mit massiver Balustrade, der um das gesamte erste Stockwerk herumlief.

Die Fassade des Hotels war milchweiß getüncht, die Fenster und die Verkleidungen an den Balkonen bestanden aus hellem Holz. Mit Kennermiene stellte Wally fest, dass es sich dabei nicht um billige Fichte handelte.

In gut sichtbaren, jedoch keineswegs aufdringlichen Lettern befand sich der Schriftzug »Villa Bavaria« senkrecht an einem massiven Balken neben dem Eingang.

Gediegen, dachte Wally. »Nicht von schlechten Eltern«, würde Sepp jetzt sagen.

Ion hielt einladend die Tür auf.

»Kommen Sie, kommen Sie«, rief Alina. Sie hatte sich die dritte Reisetasche über die Schulter gehängt, die Ion neben dem Wagen hatte stehen lassen, und ging mit sicheren Schritten über den vereisten Weg. Im Nu hatte sie die Hälfte der Strecke hinter sich. Plötzlich schien ihr aufzufallen, dass niemand ihr folgte, denn sie blieb abrupt stehen und drehte sich um. »Nun kommen Sie schon. In einer Stunde wird das Abendessen serviert. Heute gibt es Hühnerfrikassee mit Reis und Gemüse. Sicher werden Sie sich zuvor noch frisch machen wollen.«

Eine Dusche, saubere Wäsche. Ein warmes Plätzchen, ein Gläschen Wein, ein leckeres Abendessen. Wally warf einen sehnsüchtigen Blick auf den weit geöffneten Eingang des Hotels und fragte sich, wie sie dorthin gelangen sollte, ohne sich sämtliche Knochen zu brechen. Mit banger Miene sah sie Alina das mit einer bläulich schillernden Eisschicht bedeckte letzte Wegstück zurücklegen.

Sie schien sich überhaupt nicht bewusst zu sein, dass sie über eine Eisbahn lief, auf der es nur dort und da eine winzige Insel Schottersteine oder einen Sandflecken gab, sichere Tritte zwar, die aber unerreichbar weit auseinanderlagen.

Zu Hause in Scheuerbach gab es so etwas nicht, da rückten die Arbeiter vom Bauhof schon morgens um fünf mit dem Streuwagen aus und sorgten für eisfreie Straßen, Plätze und Gehwege.

Offenbar hatte Hilde sich entschlossen, die Herausforderung anzunehmen, denn sie trat forsch aufs Eis. Die Hundemeute bellte, wie um sie anzufeuern, doch keins der Tiere ließ sich sehen.

Wally war gespannt, wie Hilde zurechtkommen würde. Tat sie sich schwer, dann brauchte sie selbst es erst gar nicht zu versuchen.

Hilde glitt bereits nach wenigen Schritten aus, hielt mit Mühe die Balance, eierte und torkelte und fing sich schließlich auf einem steinigen Streifen am Wegrand.

Mittlerweile hatte sich auch Thekla in Bewegung gesetzt,

die nun schwankend und taumelnd in einer Art Schlittschuhschritt übers Eis schlurfte.

Himmelmutter, dachte Wally verzagt. Nie und nimmer komme ich heil da drüber. Was soll ich bloß tun?

Krabbeln, riet ihr ein pfiffiger Gedanke. Lass dich auf alle viere nieder und krabble wie ein Käfer.

Das war zweifellos die sicherste Methode, die Eisfläche unbeschadet zu überwinden, gleichzeitig aber auch die beste, sich gründlich zum Gespött zu machen.

»Wally.« Sie hatte gar nicht mitbekommen, dass Hilde es inzwischen zum Hoteleingang geschafft hatte. »Worauf wartest du denn? Willst du wohl endlich antanzen?« Ihre Stimme klang so gebieterisch, dass Wally wie ferngesteuert losstiefelte.

Sie kam keine zwei Schritte weit.

Ihr linker Fuß glitt seitwärts, der rechte – eben noch halbwegs sicher auf dem Boden – verlor aufgrund der Schubkraft den Halt und rutschte unter ihr weg.

Wally kniff die Augen zu. Sie hatte ja gewusst, dass es so kommen würde.

Sie würde also stürzen, würde mit dem Kopf auf einen der scharfkantigen Steine prallen, die den Weg säumten. Eine spitze Zacke würde ihr das Gesicht zerschrammen, ihr eine tiefe Wunde schlagen, ihr womöglich den Schädel zertrümmern.

»Hoppla. Langsam, meine Liebe. Ganz langsam und schön vorsichtig. Bei uns in Kleingude sind die Wege im Frühjahr recht tückisch. Entweder sind sie vereist oder schlammig. So oder so tut man sich schwer, wenn man nicht hier aufgewachsen und von klein auf an Rutschpartien gewöhnt ist.«

Kräftige Finger hatten sich um Wallys Oberarm geschlossen. Eine feste Hand führte sie sicher zum Hoteleingang.

Erst als sie die oberste der drei Treppenstufen erreicht hatte, fühlte sie sich losgelassen, registrierte jedoch, dass die Hand noch eine Weile neben ihr schwebte, als wolle sie im nächsten Moment erneut zupacken.

Von Alina kam ein leises Lachen. »Da bist du ja gerade zur rechten Zeit gekommen, Jakob.« Verwundert, als bemerke sie den Zustand des Weges erst jetzt, schüttelte sie den Kopf. »Georgel hat heute schon dreimal gestreut. Aber ehe man es sich versieht, ist der Streusand wieder verschwunden. Ich fürchte, der Ostwind bläst ihn fort.«

Sie blickte zum Königstein hinüber, dessen schneebedeckte Gipfel in der Abendsonne aufleuchteten. »Wir hatten Anfang des Monats einen kurzen Temperaturanstieg mit Regenfällen, die einiges an Schnee weggeschmolzen haben, aber dann ist es eisig kalt geworden. Der Boden ist immer noch meterdick gefroren, und solange es nachts noch zwanzig Grad minus hat, wird sich daran nichts ändern. Der Totengräber …« Sie unterbrach sich, schaute verwirrt in die Runde und schien sich erst nach einigen Augenblicken darüber klar zu werden, dass die soeben eingetroffenen Gäste abwartend um sie herumstanden. »Entschuldigung. Gustavs Tod überschattet alles, hat uns alle durcheinandergebracht …« Sie brach ab.

»Aber wir bemühen uns, die Zügel in der Hand zu behalten«, übernahm der hochgewachsene, etwa dreißigjährige Mann, der Wally übers Eis geleitet hatte.

Mit einer anmutigen Geste stellte Alina ihn vor. »Jakob Gref, unser Tourenführer. Er betreut die Reisegruppen, die über unsere Partneragentur das Wanderpaket bei uns buchen.«

»Morgen geht es auf den Magurice«, sagte Jakob, während er Thekla, Hilde und Wally nacheinander die Hand schüttelte. »Ihr seid herzlich eingeladen, mitzukommen.«

Als er Wally mit ängstlich-besorgtem Blick die doch noch recht ausgedehnten Schneefelder mustern sah, fügte er mit einem Schmunzeln hinzu: »Keine Sorge, wir haben Schneeschuhe dabei.« Er zeigte auf das vorspringende Dach eines Nebengebäudes, unter dem ein gutes Dutzend Paar Schneeschuhe unterschiedlicher Größen aufgereiht war. Skistöcke lehnten in Bündeln an der Wand.

Hilde brummte etwas, dessen Wortlaut Wally entging. Es hörte sich irgendwie ungehalten an und veranlasste Alina offenbar zu einer Erklärung: »Gustav ist vor ein paar Jahren auf die Idee gekommen, Schneeschuhwanderungen anzubieten. Die Sportart ist für Siebenbürgen geradezu maßgeschneidert, weil in den Höhenlagen und an den Nordhängen noch lange Schnee liegt, während südseitig und im Tal unten schon Schlüsselblumen blühen.«

»Schneeschuhwandern wird immer beliebter«, sagte Jakob. »Sämtliche Veranstalter von Berg- und Wanderreisen sind mittlerweile auf den Zug aufgesprungen.«

»Und Gustav hatte wieder einmal den richtigen Riecher«, fügte Alina hinzu. »Er musste zwar einiges an Ausrüstung anschaffen, aber das hat sich ausgezahlt.«

Wally beäugte die Dinger, die ihr wie für Zwerge gemachte Flöße erschienen, mit skeptischen Blicken. Wie sollte man damit laufen können? Mit solchen Schaluppen unter den Sohlen musste man doch zwangsläufig über die eigenen Füße stolpern.

Jakob schien ihre Gedanken erraten zu haben. »Schneeschuhgehen ist recht einfach«, sagte er fast väterlich. »Du fängst erst einmal ganz langsam an, damit du ein Gefühl dafür kriegst, und schon bald merkst du, dass überhaupt nichts dabei ist. Dann kann dich kein Schneefeld mehr aufhalten, denn tiefer als vier Fingerbreit sinkst du nicht ein. Sogar auf Harsch und Eis bieten Schneeschuhe hervorragenden Halt, weil sie auf der Unterseite Krallen haben.«

Das »Du«, das Jakob ganz selbstverständlich gebrauchte, irritierte Wally dermaßen, dass sie ihn, anstatt zu antworten, nur verwirrt anstarrte.

Offenbar erfasste Alina, was Wally befremdete, denn sie ließ erneut ein leises Lachen hören. »Tut mir leid. Ich hätte euch gleich zu Anfang darüber aufklären sollen, dass wir uns mit den Gästen duzen. Das hat die allererste Wandergruppe, die wir beherbergt haben, so eingeführt. ›Oberhalb von tausend Metern duzt man sich, das war schon immer so‹, hat man uns erklärt. Und wir, na ja, wir haben uns danach gerichtet und uns schnell daran gewöhnt.«

Wally nickte wortlos. Worauf hatte sie sich bloß eingelassen? Auf Schneeschuhen laufen, wildfremde Leute duzen … Was hatte man hier denn noch alles in petto? Und wieso sprachen Alina und Jakob astreines Deutsch, während Ion kaum verständliches Kauderwelsch redete?

Alina war mittlerweile in die Hotelhalle getreten, ging zur Rezeption und nahm drei Schlüssel von einem Brett an der Wand dahinter. »Ich zeige euch noch schnell den Weg zu den Zimmern, bevor ich in der Küche Hand anlegen muss. Mirela ist heute allein, deshalb braucht sie meine Hilfe.« Rasch begann sie, die Treppe neben dem Empfangstresen hinaufzusteigen. Oben blieb sie stehen und wartete, bis Thekla, Hilde und Wally zu ihr aufgeholt hatten. »In den Wintermonaten ist das Hotel selten ausgebucht. Die Saison fängt bei uns Ende März an und geht ungefähr bis Mitte November. Den Sommer und Herbst über haben wir gewöhnlich zwei Wandergruppen mit je fünfzehn Teilnehmern hier. Jetzt, im Februar, ist nur eine Gruppe da, sodass die Hälfte der Zimmer leer steht. Drei davon sind besonders schöne, große Doppelzimmer.« Sie begann, die Schlüssel zu verteilen. »Wally bekommt Nummer 1, Thekla Nummer 2, Hilde Nummer 3.«

Alina hatte nicht übertrieben. Wallys Zimmer zeigte sich nicht nur geräumig, es war mit hellen Möbeln, zwei blauen Polstersesseln, hübschen Vorhängen und einem Schafwollteppich geschmackvoll eingerichtet. Ihre Reisetasche befand sich bereits auf einer Kofferablage neben dem Schrank.

Wally ließ sie unberührt stehen und trat auf den Balkon hinaus.

Von vis-à-vis grüßte stolz der Königstein herüber. Er wirkte mächtig und irgendwie unnahbar.

Wally schmunzelte. Das war er seinem Namen wohl schuldig. Als ihr Blick sich jedoch anschickte, über die verschneiten Abhänge zu wandern, zwang sie ihn zurück ins Tal. Der Gedanke, mit Schneeschuhen an den Füßen dort herumzustolpern, ließ sie schaudern.

Hilde hat recht, dachte sie, nachdem sie den Dorfkern von Kleingude eine Weile gemustert hatte. Die Häuser hier sind klein, schmucklos und großenteils marode. Verglichen mit den stattlichen Anwesen bei uns in Scheuerbach wirken sie wie kaputtes Spielzeug.

Ihr Blick blieb schließlich an einem laubfroschgrün gestrichenen Häuschen hängen, das auf dem Nachbargrundstück stand. Es zauberte einen fröhlichen Tupfer ins triste Graubraun der Wege und Hofflächen, erschien ihr nett und wohnlich. Doch bei näherem Hinschauen erkannte sie, dass die Farbe abblätterte, die Fensterstöcke langsam, aber sicher verrotteten und das Dach an einer Stelle eingeknickt war.

Vielleicht ist es ja trotzdem wohnlich, dachte sie gutmütig. Aber viele Winter wird es nicht mehr durchstehen.

Neben dem Häuschen gab es einen Bretterverschlag voller Gerümpel, eine Hundehütte und ein Gestell, das aussah wie ein verrostetes Mähwerk.

Erst als er anschlug, sah Wally den Hund. Er hatte die Größe und das Aussehen eines Wolfes. Obwohl sie weit außerhalb seiner Reichweite auf einem Balkon stand, zuckte sie erschrocken zurück.

Wie sie es schon bei ihrer Ankunft erlebt hatte, fiel auch jetzt wieder ein ganzer Hundechor in das Gebell ein. Wally hörte eine Weile zu und versuchte, sich davon zu überzeugen, dass sie keine Angst zu haben brauchte.

Vorsichtig beugte sie sich übers Geländer, um sich den Nachbarshund näher anzusehen.

Er war, wie sie nun erkennen konnte, mit einem langen Strick an einen soliden Pfosten angeleint, was ihm innerhalb eines Radius von etwa fünf Metern Bewegungsfreiheit gewährte. Eine ringförmige Bodenfurche markierte die Grenze seines Auslaufs. Heiser bellend drehte er eine letzte Runde, dann ließ er sich fallen, als wären ihm urplötzlich die Beine eingeknickt, und wurde still.

Daraufhin begann auch das Bellen der übrigen Hunde abzuflauen und hörte schließlich ganz auf. Die Stille, die nun herrschte, fühlte sich irgendwie kompakt an. Wally meinte, sie greifen zu können. War es in Scheuerbach je einmal so still gewesen?

Nie, sagte sich Wally. Man hört Automotoren und Kindergeschrei, Sägen und Hämmern und …

Ein Scheppern und Dröhnen ließ sie mit einem Satz in ihr Zimmer zurückspringen.

Himmelmutter, was …?

Wally brauchte einige Zeit, bis ihr klar wurde, dass im Turm der Kleingudener Kirche die Glocken zu läuten begonnen hatten.

Fassungslos schüttelte sie den Kopf. Was für ein schreckliches Getöse. Zu Hause in Scheuerbach läuteten die Glocken in einem sanften, gedämpften Ton, der einem ganz erbaulich zumute werden ließ. Hier in Kleingude musste man beim Glockengeläut um seine Trommelfelle fürchten.

Was gab es eigentlich anzukündigen? Abendmesse? Rosenkranz? Oder einfach nur die volle Stunde? Sie warf einen Blick auf ihre Armbanduhr. Das Sieben-Uhr-Läuten offenbar. Die Feststellung ließ sie erneut einen Satz machen.

Wie hatte sie bloß so viel Zeit vertrödeln können, anstatt sich fürs Abendessen herzurichten? Wenn sie nicht viel zu spät kommen wollte, musste sie, abgesehen von Jacke und Schal, die sie noch schnell abzulegen gedachte, so hinuntergehen, wie sie war.

Hastig schloss sie die Balkontür, ließ die Verriegelung einrasten und zog die Gardine vor. Sie schälte sich aus der Jacke, warf sie über die Stuhllehne und begann den Schal aufzuknoten. Dabei fiel ihr auf, wie kalt ihre Hände geworden waren, während sie sich draußen aufgehalten hatte. Die Temperatur musste inzwischen weit unter der Null-Grad-Marke liegen.

Es stand also eine recht frostige Nacht bevor.

Als Wally den Gastraum betrat, zeigte sich, dass etliche Gäste ihre Plätze bereits eingenommen hatten. Gehetzt suchte ihr Blick nach Hilde und Thekla.

Links vom Eingang gab es einen langen Tisch vor drei Fenstertüren, der anscheinend für die Wandergruppe vorgesehen war, denn die Leute, die dort saßen, trugen ausnahmslos T-Shirts mit der Aufschrift: »Nur wo du zu Fuß warst, warst du wirklich«.

Überrascht registrierte Wally, dass zwischen zwanzig und siebzig jede Altersklasse vertreten zu sein schien.

Nur wo du zu Fuß warst, warst du wirklich, wiederholte sie in Gedanken und gestand sich beschämt ein, dass sie – so gesehen – in ihrem Leben kaum weiter als bis zum Scheuerbacher Marktplatz gekommen war.

Und für Sepp, dachte sie ein wenig boshaft, wäre die Welt an unserm Werkstatttor zu Ende.

Der Bereich, in dem die Wandergruppe ihren Tisch hatte, war durch eine halbhohe Anrichte vom übrigen Raum abgetrennt. Wally wollte sich gerade dorthin wenden, als eine Bewegung am Kopfende des Wandergruppentisches sie innehalten und zurückblicken ließ.

Jakob Gref hatte seinen Bierkrug erhoben, lächelte und prostete ihr zu. Wally lächelte zurück, wusste jedoch nicht, wie sie seine Geste ohne ein Glas in der Hand erwidern sollte. Schließlich winkte sie ihm wie zum Abschied.

»Wo bleibst du denn?« Hildes Stimme schnitt durch den Raum. Wally wirbelte herum.

Rechterseits des Eingangs gab es mehrere runde Tische. Am mittleren sah sie Thekla und Hilde sitzen.

Hilde wirkte leicht gereizt. »Komm endlich her. Alina wollte schon vor zehn Minuten die Suppe auftragen, was sich allerdings verbat, da Lady Wally Maibier nicht zu erscheinen geruhte.«

Thekla hob eine Braue. »Contenance, Lady Westhöll.«

Wally warf ihr einen dankbaren Blick zu. Theklas Eingreifen bewahrte sie davor, Entschuldigungen vorbringen zu müssen, die Hilde vermutlich mit einer weiteren Spitze beantwortet hätte.

Sie nahm Platz und entfaltete schweigend ihre Serviette.

Statt einer Suppenschüssel brachte Alina ein kleines rundes Tablett, auf dem sich vier Schnapsgläser befanden. »Als Erstes müssen wir auf euer Kommen anstoßen. Mit unserem besten Tropfen aus Gustavs Destille.« Sie reichte jeder der drei Damen ein Glas mit bräunlichem Inhalt. Das letzte nahm sie selbst. »Auf euch, auf den lieben Gustav, auf unsere Heimat.«

Ihre Erfahrungen mit Selbstgebranntem aus Niederbayern kündigten Wally ein scharfes Gebräu an, das wie Spiritus schmeckte und den Rachen verätzte.

Ich sollte auf ex trinken, sagte sie sich, ansetzen und weg damit. Dann hätte ich die Sache hinter mir.

Vorsichtig führte sie es an den Mund, schlürfte ein Tröpfchen, als wäre sie ein Vogeljunges, das aus einem Blütenkelch trinkt – und leckte sich die Lippen.

Das schmeckte ja köstlich.

Sie gönnte sich einen kräftigen Schluck.

Der Schnaps – wohl eher ein Likör – rann wie Öl durch ihre Kehle und ließ einen herrlichen Geschmack nach Kräutern und Wildkirschen am Gaumen zurück. Sie leerte das Glas und hätte am liebsten um ein zweites gebeten, wollte jedoch nicht ungehobelt erscheinen.

Es war ohnehin bereits zu spät.

Eine Frau mit Kochmütze und weißer Schürze trug soeben eine volle Suppenterrine an den Tisch.

»Danke, Mirela.« Alina nahm die Terrine entgegen und begann, vier Teller zu füllen. Den letzten behielt sie für sich, setzte sich zwischen Hilde und Thekla und wünschte allen guten Appetit.

»Welche Heimat?«, fragte Hilde.

Die Frage stürzte Wally in Verwirrung. Ihr Blick streifte Thekla und Alina und vermeldete, dass es den beiden nicht anders erging.

»Auf welche Heimat haben wir denn getrunken?«, präzisierte Hilde. »Auf die der Siebenbürger Sachsen? Gehörst du auch zu dem Völkchen?«

Alina schüttelte den Kopf. »Ich bin eine Zugezogene. Meine Familie ist seit jeher in Oberbayern ansässig. Ich bin in Ebersberg geboren und dort aufgewachsen.«

Deutsch ist Alinas Muttersprache, begriff Wally und begann, ihre Suppe zu löffeln.

Auch Alina wollte den Löffel zum Mund führen, aber Hilde ließ es nicht zu.

»Wie konnte es dich nach Kleingude verschlagen?«

Alina lächelte. »Ein Siebenbürger Sachse hat mich gekapert.«

»Gustav?«, riet Hilde.

Alina verschluckte sich fast. »Wie kommst du auf Gustav? Ach so, ja, er hat mich für sein Hotel angeworben. Aber da war ich längst hier eingebürgert.«

»Womit du sagen willst, dass Siebenbürgen inzwischen deine Heimat ist?«, vergewisserte sich Hilde.

»Ist Heimat nicht immer da, wo man sein Heim hat?«, antwortete Alina etwas verschämt, während sie erneut nach dem Schöpflöffel griff. »Möchte noch jemand …?«

Wally überlegte, ob sie noch etwas von der leckeren Suppe nehmen sollte, die so aromatisch nach Estragon schmeckte, entschied sich jedoch dagegen, denn das schon bei ihrer Ankunft in Aussicht gestellte Hühnerfrikassee roch bereits verführerisch aus der Küche. Selbst Hilde schnupperte interessiert.

Alina stand auf und räumte die Suppenteller ab.

»Mirelas besondere Spezialität«, sagte sie, als sie mit einer Kasserolle aus feuerfestem Glas zurückkehrte. »Obwohl eigentlich alles, was aus ihrer Küche kommt, als Leckerbissen bezeichnet werden darf. Gustav hat ja oft ein geschicktes Händchen bewiesen, aber an dem Tag, an dem er Mirela eingestellt hat, ganz besonders.«

Und an dem Tag, an dem er dich eingestellt hat, wohl erst recht, ging es Wally durch den Kopf.

Sie musste lachen, als Hilde ihren Gedanken laut aussprach.

Alina bedankte sich mit einer kleinen, fast verlegen wirkenden Verneigung und beeilte sich, auf Hildes Frage, wie sie denn zu dem Posten als Gustavs Geschäftsführerin gekommen sei, zu antworten. »Vor fünf Jahren ungefähr habe ich mit Aushilfstätigkeiten hier angefangen. Anfangs war ich nur stundenweise beschäftigt, aber mit der Zeit – eigentlich ohne dass ich es richtig mitgekriegt hätte – sind meine Aufgaben immer umfangreicher geworden, und irgendwann hatte ich die gesamte Geschäftsführung übernommen.« Sie reichte Hilde eine Schale mit nach Petersilie duftendem Reis.

»Das hat dich dann von morgens bis abends hier festgenagelt.« Hilde ging wie immer schnurstracks auf ihr Ziel los. »Gibt es keine Familie, um die du dich kümmern musst?«

Alina blickte auf ihren Teller, spießte ein Blumenkohlröschen auf und steckte es sich in den Mund.

Sie wird nicht antworten, dachte Wally. Hildes Vorgehen ist einfach zu unverfroren.

Doch sie täuschte sich.

»Ich hätte so gern Kinder gehabt. Aber im Leben läuft halt nicht alles nach Plan.« Kaum war es gesagt, blickte Alina erschrocken auf. »Tut mir leid. Ich wollte euch nichts vorjammern.« Sie versuchte sich an einer abgeklärten Miene. »Ist sowieso Schnee von gestern. Mittlerweile haben wir uns damit abgefunden und neu orientiert. Elmar und ich stecken beide in Fulltime-Jobs.« Sie warf Hilde einen prüfenden Blick zu, nickte und kam der voraussehbaren Frage zuvor. »Elmar arbeitet bei einem Software-Unternehmen in Kronstadt. Früher, in den ersten Jahren nach unserer Heirat, hatte er geregelte Arbeitszeiten. Damals haben wir in jeder freien Minute an unserm Häuschen am Südplateau der Königstein-Leite herumgebastelt, das Elmar von seinen Eltern geerbt hatte. Jetzt ist Elmar in der Firma für so gut wie alles zuständig, kennt weder Feierabend noch Wochenende und ist oft auf Geschäftsreise.«

In das nun entstehende Schweigen stellte Thekla die Frage, die auch Wally und – ihrer Miene nach zu urteilen – ebenso Hilde in den Sinn gekommen war. »Wie kommt's, dass deine Schwiegereltern das Haus nach dem Krieg behalten durften?«

Alina zuckte die Schultern. »Nicht einmal Elmar weiß das so genau. Er nimmt an, dass das Grundstück niemanden interessiert hat, weil es so weit oben an einer steilen Bergflanke liegt. Früher war es nur über einen Fußpfad erreichbar. Ihr könnt euch gar nicht vorstellen, was für ein Mordsaufwand es gewesen ist, eine Fahrtrasse anzulegen.« Sie blickte versonnen aus dem Fenster. »Aber es hat sich gelohnt. Es ist ein so malerischer Ort, dass ich mich schon beim ersten Blick in ihn verliebt habe.«

Alina bediente sich ein zweites Mal von dem Frikassee, das wirklich köstlich schmeckte – auch Wally hatte bereits einen Nachschlag dieses so verführerisch sahnigen Gerichts auf dem Teller. »Nur hin kommt man nach wie vor schlecht, weshalb Elmar immer häufiger in der Stadt übernachtet. Schnee und Eis im Winter, Schlamm im Frühjahr, Steinschlag im Sommer und das ganze Jahr über Schlaglöcher in rauen Mengen. Ihr habt euch vom Zustand der Straßen ja selbst ein Bild machen können.«

Das hört sich an wie das Plädoyer eines Verteidigers beim Strafprozess, ging es Wally durch den Kopf.

Trotzdem, was Alina vorgebracht hatte, war nicht zu leugnen. Die Straße nach Kronstadt befand sich in einem katastrophalen Zustand, das Wetter zeigte sich anscheinend hauptsächlich extrem, und dass Firmenmanager unter Stress litten, gehörte offenbar zum Berufsbild. Was Wunder, dass Elmar Schüller lieber auswärts logierte.

Aber so einleuchtend sich die Sache auch darstellte, ein Hauch von Argwohn ließ sich nicht vertreiben. Gab es eventuell noch einen weiteren Grund, der Elmar Schüller ab einem gewissen Zeitpunkt von Kleingude ferngehalten hatte? Hatte er nicht zusehen wollen, wie Gustav und Alina sich näherkamen, wie aus einer geschäftsmäßigen Beziehung eine intime wurde?

Alinas erhobene Stimme unterbrach Wallys Gedankengang. »Ich mach das schon. Geh nach Hause. Ihr solltet beizeiten losfahren, und vorher müssen wohl noch die Kinder ins Bett.«

Es dauerte ein paar Augenblicke, bis Wally klar wurde, dass Alina mit der Köchin sprach, die mit einem Tablett aus der Küche gekommen war.

Mirela nickte, bedachte Alina mit einem dankbaren Blick, stellte das Tablett auf dem kleinen Tresen neben dem Durchgang ab und sagte in energischem Ton: »Nachtisch mit Frucht von einheimische Wald. Nicht mit Chemie wie in Dose von Ananas«, und verschwand wieder in der Küche.

»Heidelbeertörtchen mit Baiser und Nusskrokant.« Wally war nahe daran, feuchte Augen zu bekommen.

»Gustav hat größten Wert darauf gelegt, dass wir im Hotel, soweit möglich, Naturprodukte aus der Region verwenden und umweltfreundlich verarbeiten«, sagte Alina. »Ich habe ihn dabei so gut es ging unterstützt. Aber seine eifrigste Mitstreiterin hat er in Mirela gefunden.« Sie winkte der Köchin kurz zu, die – nun ohne Schürze und Mützchen – in den Gastraum kam und nach einem Schlüsselbund griff, der an einem Bord hinterm Tresen hing.

Als sich Alina wieder ihren Gästen zuwandte, sah sie drei Augenpaare mit fragendem Blick auf sich gerichtet. Sie stutzte einen Moment, dann schien sie zu begreifen: »Sie wollen zur Demo nach Kronstadt. Mirela, Leontin – das ist Mirelas Mann –, der Pfarrer, die Schäfer, Jakob …«

Wally schaute zum Tisch der Wandergruppe hinüber, erwartete, Jakob Gref dort zu sehen, fand aber nur zwei Pärchen, die bei einer Flasche Wein zusammensaßen. Jakob musste bereits aufgebrochen sein.

»Was für eine Demo?«, fragte Hilde.

»Es geht um das Dekret, das bei uns in Rumänien Strafminderung für Korruption vorsieht.« Alina hob die Hand. »Dagegen muss einfach protestiert werden. Und viele machen mit. Elmar hat mich vorhin aus Bukarest angerufen, wo er heute zu tun hatte. Da waren schon am Nachmittag Tausende auf der Straße. Überall im Land sind Demos angekündigt. Die Kleingudener wollen nach Kronstadt, wo auch eine riesengroße stattfinden soll. Leontin fährt den hoteleigenen Kleinbus, und Emilian hat versprochen …« Sie blickte auf. »Wo bleibt er eigentlich?«

Im nächsten Moment erhellte ein Lächeln ihr Gesicht. »Da

bist du ja. Ich habe mich gerade gefragt, was dich aufgehalten haben könnte. Hast du noch Zeit für eine Tasse Kaffee?«

Ein schlanker, sehniger, aristokratisch wirkender Herr Anfang fünfzig steuerte forschen Schrittes auf ihren Tisch zu. »Und für ein Törtchen. Um nichts in der Welt würde ich mir eine von Mirelas Köstlichkeiten entgehen lassen.«

Wally musterte ihn verwundert. Das war keiner aus Kleingude, nie und nimmer. Das war ein Mann von Welt mit Reputation und Kapital im Rücken. Seine Muttersprache musste Rumänisch sein, das verriet der Akzent, der in seinen deutschen Worten anklang, die er so ausgefeilt setzte, als stünde er auf einer Bühne. Fraglos würde er vor jeder Kulisse eine gute Figur machen.

»Emilian Radu«, stellte Alina ihn vor. »Emilian ist extra aus Bran gekommen, um die Schäfer abzuholen. Im Hotel-Bus hätten längst nicht alle Platz gehabt.« Sie stand auf und versorgte Radu mit Kaffee und Törtchen. »Emilian führt in Bran ein Viersternehotel.«

»Als Stützpunkt für Wandergruppen?«, fragte Wally erstaunt.

Radu lachte auf. »Als Stützpunkt für Touristen aus aller Herren Länder. Bran ist *die* Touristenattraktion in Rumänien. Genauer gesagt, Bran Castle.«

»Bran Castle ist weltweit als Draculas Schloss bekannt«, sagte Hilde, und endlich ging Wally ein Licht auf. Sie hatte das Schlösschen mit den vielen Türmen, Türmchen und Erkern, das wie ein Phantasiegebilde auf einem steilen Felsen hockte, schon oft abgebildet gesehen, und der Gedanke, dass tatsächlich ein Vampir darin sein Unwesen getrieben haben könnte, hatte sie stets mit blankem Entsetzen erfüllt.

Offenbar spiegelte sich dieses Entsetzen in ihrer Miene wider, denn Radu legte die Kuchengabel auf seinen mittlerweile leeren Teller und sagte milde: »Vlad Drăculea III., dem das Schloss zugeschrieben wird, war ein Mensch wie Sie und ich. Er war kein Vampir, kein blutsaugendes Gespenst und soll übrigens dieses Schloss nie betreten haben. Es wird ihm jedoch nachgesagt, ein sehr grausamer Herrscher gewesen zu sein. Seine Feinde soll er vorzugsweise zum Tod durch Pfählen verurteilt haben, was ihm den Ruf eines blutrünstigen Monsters eingebracht haben mag.«

Radu warf einen Blick in die Runde, sah, dass alle an seinen Lippen hingen, und fuhr fort: »Seine Berühmtheit erlangte Schloss Bran aber nicht deswegen, sondern wegen der Verfilmungen von Stokers Roman ›Dracula‹, denen es als Vorlage diente, weil es exakt der Beschreibung in der Vampirgeschichte entsprach. Erinnern Sie sich an die von 1992? Sie war für vier Oscars nom...« Er unterbrach sich, weil vom Vorplatz draußen schwere Schritte zu vernehmen waren. Klobige Stiefel trampelten auf gefrorenem Boden. Das Gebell des Hundechores verwandelte sich in ein Heulen und Jaulen.

Wally packte das Grauen. Es kostete sie Mühe, den letzten Bissen ihres Törtchens hinunterzuschlucken. Wer stapfte dort draußen herum? Die Schergen von Vlad Drăculea? Die Horrorgestalten aus dem Dracula-Film? Sie kniff die Augen zu und wünschte sich heim nach Scheuerbach zu ihren Topfpflanzen, zu ihrer Hasenfamilie aus Keramik – zu ihrem Mann.

Sepp hatte sie ja gewarnt.

# 4

Thekla stand neben Alina auf den Stufen am Eingang des Hotels, von wo aus sie beobachteten, wie die Schäfer lärmend Radus Transporter bestiegen.

Dessen Stimme brach sich nun Bahn. Er rief etwas in rumänischer Sprache, das Thekla nicht deuten konnte. Sie warf Alina einen fragenden Blick zu.

»Er will wissen, ob sie jetzt komplett sind«, erklärte Alina und horchte kurz auf das Stimmengewirr. »Georgel scheint noch zu fehlen. Ah, da kommt er schon. Sind ja bloß ein paar Schritte für ihn.« Sie zeigte irgendwohin ins Dunkel. »Er wohnt in dem kleinen grünen Häuschen gleich nebenan.«

Das marode Häuschen war Thekla schon bei der Ankunft aufgefallen. Sie hatte es eine Weile betrachtet und darüber gerätselt, ob es bewohnt war, und wenn ja, wer wohl darin hausen mochte.

Ein Schäfer also. Waren Gustavs Schäfer so mittellos, dass sie sich nicht einmal Farbe, ein paar Bretter und Balken leisten konnten, um ihr Zuhause auszubessern?

Alinas Blick ruhte auf dem hageren Kerl, der ohne Eile auf Radus Transporter zuging. Nachdem er eingestiegen war, sagte sie, als hätte sie Theklas Gedanken lesen können: »Gustav hat seine Leute immer gut bezahlt. Vor allem bei den Schäfern hat er nicht geknausert. Aber seit Georgels Frau tot ist, lässt er das Haus herunterkommen, als warte er nur darauf, dass es einstürzt. Dabei soll es, solange sie beide darin gewohnt haben, ein echtes Schmuckstück gewesen sein.«

Thekla verschränkte die Arme vor der Brust, um die Kälte davon abzuhalten, unter ihre Jacke zu kriechen. Seit ihrer Ankunft hatte es erheblich abgekühlt. Die Temperatur musste inzwischen auf mindestens zehn Grad minus gefallen sein und würde wohl noch weiter sinken. Selbst die Schäfer trugen der eisigen Luft Rechnung, denn die meisten hatten sich in Schaffelle gehüllt. Der Geruch, der ihnen entströmte, ließ Thekla zeitweise den Atem stocken.

Sie fragte sich, ob es der Schafsgeruch war, der die Hunde so verrückt machte. Das Gebell und Gejaule schien gerade neue Höhen zu erklimmen.

»Sie müssen einen Bären gewittert haben«, sagte Alina.

Konnte sie tatsächlich Gedanken lesen?

»Manchmal treibt der Hunger den einen oder anderen ins Dorf herunter. Aber wenn er merkt, dass Unruhe herrscht, verzieht er sich gleich wieder. Die Hunde sind natürlich erpicht darauf, die Spur aufzunehmen. Dass sie heute noch angeleint sind, macht sie so rebellisch.«

Es dauerte einen Moment, bis Thekla begriff, was sich daraus folgern ließ. »Nachts laufen die Hunde frei?«

»Ja, was denn sonst?« Alina klang verblüfft. »Sie müssen ihr Revier doch schützen und verteidigen können.«

»Gegen Bären?«

Alina zog den Wollschal, den sie vor dem Hinausgehen übergeworfen hatte, enger um die Schultern. »Gegen alles und jeden.«

Radu startete und fuhr mit den Schäfern ab. Alina hob die Hand zu einem kurzen Gruß.

Als der Wagen außer Sicht war, öffnete sie die Eingangstür und winkte Thekla ins Haus. Warme Luft schlug ihnen entgegen.

Alina wickelte sich aus ihrem Schal. »Unsere Hunde sind nicht so befehlshörig abgerichtet, wie du das vielleicht aus Deutschland kennst. Sie derart zu domestizieren wäre hier ein großer Fehler. Der Schäferhund muss sein eigener Herr sein, um eine Schafherde bewachen zu können. Denn dabei ist er weitgehend auf sich allein gestellt, muss selbstständig Entscheidungen treffen und darf sich von nichts und niemandem einschüchtern lassen.«

»Das heißt, er geht auf jeden los, von dem eine wirkliche oder vermeintliche Bedrohung zu erwarten ist«, sagte Thekla mit gepresster Stimme.

»Klingt erschreckend, aber ja, das muss und wird er.«

Thekla schluckte hart. Die Hundemeute von Kleingude würde demnach auch Menschen angreifen, wann immer sie es für angebracht hielt, und war weit davon entfernt, irgendwem zu gehorchen.

Alina hatte einen kurzen Blick in den Gastraum geworfen und ihn offenbar leer vorgefunden. Sie schloss die Tür, dann drehte sie sich wieder zu Thekla um. »Jeder Hund, der mit Schäfer und Schafherde über die Weidegründe zieht, ist aufs Äußerste gefordert.«

Thekla schauderte, als Alinas Stimme einen dunklen, geradezu mystischen Ton annahm. »Der Bär kommt nachts. Die Wölfe jagen von Einbruch der Dunkelheit an. Bär wie Wolf sind vor allem auf die Lämmer scharf. Sie schleichen sich an, sobald der Schäfer sich in seiner Hütte oder in seinem provisorischen Unterstand schlafen gelegt hat. Der Hunger macht sie verwegen. Hätten wir aus unseren Hunden Memmen gemacht, dann würden sie jetzt schleunigst den Schwanz einklemmen und wegrennen. Der Bär und die Wölfe hätten leichtes Spiel, kämen wieder und wieder – jede Nacht.«

Thekla fragte sich, was ein Hund, befehlsgewohnt oder nicht, gegen einen ausgewachsenen Bären oder ein Rudel Wölfe schon ausrichten konnte.

Alina war bereits dabei, sie darüber aufzuklären. »Aufgabe der Hunde ist es, den Bären einzukreisen und in Schach zu halten. Sie müssen die Herde mit ihren Körpern schützen, bis der Schäfer merkt, was vor sich geht, und ihnen mit einer Keule in der einen und einer brennenden Fackel in der anderen Hand zu Hilfe kommt. Seite an Seite rücken sie dann vor und schlagen den Bären in die Flucht.«

Thekla wagte zu bezweifeln, dass es so einfach war und dass die Sache immer glatt verlief. »Was, wenn es nicht gelingt?«

»Es muss gelingen«, antwortete Alina ernst. »Denn sollte der Beutezug für den Bären erfolgreich sein, wäre das fatal. Er würde wie gesagt in der nächsten Nacht wiederkommen und in der übernächsten, würde sich ein Lamm nach dem anderen holen.« Sie sah Thekla prüfend an, als überlege sie, wie viel sie ihr zumuten konnte.

Thekla ahnte, was kommen würde, und übernahm es zu sagen: »Die Sache geht für Schäfer und Hunde nicht immer gut aus.«

Alina bestätigte das. »So gut wie jede Saison fordert das Leben eines Schäfers. Von den ungezählten Hunden, die dran glauben müssen, gar nicht zu reden.« Sie horchte nach draußen. »Ion hat gerade Ron und Van von der Leine gelassen. Die anderen laufen schon frei.«

Jetzt registrierte auch Thekla, dass das Gebell verhallt war.

Auf einmal herrschte Ruhe im Dorf. Selbst im Haus war es still. Nichts regte sich. Offenbar befanden sich alle Gäste bereits in ihren Zimmern, lagen womöglich schon in ihren Betten.

Der Gedanke an ein weiches Federbett ließ Thekla auf einmal matt und schläfrig werden.

»Du musst todmüde sein«, sagte Alina, womit sie erneut ihr Einfühlungsvermögen unter Beweis stellte.

Thekla brachte noch ein Nicken und ein verwaschenes »Gute Nacht« zustande, bevor sie sich der Treppe zuwandte und sie hinaufzusteigen begann.

Alinas Stimme stoppte sie auf halbem Weg. »Frühstück gibt es ab acht. Ich fürchte, Hilde lässt euch keine fünf Minuten Verspätung durchgehen. Sie will vor der Beerdigung noch die Brandstelle besichtigen.«

Bevor Thekla den Mund aufbrachte, winkte Alina schon ab. »Frag mich nicht, was sie sich davon verspricht.«

Diesmal hatte sie Theklas Gedankengang falsch eingeschätzt, was wohl daran lag, dass er sich nicht ganz so einfach nachvollziehen ließ.

Beim Stichwort »Beerdigung« war Thekla nämlich unvermittelt die Frage in den Sinn gekommen, wann Gustavs Ex-Frau oder zumindest sein Sohn erwartet wurden. Offenbar waren sie ja noch nicht hier.

Sie stützte sich aufs Geländer, sah zu Alina hinunter und fragte nach den beiden.

»Daniel und seine Mutter kommen morgen mit dem ersten Flieger«, sagte Alina. »Ion holt sie am Flughafen ab. Gegen Mittag müssten sie hier sein.«

Ganz schön knapp kalkuliert, meldeten Theklas schläfrige Gedanken. War die Totenmesse nicht für vierzehn Uhr vorgesehen? Im Anschluss daran sollte der Verstorbene auf dem Friedhof von Kleingude begraben werden. Danach würde die Trauergemeinde im Hotel zu einer deftigen Brotzeit zusammenkommen, um nachhaltig auf Gustav anzustoßen.

Thekla nickte vor sich hin, bis ihr der Kopf auf die Brust sank. Ja, so war die Information auf dem Aushang an der Tür zum Gastraum wohl zu verstehen gewesen.

Schwerfällig überwand sie die restlichen Stufen. Als sie am Ende der Treppe ankam, hörte sie draußen wieder die Hundemeute. Aber sogar für einen kurzen Blick aus dem Fenster war sie zu müde.

Mirela hatte ein Frühstück hergerichtet, das sich sehen lassen konnte. Frisches Obst, Joghurt, Getreideflocken und Nüsse als gesunde Kost; Wurst, Käse und Gürkchen als Gegengewicht. Außerdem gab es verschiedene Aufstriche (sowohl auf Gemüse- als auch auf Frischkäse-Basis), diverse Brotsorten und sogar Kuchen (Hefezopf und Marmorkranz). Auch das traditionelle rumänische Frühstück »Mamaliga cu lapte«, ein fester Brei aus Maisgrieß, der mit Milch übergossen wurde, fehlte nicht.

Hilde und Wally saßen bereits am Tisch, als Thekla ins Speisezimmer trat. Wally sah definitiv übernächtigt aus, auch Hilde wirkte kantig und zerfurcht. »Habt ihr nicht gut geschlafen?«

Hilde zuckte die Schultern. »Halbwegs gut bis drei Uhr früh. Da sind die Schäfer offenbar von der Demo zurückgekommen und haben draußen rumgegrölt. Müssen stockbesoffen gewesen sein.«

Thekla wandte sich Wally zu. »Und was ist mit dir?«

Wally seufzte. In ihren Augen schimmerte es feucht.

Tränen? Seufzen? Hatte Wally etwa Heimweh? Zuzutrauen war es ihr. Und, sagte sich Thekla, ist es nicht auch verständlich? Wünschte sie sich nicht selbst zurück nach Eging in ihr Häuschen zu Heinrich und den Bonsaibäumchen, die er neuerdings kultivierte?

Hastig, um zu vermeiden, dass sie ebenfalls feuchte Augen bekam, verscheuchte sie den Gedanken an zu Hause und richtete ihre Aufmerksamkeit wieder auf Wally, deren Blick jetzt in Tränen schwamm.

Thekla biss sich auf die Lippen. Sobald Hilde dahinterkam, was mit Wally los war, würde sie mit Spott und Häme über sie herfallen, bis von der armen Wally nur noch eine Pfütze Salzwasser übrig war. Das musste verhindert werden.

Falls es nicht schon zu spät dafür war. Hilde musterte Wally bereits mit gerunzelter Stirn.

Impulsiv fasste Thekla nach der Thermoskanne mit Kaffee, hob sie ein wenig an und ließ sie im nächsten Moment ihrem Griff entgleiten. Die Kanne knallte zurück auf die Tischplatte, klirrte an Hildes Saftglas, drohte es umzustoßen. Wie erhofft reagierte Hilde flink. Ihre Rechte schnellte vor und hielt die Kanne fest. Ihre Linke schnappte sich das Glas. Ihr Blick richtete sich tadelnd auf Thekla.

Thekla konnte sich nur mit Mühe ein Grinsen verkneifen. Operation gelungen, Wally aus dem Fokus.

Mit sich zufrieden trat Thekla ans Büfett und machte sich eine Schale Müsli zurecht, die sie großzügig mit Nüssen garnierte. »Nervennahrung«, würde Heinrich beipflichtend sagen, könnte er sie dabei beobachten.

Als sie an ihren Platz zurückkehrte, fand sie sich Alina gegenüber, die sich soeben Kräutertee einschenkte.

Alina würde ihnen also auch beim Frühstück Gesellschaft leisten. Offenbar war es in der Villa Bavaria üblich, die Mahlzeiten gemeinsam mit den Gästen einzunehmen. Auch Jakob Gref saß wieder am Tisch der Wandergruppe.

»Ich hätte euch gern selbst zu Gustavs Haus geführt und euch gezeigt, wo das Feuer ausgebrochen ist«, sagte Alina nach einem Schluck Tee. »Aber mir läuft die Zeit davon. Der Gastraum muss für den Leichenschmaus vorbereitet werden, Mirela braucht eine helfende Hand in der Küche. Bei Jakob steht heute ab halb neun die Wanderung zur Fledermaushöhle auf dem Programm, Ion ist auf dem Weg nach Bukarest und –«

»Beschreib uns einfach den Weg«, unterbrach Hilde sie harsch. »Begleitung brauchen wir nicht.«

Alina sah sie unergründlich an. »Ich denke doch. Georgel wird sich um euch kümmern. Er ist ortskundig und zuverlässig.«

»Wir brauchen ihn nicht«, murrte Hilde. »Können uns ja sowieso nicht mit ihm verständigen.«

»Oh doch«, widersprach ihr Alina. »Georgel versteht recht gut Deutsch – wenn ihm gerade danach ist. Und er weiß sich zu verständigen – wenn es sein muss. Die Landessprache hier ist zwar natürlich Rumänisch, aber die Siebenbürger Sachsen pflegen das Deutsche sehr. Und in Kleingude wohnen sie mit ihren rumänischen Landsleuten Tür an Tür. Da bleibt es nicht aus, dass die einiges aufschnappen und auch behalten. Georgel hat bloß keine Übung im Umgang mit seinen Mitmenschen. Die vergangenen sieben oder acht Winter hat er allein in seinem Häuschen verbracht und die Sommer …« Ihre Stimme versandete. Nach einigen Augenblicken griff sie den Faden wieder auf: »Es wird wohl bald Zeit für ihn und die Schafe. Ab morgen soll es endlich wärmer werden, dann sind die Weiden bald schneefrei. In spätestens einer Woche wird Georgel mit der Herde losziehen und den ganzen Sommer lang fort sein, meist weit oben in den Bergen.«

»Wer entscheidet denn, wann es auf die Weiden geht, wohin die Schäfer ziehen, wie lange sie wegbleiben – jetzt, wo Gustav tot ist?«, fragte Thekla.

Alina wandte sich ihr verwundert zu. »Na, sie selbst natürlich. Das haben sie immer getan. Sie wissen es doch am besten. Gustav hat allerdings immer eine grobe Einteilung der Weidegründe vorgenommen, damit es nirgends Gedränge gibt.«

Thekla wäre gern noch eine Weile am Frühstückstisch sitzen geblieben, hätte Alina zuhören, noch eine Tasse Kaffee trinken und ein Stück Hefezopf dazu essen mögen, aber Hilde trieb Wally und sie erbarmungslos hinaus in die Kälte. Die Wandergruppe war längst fort.

Georgel erwartete sie vor dem Hoteleingang und setzte sich in Bewegung, kaum dass sich die Tür hinter ihnen geschlossen hatte.

Er führte Thekla, Hilde und Wally zur Dorfstraße, von der er bereits nach wenigen Metern wieder abbog und einen steinigen, natürlich vereisten Weg einschlug, den er gemächlich bergwärts stapfte. Die Trasse war selbst für einen Lastwagen breit genug, aber Thekla vermochte sich nur schwer vorstellen, dass sie auch wirklich befahrbar war.

Obwohl sie vollauf damit beschäftigt war, sicheren Tritt zu finden, konnte sie es sich nicht verkneifen, ab und zu einen Blick auf Georgels hagere Gestalt zu werfen.

Er hatte der – wenn auch recht kraftlosen – Morgensonne Rechnung getragen und auf seinen Schaffell-Umhang verzichtet. Stattdessen trug er eine abgewetzte Jacke aus Wollstoff, die Thekla, wäre sie danach gefragt worden, auf die Zeit Vlad Drăculeas III. zurückdatiert hätte. Seine Füße steckten in ausgelatschten Fellstiefeln, deren Nähte mit Draht geflickt waren.

Als er stehen blieb, um sich nach seinen Schützlingen umzusehen, machte auch Thekla eilig halt. Sie wollte ihm nicht allzu nahe kommen, denn Georgel sonderte einen Mief ab, der ihr so kurz nach dem Frühstück zu schaffen machte.

Mit einem Brummen nahm er zur Kenntnis, dass die drei Damen das Tempo mithalten konnten, dann stapfte er weiter.

Alina hatte Hilde, Wally und Thekla mit Skistöcken aus dem Ausrüstungslager für Schneeschuhwanderer versorgt, die sich auf dieser Wegstrecke als ausgesprochen hilfreich erwiesen. Sogar Wally kam einigermaßen gut und sicher voran.

Noch vor dem Aufbruch hatte Georgel einen misstrauischen Blick auf ihr Schuhwerk geworfen, das jedoch nicht zu beanstanden war. Wie Alina ihnen aufgetragen hatte, trugen alle drei die Wanderstiefel, die sie auf Hildes Anraten von zu Hause mitgebracht hatten.

Nach einem knapp zehnminütigen, fast geruhsamen Marsch gelangten sie auf eine Hügelkuppe. Geschwärzte Mauern kamen in Sicht.

Georgel deutete darauf. »Feuerflamme.«

Das Erste, was Thekla in den Sinn kam, war, dass Gustav ein recht kleines Häuschen für sich gebaut hatte. Offenbar hatte er nicht vorgehabt, jemanden bei sich wohnen zu lassen.

Als Nächstes stellte sie fest, dass man von diesem Hügel aus das gesamte Dorf im Blick hatte: die Zufahrtsstraße, die Kirche und den Friedhof, die Kneipe mit ihrem Dach aus Wellblech, die Schafställe und Pferche und – vom Haus aus gesehen direkt in Blickrichtung – das Hotel samt Vorplatz und Nebengebäude.

Während sie auf das ruinierte Häuschen zuschritt, begann sie ganz automatisch, Bestandsaufnahme zu machen: Das Dach hatte offensichtlich am wenigsten Schaden genommen, war vielleicht sogar noch dicht. Auch die Außenmauern standen noch, waren jedoch schwarz von Ruß und Qualm und wahrscheinlich so von Spritzwasser durchtränkt, dass sie über kurz oder lang einstürzen würden. Das obere Geschoss wirkte nicht ganz so ramponiert wie das darunter, es gab dort tatsächlich einige Fenster, deren Scheiben heil geblieben waren.

Demnach musste der Brandherd im Erdgeschoss zu suchen sein.

Georgel bestätigte Theklas Vermutung. Er war ihnen durch den ehemaligen Eingang, der sich jetzt als riesiges, gezacktes Loch erwies, voran ins Haus geeilt, wo sie ihn zwischen angekohlten Möbeln und zersplitterten Fußbodenbrettern antrafen, auf die er anklagend deutete.

Hier also. Thekla schaute sich beklommen um.

Sie befanden sich in einem großen Raum, der die ganze Stirnseite des Häuschens einnahm. Rückwärtig war eine noch relativ intakte Küchenzeile zu erkennen, links ragten die zerbrochenen Beine eines umgestürzten Sessels in die Luft. Rechts lagen die Reste eines fast verschmorten Sofas.

Eine Brandstelle, wie man sie schon oft unter Zeitungsberichten abgebildet gesehen hatte. Trostlos, erschütternd, deprimierend. Mehr aber auch nicht. Keine absonderlichen Verwüstungen, keine obskuren Zerstörungen.

»Frag mich nicht, was sie sich davon verspricht«, hatte Alina gestern Abend gesagt, als sie Thekla mitteilte, Hilde wolle die Brandstelle besichtigen.

Vermutlich weiß sie es selbst nicht, dachte Thekla nun und sagte sich, dass nicht einmal Hilde ernsthaft glauben konnte, irgendwelche verdächtigen Spuren zu finden, die von allen anderen übersehen worden waren.

Hilde war an einen Schreibtisch getreten, der die Südwestecke des Raumes ausfüllte. Geschmolzenes Nussbaumfurnier überzog ihn wie faltige Haut. Alles, was auf der Oberfläche gelegen hatte, schien lichterloh gebrannt zu haben. Die Seitenwände wiesen schwarz geränderte Löcher auf, die Schubladen jedoch zeigten sich fast unversehrt. Hilde zog sie eine nach der anderen auf und wühlte darin herum.

»Nix Papiere«, sagte Georgel. »Was nicht brennen, Alina tragen in Villa.«

Logisch, dachte Thekla. Es wäre ja geradezu sträflich gewesen, wichtige Schriftstücke – soweit sie den Brand überstanden hatten – nicht schleunigst in Sicherheit zu bringen.

Alles andere hatte man aber offenbar an Ort und Stelle belassen. Plünderer musste man in Kleingude anscheinend nicht fürchten.

Sie deutete auf die kaum angesengte Mikrowelle in der Küche. »Gibt es bei euch keine Diebe?«

Georgel bekreuzigte sich statt einer Antwort.

Thekla fragte sich, was er damit ausdrücken wollte. Dass

alle Kleingudener gottesfürchtig waren und weit davon entfernt, das siebte Gebot zu verletzen? Oder dass es wem auch immer nicht gut bekommen würde, sich an Gustavs Eigentum beziehungsweise Nachlass zu vergreifen?

Hilde hatte mittlerweile der Schreibtischecke den Rücken gekehrt und war an einen massiven Schrank getreten, dessen Türen offen standen. Ungerührt begann sie, ihn zu durchsuchen.

Wally wanderte währenddessen still herum, musterte hier ein verrußtes Möbelstück, dort einen ruinierten Gegenstand, als überlege sie, wie der Schaden zu beheben sei.

Georgel stand in der Nähe des Eingangs, trat von einem Fuß auf den andern und stieß Miefwolken aus.

»Schafe alle gesund?«, fragte ihn Thekla.

Er nickte und zeigte aus der Öffnung, die einmal das Wohnzimmerfenster gewesen sein musste, auf einen gegenüberliegenden steil aufragenden Hügel. »Hochweide. Bald. Gut Futter.«

So entspann sich eine Unterhaltung, die Thekla zwar viel Mühe kostete, ihr jedoch einen zumindest vagen Einblick in das Leben der Schäfer gab.

In Gedanken sah sie Georgel mit den Schafen und den Hunden das Dorf verlassen und je nach Schneelage weiter und weiter hinauf in die Berge steigen.

Es gab Hütten da oben, hauptsächlich recht einfache, aber auch ein paar solide, die Gustav in den vergangenen Jahren hatte errichten lassen. Sie standen den Schäfern als Unterkunft zur Verfügung, dienten aber auch als Vorratslager, als Schlachthaus, als Käserei … Was Georgel sonst noch aufzählte, vermochte Thekla trotz Nachfragens nicht zu ergründen.

Eine wirklich erstklassige Hütte musste sich hoch oben am Königstein befinden, die erst vor Kurzem fertig geworden war. Darin konnten die Schäfer offenbar unter hygienischen Bedingungen Quark und Käse aus der Milch herstellen, die ihre Tiere dreimal täglich lieferten.

Thekla blinzelte verwirrt. Die Schafe mussten dreimal täglich gemolken werden? Da hatte sie Georgel wohl gründlich falsch verstanden.

Sie unterließ es jedoch, um Aufklärung zu bitten, denn Georgel schnitt soeben ein Thema an, von dem sie ihn nicht ablenken wollte.

Gustav sei ein guter »patron« gewesen, sagte er, habe mit dem Schnaps nicht geknausert und seine Schäfer immer fair entlohnt. Er habe sich sogar um die Familien der Schäfer gekümmert, die ja viele Monate lang ohne ihren »tata« auskommen mussten.

Während Georgel radebrechte und Thekla sich Mühe gab, seinen Ausführungen einen Sinn abzugewinnen, erschloss sich ihr, wie einsam das Leben eines Schäfers im Sommer, Frühjahr und Herbst sein musste.

Tag für Tag, Woche für Woche, Monat für Monat zog er mit seiner Herde durch die Hügel. Manchmal sah er vielleicht in der Ferne einen Kollegen wandern, aber meistens glaubte er sich allein auf der Welt. Nur wenn er eine Zeit lang in der Nähe einer der Hütten blieb, konnte er eventuell mit Gesellschaft rechnen. Seine Frau und seine Kinder aber waren meilenweit weg.

»Wie anständig von Gustav, sich um die Frauen und Kinder der Schäfer zu kümmern.« Thekla sprach den Gedanken laut aus, war jedoch erstaunt über die Reaktion, die sie damit hervorrief.

Georgel gab ein Brummen von sich, das man als Zustimmung hätte werten können, wäre nicht ein missbilligender Unterton herauszuhören gewesen. Thekla hob den Blick und glaubte einen seltsamen Ausdruck in seinen Augen zu erkennen. Aber bevor sie versuchen konnte, ihn zu deuten, wandte Georgel sich ab.

»Sieh dir das mal an.« Hilde hielt ihr ein zerknittertes Blatt Papier unter die Nase. »Habe ich in der Kommode dort hinten gefunden. Klebte innen am Seitenteil, muss da haften geblieben sein.«

»Liste«, sagte Georgel, der näher getreten war und Thekla über die Schulter schaute.

Dass es sich um eine Auflistung handelte, war auf den ersten Blick zu erkennen. Zahlen und Kürzel standen in drei Spalten untereinander.

»Schnaps«, fügte Georgel hinzu. Dann begann er wieder mit seinem deutsch-rumänischen Kauderwelsch, wobei nun aber die deutschen Ausdrücke zusehends ins Hintertreffen gerieten.

Thekla – mittlerweile in Übung – verstand dennoch genug, um zu erfassen, dass Gustav weit über das gesetzlich erlaubte Maß hinaus Schnaps gebrannt und heimlich Buch darüber geführt hatte.

»Hier brennt doch jeder, so viel er will«, rief Hilde. »Keine Sau schert sich darum, dass seit Rumäniens Beitritt zur EU das Kontingent pro Familie auf fünfzig Liter jährlich beschränkt ist.«

Georgel nickte und sagte etwas, das Thekla in »Fünfzig Liter für ein Jahr ist so gut wie nichts« übersetzte.

Sie dachte daran, wie die Wandergruppe gestern Abend gebechert hatte, und gab ihm recht.

Auf sämtliche Hotelgäste eines Jahres, auf sonstige Besucher, Freunde und auf die wohl stets durstigen Schäfer hochgerechnet, war der Verbrauch in der Villa Bavaria vermutlich auf das Zigfache anzusetzen. Thekla sah Dutzende von Hand beschrifteter Schnapsflaschen vor sich, die hinter dem Tresen im Gastraum aufgereiht waren. Es stand für sie fest, dass sie nicht aus dem Supermarkt stammten, woraus man schließen konnte, dass Gustav Unmengen Schnaps gebrannt haben musste. Schwarz. Hinter dem Rücken der Behörden. Illegal.

Warum aber war er das Risiko eingegangen, Buch über seine Produktion zu führen?

Die Antwort auf diese Frage schien Thekla wissenswert, doch Georgel würde sie ihr kaum geben können.

Plötzlich fiel ihr auf, dass Hilde sich umsah, als suche sie nach etwas Bestimmtem.

»Wo ist denn Gustavs Destille?«, fragte sie schließlich.

Georgel deutete mit dem Daumen über die Schulter und stapfte hinaus ins Freie. Draußen spreizte er die fünf Finger seiner linken Hand ab, wobei er »Minute« sagte.

Thekla schloss daraus, dass sich die Schnapsbrennerei nicht in unmittelbarer Nähe des Hauses befand.

Georgel suchte eine Weile herum, bis er zwischen Glassplittern, verbogenen Metallteilen und verkohlten Holzstücken einen Pfad aufgespürt hatte, der ein Stück quer, dann offenbar hangabwärts verlief.

Als er ihm folgen wollte, hielt Hilde ihn auf. »Die Destille sehen wir uns später an. Wir sind ja hier noch nicht fertig, weil wir die Brandursache noch nicht kennen. Feuer – wo?«, fragte sie Georgel.

»Ofen«, antwortete er.

Der Kaminofen also. Thekla hatte ihn an der Schmalseite des Wohnzimmers gesehen. Er hatte relativ unversehrt gewirkt. Die Tür war geschlossen gewesen. Die Funkenschutzplatte, auf der er stand, zeigte sich allerdings mit einer Rußschicht bedeckt.

Seltsam, dachte sie. Müsste die schlimmste Verwüstung nicht an der Stelle zu finden sein, wo der Brand, aus welchen Gründen auch immer, ausgebrochen war?

Sie warf Hilde einen nachdenklichen Blick zu, sah sie an ihrer Unterlippe kauen und ahnte, was kommen würde.

Im nächsten Moment legte Hilde auch schon los: »Der Ofen. Dass ich nicht lache. Das Loch im Boden ist ein halbes Dutzend Schritte davon entfernt. Dort sind auch die Fußbodenbretter zersplittert und verbrannt. Sogar hier draußen liegt eine Menge verkohltes Zeug rum. Der Ofen aber steht wohlbehalten da. Hat er etwa Feuer und Magma gespuckt wie ein Vulkan?« Sie runzelte die Stirn und machte schmale Augen. »Ich ruf den Ali an. Mal schauen, was unser Kreisbrandrat zu der Sache zu sagen hat.«

»Jetzt?«, fragte Thekla verdattert.

»Jetzt«, bestätigte Hilde. »Ich will vor Ort sein, damit Ali die Brandstelle inspizieren kann.«

Wally machte kugelrunde Krötenaugen, wagte aber offenbar keinen Einwand.

Hilde scrollte bereits durch das Adressbuch ihres Handys und betätigte die Tastatur. »Ali, gut dass ich dich gleich erwische ...«

Thekla wandte sich ab, um nicht aufdringlich zu erscheinen, wollte sich jedoch nicht ganz außer Hörweite begeben, weshalb sie begann, Hilde in einigem Abstand zu umkreisen.

Hilde musste dem Deggendorfer Kreisbrandrat offenbar erst erklären, dass sie, Wally und Thekla nach Siebenbürgen gereist waren, wo Vetter Gustav ...

Thekla horchte erst wieder hin, als sie sagte: »Was draußen alles herumliegt? Ein Haufen Glasscherben. Angekohlte Bretter. Irgendwas aus Metall – gründlich verbogen.« Sie lauschte einen Augenblick. »Was noch? Keine Ahnung. Schaut aus wie Stoff. Ja, da sind Stofffetzen, mehrere. Und etwas, das aussieht wie ein Stück von einer Vorhangstange.«

Hilde verstummte und hörte zu.

»Ja, kann ich machen«, sagte sie dann, ließ ihr Handy sinken und wandte sich an Thekla. »Er will, dass ich ihm Bilder schicke.«

»Du könntest ihm sogar ein kurzes Handyvideo senden«, sagte Thekla.

Hilde blinzelte unwillig. Anscheinend hatte sie keine Erfahrung damit. Schließlich gab sie sich einen Ruck und begann Fotos zu machen. Ob sie auch die Videokamera benutzte, konnte Thekla nicht erkennen.

Kaum hatte sie die Fotos abgeschickt, rief sie bereits wieder bei Ali an. »Hast du die Bilder?« Sie presste erneut ihr Handy ans Ohr, schien abzuwarten. Schließlich nickte sie. Offenbar hatte Ali begonnen, seine Schlussfolgerungen darzulegen. Das würde wohl eine Weile dauern. Hilde würde eine Zeit lang nur konzentriert lauschen.

Demnach hatte es keinen Sinn, in Hörweite zu bleiben. Sobald das Gespräch beendet war, musste Hilde sie halt ins Bild setzen.

Thekla entfernte sich von ihr und begann, auf dem Grundstück herumzustreunen. Sie entdeckte Wally an der Südseite des Hauses, wo die Schäden am größten waren, und beobachtete fasziniert, wie Wally sich regelmäßig bückte, etwas aufhob, mit traurigem Blick betrachtete und geradezu sanft wieder zurücklegte.

»Wenn Fensterscheiben zerspringen und die Splitter nach draußen fliegen, dann muss es drinnen eine Explosion gegeben haben, zumindest aber eine Verpuffung …«

Thekla wirbelte herum und machte einen Schritt auf Hilde zu. Wally kam ebenfalls heran.

»Kennt ihr den Unterschied?«

Thekla und Wally verneinten.

»Interessiert uns eigentlich auch nicht«, fügte Thekla hinzu.

Hilde schnitt ihr eine Grimasse. »Bei einer Verpuffung bemisst sich die Druckwelle in Zentimetern, bei einer Explosion in Metern, bei einer Detonation in Kilometern.«

Thekla verdrehte die Augen.

»Ali meint, dass etwas hochgegangen sein muss?« Wally wirkte entsetzt.

Womöglich denkt sie an ein Bombenattentat, ging es Thekla durch den Kopf. Die Zeitungen sind ja heutzutage voll von Terroranschlägen.

War ein Anschlag völlig auszuschließen? Nein, entschied sie. Aber hätten dann nicht Spuren …

Hilde unterbrach ihre Überlegungen. »In dem Bericht, den ich im Onlineportal der Siebenbürgischen Zeitung gefunden habe, steht als Ursache für das Feuer in Kleingude ›Ofenbrand oder Kurzschluss‹.« Sie kniff die Augen zusammen. Offenbar versuchte sie, sich an etwas Bestimmtes zu erinnern. »Einer der Feuerwehrleute hat gesagt, dass starker Qualm aus dem Haus kam und ein Zimmer schon in Vollbrand stand, obwohl die Feuerwehr sehr schnell am Einsatzort war. Sie hätten als Erstes den Strom abschalten müssen, weil im Obergeschoss noch Licht an war.« Hilde öffnete die Augen und schaute erwartungsvoll von Thekla zu Wally. »Da widerspricht sich was, sagt Ali.« Sie blickte in blanke Gesichter. »Eigentlich müsstet ihr draufkommen.«

Thekla war selbst überrascht, dass sie es war, die sagte: »Kurzschluss scheidet wohl aus, wenn in dem Haus noch Lampen gebrannt haben.«

Hilde reckte den Daumen hoch. »Bleibt der Ofenbrand.«

»Der Ofen schien aber völlig intakt«, wiederholte Thekla, was sie zuvor festgestellt hatten.

Hilde nickte. »Außerdem sagt Ali, dass ein Ofenbrand nur äußerst selten vorkommt. Aber selbst wenn, dann ist so gut wie ausgeschlossen, dass innerhalb kurzer Zeit ein Vollbrand entsteht. Das hat er mir auch schon gesagt, als ich ihm den Zeitungsbericht gezeigt habe.«

»Und was hält Ali für die Brandursache?«, fragte Thekla.

»Ali meint, dass mit Brandbeschleuniger gearbeitet worden ist, vermutlich Benzin.« Hilde deutete auf die Splitter, die herumlagen. »Das erklärt zum einen die Druckwelle, die die unteren Fensterscheiben gesprengt und das ganze Zeug nach draußen geschleudert hat; zum anderen macht dann die Aussage Sinn, das Zimmer habe schon beim Eintreffen der Ortswehr in Vollbrand gestanden.« Sie räusperte sich. »Brandbeschleuniger, habt ihr gehört? Wisst ihr, was das bedeutet?« Die Antwort darauf gab sie gleich selbst. »Das Feuer muss absichtlich gelegt worden sein. Jemand hat Benzin ausgegossen, hat es angezündet und puff.«

»Doch nicht Gustav?« Wallys Stimme klang eine Oktave zu hoch.

Hilde stieß ein krächzendes Lachen aus. »Selbstmord? Gustav? Niemals. Und auf so eine Art schon gar nicht.« Sie schüttelte vehement den Kopf. »Allein schon der Gedanke, Gustav hätte sich in eine Benzinpfütze gesetzt und sie angezündet, ist vollkommen meschugge.«

»Destille?«, sagte Georgel.

Die drei sahen ihn verständnislos an.

Thekla begriff als Erste. »Ja, zeig uns jetzt die Brennerei.«

Georgel gab einen seiner Brummlaute von sich und begann, eine wiederum nur spurbreite Fahrschneise entlangzustapfen, die zwischen niedrigem Gesträuch hangabwärts führte. Nachdem sie dem Weg eine Zeit lang gefolgt waren, sagte sich Thekla, dass sie Georgel vorhin missverstanden haben musste. Fünf Minuten waren gewiss schon um, aber nirgends kam ein Haus oder wenigstens ein Schuppen in Sicht.

Da blieb Georgel unversehens stehen und deutete mit großer Geste auf eine olivfarbene Eisentür, die Thekla nicht wahrgenommen hätte, wäre sie nicht so nachdrücklich darauf hingewiesen worden. Das Türchen war direkt in den Hang eingelassen, verlor sich im Grün und Braun der Gräser und Sträucher.

Thekla musste lachen. »Dein Vetter hat seine Schnapsbrennerei wie einen Fuchsbau in den Hügel gegraben.«

Hilde bedachte sie mit einem miesepetrigen Blick. »Und wer kennt die Zauberformel, die das Schloss knackt?«

Hätten sie sich nicht denken können, dass die Brennerei nicht nur verborgen, sondern auch verschlossen sein würde? Selbst wenn Diebe in Kleingude nicht zu fürchten waren und alle im Dorf wussten, dass Gustav beim Schnapsbrennen sein Kontingent um ein Vielfaches überschritt, waren da ja noch die Touristen, die Jäger und Landstreicher, die sich hierherverirren konnten – und die Behörden, die womöglich Kontrolleure aussandten.

Hilde hatte sich bereits wieder dem Weg zugewandt. »Wir müssen uns Gustavs Destille eben ein andermal ansehen. Mit Alina. Sie wird wohl einen Schlüssel dafür haben. Eigentlich können wir uns die Besichtigung auch ganz schenken. Für unsere Ermittlung ist die Brennerei sowieso nicht … Was zupfst du dauernd an mir herum?« Sie schüttelte Theklas Hand ab, die an ihrem Jackenärmel zog.

»Georgel scheint die Zauberformel zu kennen, die das Schloss knackt«, sagte Thekla.

Georgel war für kurze Zeit außer Sicht gewesen, plötzlich aber wieder aufgetaucht. Soeben trat er an das Eisentürchen und hantierte am Schloss. Einen Augenblick später sprang es auf.

»Ich schätze, die Zauberformel liegt irgendwo da hinten unter einem Stein.« Thekla machte eine Kopfbewegung in Richtung Buschwerk.

Georgel hatte die Tür – sie maß nur etwa eins fünfzig in der Höhe, war aber gut neunzig Zentimeter breit – weit aufgemacht und betätigte soeben einen Schalter, woraufhin sich fast weißes Neonlicht aus der Öffnung ergoss. Er ließ Thekla, Hilde und Wally eintreten, blieb selbst aber draußen stehen.

Obwohl Thekla so gut wie nichts von Alkoholdestillation verstand, erfasste sie sofort, wie professionell Gustavs kleine Schnapsfabrik ausgestattet war. Die Apparate wirkten kostspielig und sehr gepflegt.

»Wie sieht's denn hier aus?«, sagte Wally.

Als Thekla daraufhin den Blick von der Destillieranlage abwandte, bemerkte sie erst, wie vollgestellt der Raum war.

Deckenhohe Regale zogen sich an den Wänden entlang, gefüllt mit Flaschen, Gläsern, irgendwelchen Kleinteilen und sonstigem Krimskrams. Davor stapelten sich Kisten, Fässer und Eimer.

Wally ging an einer Reihe von Bottichen entlang, schnupperte dort und da. »Was er wohl angesetzt hat?«

Hilde machte eine ungeduldige Bewegung. »Und wenn es Hanfstängel wären. Zu wissen, was Gustav zu Schnaps verarbeitet hat, hilft uns in der Brandsache kein bisschen weiter. Herrgott, warum sind wir überhaupt hergekommen?«

Ein lauter Knall beantwortete Hildes wohl rhetorisch gemeinte Frage.

Thekla wandte sich um und sah, dass die Eisentür zugefallen war.

Hilde war mit zwei Schritten dort, griff nach der Klinke, drückte sie hinunter, zog und zerrte, rüttelte daran – vergebens.

Thekla schluckte. Hatte Georgel sie eingeschlossen? Aber warum sollte er das tun?

Hilde begann, mit geballten Fäusten an die Tür zu trommeln. »Georgel. Mach auf. Lass uns sofort raus. Bist du verrückt geworden?« Nichts tat sich. Die Tür blieb zu. Nach einer Weile ließ sie ermattet die Arme sinken.

Daraufhin war es still, bis Wally leise anfing zu schniefen. »Glaubt ihr, er hat uns absichtlich eingeschlossen?«

»Warum hätte Georgel das tun sollen?« Hilde sprach aus, was Thekla zuvor schon gedacht hatte. »Ein Windstoß muss sie zugeworfen haben.«

Wally meldete Zweifel an. »Aber dann könntest du sie doch aufmachen.«

Thekla pflichtete ihr bei. »Jemand muss von außen abgeschlossen haben.«

Hilde ließ sich auf eine Kiste fallen und stützte die Ellbogen auf die Knie. »Ihr habt ja recht. Die Tür ist verriegelt, und Georgel ist abgehauen. Will er uns hier drin abkratzen lassen, oder was?«

Von Wally kam ein gequältes Wimmern.

Thekla strich ihr sanft über den Rücken. »Wir werden hier nicht lange eingesperrt sein. Alina wird sich jetzt schon fragen, wo wir so lange bleiben. Über kurz oder lang wird sie nach uns suchen lassen.«

»Also warten, bis man uns findet«, sagte Hilde missfällig. »Was anderes können wir wohl nicht tun.« Plötzlich hellte sich ihre Miene auf. »Oder sollte es einen zweiten Ausgang aus diesem Bunker geben?«

»Das hier könnte einer sein.« Wally war schniefend durch den Raum geirrt und vor einem schmalen unscheinbaren Türchen stehen geblieben, das quietschend aufging, als sie auf die Klinke drückte.

Bereits der erste flüchtige Blick ließ jede Hoffnung schwinden. Statt ins Freie führte die Tür in einen kleinen Lagerraum.

Wally verschwand darin, während Thekla sich ruckartig zu Hilde umdrehte. »Du hast doch dein Handy dabei. Warum rufen wir Alina nicht einfach an?«

Hilde winkte ab. »Du glaubst doch selbst nicht, dass man in dem Erdbunker hier mit Empfang rechnen kann?«

Thekla hob die Brauen. »Wäre es nicht einen Versuch wert?«

Hilde hatte ihr Mobiltelefon bereits gezückt und hielt es ihr vor die Nase. Auf dem Display schillerte der Schriftzug »Kein Netz«.

Thekla warf einen Blick auf ihre Armbanduhr. »Gerade mal halb zwölf. Wenn wir Pech haben, merkt Alina erst beim Leichenschmaus, dass wir überfällig sind.« Falls sie nicht selbst hinter dieser Teufelei steckt, fügte sie in Gedanken hinzu.

Hilde starrte nachdenklich vor sich hin. Folgte sie ähnlichen Gedankengängen? »Wir müssen uns irgendwie bemerkbar machen«, sagte sie schließlich.

Indem wir um Hilfe rufen? Thekla hätte beinahe laut aufgelacht. Ihre Stimmen würden kaum nach draußen dringen – und selbst wenn: Da war ja keiner, der … Ein Scheppern ließ sie zusammenfahren.

Hilde hatte bereits begonnen, sich bemerkbar zu machen. Sie hatte sich mit einer Schiene bewaffnet, die wohl normalerweise als Schlitten oder Rollbahn für Fässer diente, und hämmerte damit gegen die Eisentür. Metall krachte mit Wucht auf Metall. Es war ohrenbetäubend.

Die Schläge hallten in Theklas Kopf wider, als befände sie sich beim Angelusläuten direkt neben der Glocke im Dachgestühl des Kleingudener Kirchturms.

Sie presste die Fäuste auf die Ohren. »Hilde, bitte.«

Nach einigen etwas leiseren Schlägen hörte der Lärm endlich auf. »Ich kann nicht mehr. Du musst mich ablösen.«

Thekla schüttelte den Kopf. »Wir werden alle drei einen dauerhaften Gehörschaden davontragen.«

Hilde zog wortlos ihre Strickmütze aus der Jackentasche, setzte sie auf, zog sie sich über die Ohren und sah Thekla auffordernd an. »Worauf wartest du?«

Aufseufzend folgte Thekla ihrem Beispiel, übernahm die Schiene und holte zögernd aus.

»Mit mehr Einsatz, wenn ich bitten darf«, mahnte Hilde. »Das Scheppern muss im ganzen Umkreis zu hören sein.«

Thekla legte mehr Schwung in die Bewegung, kniff die Augen zu und ließ das Metalltrumm gegen die Eisentür krachen.

Schon nach wenigen Sekunden brummte ihr der Schädel. Was nutzte eine Strickmütze gegen einen Schallpegel von mehr als hundert Dezibel? Außerdem erlahmten ihre Arme zusehends.

»Okay. Ich übernehme wieder«, sagte Hilde.

Thekla reichte ihr das Ding, zog sich in eine Ecke zurück, ging in die Hocke, barg den Kopf zwischen den Knien und fragte sich, wie lange sie so weitermachen konnten.

Die Muskeln ihrer Arme hatten sich noch kaum gelockert, da wurden Hildes Schläge schon merklich schwächer.

Thekla stand auf, schlurfte wieder zur Tür.

Hilde hatte die Eisenschiene sinken lassen, behielt sie jedoch in der Hand. »Wally, Herrgott noch mal. Was treibst du denn da hinten? Komm auf der Stelle her. Du bist auch mal dran.«

Wally tauchte aus dem Lagerraum auf, blinzelte im hellen Neonlicht.

»Herkommen«, kommandierte Hilde.

Wally gehorchte, bekam die Schiene in die Hand gedrückt und schaute sie unverwandt an.

»Kruzitürken, Wally, du sollst das Ding nicht anstarren, sondern gegen die verdammte …«

Das letzte Wort ging in einem Knall unter. Die Tür war aufgeflogen und gegen einen der Bottiche gekracht.

Wally stieß einen Schrei aus. Die Eisenschiene landete mit einem lauten Klirren auf dem Steinboden und schlitterte auf Thekla zu.

Thekla sprang zurück, wobei sie ein Fässchen umwarf, das polternd davonrollte.

Hilde hatte sich währenddessen eine der in den Regalen aufgereihten Glasflaschen gegriffen, wobei zwei hinunterfielen und zerschellten, und schwang sie wie eine Keule.

»Hoppla«, sagte Jakob Gref. »Langsam, langsam.«

Hilde machte einen Schritt auf ihn zu, ließ die Flasche jedoch sinken.

Daraufhin zwängte sich Jakob in den Raum, was sich wegen seines voluminösen Rucksacks, an dem auch noch ein Paar Schneeschuhe befestigt war, als gar nicht so einfach erwies.

Ein kurzer Blick nach draußen zeigte Thekla, dass sich Jakobs Wandergruppe vor der Tür zusammengeschart hatte. Ein paar wenige reckten den Hals, aber die meisten ließen den Kopf hängen. Alle waren ebenso ausgerüstet wie Jakob, wirkten aber deutlich erschöpft. Wie lange waren sie eigentlich schon unterwegs? Drei Stunden doch erst – wenn es hochkam.

Jakobs Miene war streng. »Warum macht ihr so einen höllischen Lärm? Und wieso –«

»Wo zum Teufel ist Georgel?«, fuhr Hilde ihn scharf an.

Jakob sah sich um, als vermute er den Schäfer irgendwo zwischen den Apparaturen.

»Er wollte uns hier verrotten lassen«, beschwerte sich Hilde.

Thekla überließ es ihr und Wally, Jakob darüber aufzuklären, was vorgefallen war, und trat ins Freie.

Sie entfernte sich ein Stück von der Wandergruppe, atmete tief ein und dann bedächtig aus. Die frische Luft tat ihr gut. Das Dröhnen in ihrem Kopf, das offenbar nicht nur durch den Lärm, sondern auch durch den stechenden Geruch, der drinnen vorgeherrscht hatte, verursacht worden war, ebbte ab.

Als sie zurückkehrte, stellte sie fest, dass sich die Wanderer vor der Brennerei auf Felsbrocken und Wurzelstöcken niedergelassen hatten. Ein paar hatten sich sogar auf die blanke Erde gesetzt.

Hilde und Jakob standen an der Tür.

»Und ihr habt ihn wirklich nicht gesehen?«, fragte Hilde soeben.

Jakob zeigte in östliche Richtung. »Wir sind von da drüben gekommen, und glaub mir, in der letzten Dreiviertelstunde sind wir keiner Menschenseele begegnet.« Er blickte in die

Runde. »Von euch hat doch auch keiner den Georgel gesehen? Oder sonst irgendjemanden?«

»Wie denn, bei dem Tempo, das du vorgelegt hast«, ließ sich eine weibliche Stimme hören. »Wir mussten ja so rennen, dass wir blindlings an einem ausgewachsenen Bären vorbeigelaufen wären.«

Jakob wirkte so zerknirscht, dass mehrere Stimmen laut wurden, die ihn aufzumuntern versuchten.

»Schon gut, schon gut. Wir hatten ja abgesprochen, dass wir die Tour im Eiltempo machen.« – »Wir sind alle damit einverstanden gewesen.« – »Wenn Anni in der Fledermaushöhle nicht ihre Brille verloren hätte, dann wäre die Zeit nicht so knapp geworden.«

»Ich habe die Sache ja nur deswegen so straff durchgezogen, weil ich zu Gustavs Beerdigung rechtzeitig zurück sein wollte«, sagte Jakob nach wie vor schuldbewusst.

»Wissen wir doch.« – »Wissen wir doch alle.« – »Die meisten von uns möchten ja auch auf die Beerdigung. Sagtest du nicht, wir hätten ihm das tägliche Verdauungsschnäpschen zu verdanken?«

Thekla wollte nicht weiter zuhören. Sie ging ein paar Schritte und überließ sich wieder ihren Gedanken.

Würde sich der Aufenthalt in Kleingude zu einem Alptraum auswachsen? Voraussetzungen dafür gab es genug: Bären, Wölfe, eine ungezähmte Hundemeute; ein Schäfer, der keine Skrupel hatte, drei alte Damen in einem Erdbunker festzusetzen; ein Chauffeur, der (Hilde hatte davon berichtet) an einer abgelegenen Tankstelle ominöse Geschäfte abwickelte; ein (allem Anschein nach) absichtlich gelegter Brand, der ein Todesopfer gefordert hatte.

Thekla hatte einen Bogen geschlagen und traf nun wieder auf die Fahrschneise, auf der Georgel sie hergeführt hatte. Müßig blieb sie stehen, ihr Blick schweifte über die Hügelkuppe, ruhte eine Weile auf Gustavs verwüstetem Häuschen, kehrte irgendwann zurück und glitt über das Gebüsch, das den Weg säumte. Ein paar welke Blätter vom Vorjahr hingen noch an den verkrüppelten Zweigen. Sie betrachtete die missgestalteten Stauden mit Bedauern. Selbst robusteste Sträucher würden auf diesem Boden aus Sand, Schotter und Steinen nie wirklich gedeihen.

Sie stellte sich vor, wie sich die Wurzeln der bemitleidenswerten Pflanzen mühsam unters Gestein graben mussten, wenig Nahrung fanden und oft genug nicht einmal ein Tröpfchen Wasser. Ihr Blick ruhte eine Weile auf dem kargen Boden, und plötzlich sah sie es neben einem gezackten, etwa fußballgroßen Felsbrocken silbern aufblitzen.

Sie trat näher heran, beugte sich vor, identifizierte das, was da lag, als Schlüsselbund, hob ihn auf und studierte ihn aufmerksam.

An einem massiven Stahlring waren etliche Schlüssel und ein Klappmesser befestigt. Das Messer hatte einen Hirschhorngriff mit Silberdekor. Thekla hatte – es war nicht länger als eine halbe Stunde her – Georgel dabei beobachtet, wie er sich damit etwas aus den Zähnen pulte.

Nachdenklich wog sie den Schlüsselbund in der Hand. Wie war er hierhergekommen? Hatte Georgel ihn auf dem Weg zur Brennerei verloren? Möglich. Aber eher unwahrscheinlich. Thekla hatte nämlich beobachtet, wie Georgel das Messer wieder daran festgemacht hatte, wobei ihr aufgefallen war, dass der Ring an einer Kette hing, die durch eine Schlaufe an seinen Hosenbund geschlungen war. Konnte die Kette gerissen sein oder die Schlaufe?

Durchaus. Aber müsste dann nicht zumindest ein Teil der Kette noch am Ring hängen?

Was nicht der Fall war.

Thekla hätte selbst nicht sagen können, warum sie damit begann, im Gebüsch herumzusuchen. Sie handelte ganz unbewusst, stieg über Felsgestein und alte Wurzelstöcke, machte ein paar Schritte nach Norden, wandte sich östlich. Als sie an eine kleine Mulde kam, sah sie ihn.

Georgel lag, von der Hüfte abwärts leicht zur Seite gedreht, auf dem Bauch. Die Knie waren angezogen. Der Oberkörper ruhte auf den Händen, als hätte Georgel Liegestütze gemacht und es irgendwann nicht mehr geschafft, sich hochzudrücken. Sein Gesicht war in einem vertrockneten Grasbüschel verborgen.

Aber Thekla konnte das Blut sehen. Es lief von Georgels rechtem Ohr über seinen Hals in den verschlissenen Hemdkragen.

# 5

Hilde versuchte, in der harten Kirchenbank eine bequemere Position einzunehmen, was definitiv aussichtslos war. Ebenso aussichtslos, wie das zunehmende Erstarren der Zehen zu verhindern und den Niesreiz zu unterdrücken, den die Geruchsmelange in der Kirche verursachte. Außerdem würgte sie das Halstuch, das sie sich in der Eile zu eng umgebunden hatte.

Zu dritt hatten sie bei Georgel ausgeharrt, bis Jakob mit seinem Auto gekommen war, mit dem er den Verletzten zum Arzt bringen wollte.

»Warum telefonierst du nicht nach einem Krankenwagen?«, hatte Hilde ihn gefragt. Aber er hatte ihr zu verstehen gegeben, dass Georgel längst verblutet, erfroren oder an einem Schock zugrunde gegangen sein würde, bevor der einträfe.

Also waren Thekla, Wally und sie (die Wandergruppe hatte Jakob zum Hotel gescheucht) bei Georgel geblieben, hatten ihn bestmöglich warm gehalten und versucht, mit ihm zu reden.

Georgel war tatsächlich ansprechbar gewesen. Er hatte sich sogar weitgehend verständlich machen können und kundgetan, er sei überfallen worden – heimtückisch und von hinten –, weshalb er keine Ahnung habe, von wem.

Zwischendurch hatte er etliche rumänische Ausdrücke von sich gegeben, die nicht schwer als Flüche zu erkennen gewesen waren.

Wally hatte ein paarmal aufgeseufzt, aber nicht herumlamentiert, wie sie es üblicherweise tat, wenn Hilde fluchte. Und wer konnte schon sagen, ob Georgel nicht doch bloß »Scheibenkleister« oder »zum Kuckuck« gesagt hatte?

Hilde hatte nun endgültig genug von der harten Banklehne, die ihr schmerzhaft ins Kreuz drückte, und stand auf. Weil alle anderen saßen, ragte sie dadurch ein schönes Stück über die Schar der Gläubigen hinaus, die sich zu Gustavs Gedenken in der Kleingudener Kirche versammelt hatten. Das scherte sie jedoch kein bisschen. Sobald das Erscheinen des Pfarrers den Beginn des Gottesdienstes ankündigte, würden sowieso alle aufstehen müssen. Missbilligend schaute sie zur Sakristei hinüber. Wo blieb der Kerl überhaupt so lang?

Hilde hasste es, warten zu müssen, aber manchmal blieb selbst ihr nichts anderes übrig, als sich in Geduld zu fassen. Sie neigte den Kopf und versenkte den Blick in einen der weißen Blütenkelche auf dem Sarg.

Ihre Gedanken kehrten zu Georgel zurück.

Der Schlag, den man ihm verpasst hatte, schien nicht besonders heftig gewesen zu sein, hatte jedoch eine kleine Platzwunde verursacht. Georgel musste zur Beobachtung über Nacht im Krankenhaus bleiben, würde sich aber sicher schnell erholen. Die Frage, wer ihn überfallen hatte, würde er allerdings auch dann nicht beantworten können. Ebenso wenig wie die, wer Thekla und Wally und sie in der Brennerei eingeschlossen hatte – und warum.

Der Schlüssel habe außen im Türschloss gesteckt, hatte Jakob gesagt. Er habe ihn bloß umdrehen müssen.

Damit war jedenfalls klar, dass sie nicht aus Versehen …

Hildes Gedankengang stockte. Ringsum erhob sich ein Rascheln und Scharren.

Der Pfarrer schritt zum Altar.

Sie drehte sich kurz um und warf einen Blick nach hinten.

Die kleine Kirche zeigte sich voll besetzt. Offenbar hatte sich das halbe Dorf zu Gustavs Beerdigungsfeier eingefunden.

Wer fehlte, waren Gustavs Sohn und dessen Mutter.

»Sie sind schon gut zwei Stunden überfällig«, hatte Alina auf dem Weg zur Kirche in besorgtem Ton gesagt. »Dafür kann es zwar gute Gründe geben, aber warum geht keiner von ihnen an sein Handy? Daniel nicht, Margot nicht und Ion genauso wenig. Warum melden sie sich nicht?«

Vor dem Kirchenportal hatte sie Hilde, Thekla und Wally noch ausdrücklich darum gebeten, in der ersten Reihe Platz zu nehmen. »Gustav würde es so wollen. Das weiß ich sicher.«

Die Turmglocke schepperte viermal hell und zweimal dunkel. Der Pfarrer kniete auf den Altarstufen nieder.

Das Raunen und Rascheln lebte erneut auf, als sich auch die Trauergemeinde wieder niederließ. Gebetbücher wurden geöffnet, Nasen geputzt, Bemerkungen gemurmelt. Nach einer Weile ebbten die Geräusche ab.

Eine kräftige Woge Mief blieb zurück.

Gustavs Schäfer waren – abgesehen von Georgel – offenbar geschlossen zur Kirche gegangen. Sie hatten die dritte und vierte Bankreihe eingenommen. Ihre Kleidung verströmte Schafsgeruch, aus ihren Mündern schwebten Alkoholfahnen.

Hilde nahm an, dass sich die Schäfer schon um die Mittagszeit vor dem Hotel versammelt hatten, wodurch Alina gezwungen gewesen war, etliche Runden Schnaps zum Aufwärmen auszugeben.

Später beim Leichenschmaus würde es dann richtig zur Sache gehen.

Warum nicht?, dachte Hilde. Ein handfestes Besäufnis vor dem Aufbruch zu den hochgelegenen Weideplätzen wird ihnen den Abschied leichter machen. Den Abschied von der Familie, von jeglichem Komfort – und vom Schnaps. Weit oben in den Bergen würden die Schäfer ihren Alkoholkonsum schon deshalb einschränken müssen, weil sie ihn nicht fässerweise hinauftragen konnten.

Was zu begrüßen ist, dachte Hilde. Sich dort oben einen Rausch anzutrinken wäre vermutlich lebensgefährlich für den Schäfer und damit auch für die Herde und die Hunde.

Der letzte Orgelton des Eingangsliedes verklang. Jemand las einen Bibelspruch vor, den Hilde unaufmerksam verhallen ließ.

Sie horchte erst auf, als der Pfarrer vortrat und sich direkt an die Trauergemeinde wandte.

Er sprach ein paar Begrüßungsworte, nannte den Anlass, der sie alle hier in seiner Kirche zusammengeführt hatte, und kam dann auf Gustavs trauriges Ende zu sprechen.

Hilde fragte sich, wie viele von den hier versammelten

Trauergästen wohl verstanden, was er da auf Deutsch sagte. Als Siebenbürger Sachse hatte Gustav zu der Minderheit gehört, die in Rumänien die deutsche Sprache pflegte, eigene Traditionen wahrte, der evangelischen Kirchengemeinde angehörte, kurz und gut, ihr eigenes Süppchen kochte. An den Schäfern und an einem Gutteil der Leute aus dem Dorf würden demnach die Worte des Pfarrers wie unverständliches Gemurmel vorbeiziehen.

Auch Hilde wollte – weil sie mit den auf Beerdigungen üblichen Phrasen rechnete – wieder abschalten, als sie überrascht feststellte, wie unkonventionell der Pfarrer die Sache anging.

»In Gustav Schengers Haus hat es ein Feuer gegeben«, sagte der Pfarrer. »Warum es ausbrach, lässt sich nicht eindeutig beantworten. Jeder von uns war schon einmal unachtsam genug, eine Kerze umzustoßen oder den Ofen zu überhitzen. Unfassbar aber ist, dass Gustav dabei sterben musste. Weshalb hat er sich nicht retten können?, fragen wir uns traurig. Vielleicht war er gestürzt und auf eine scharfe Kante gefallen. Oder er ist gestolpert und hat sich den Kopf angeschlagen. Es mag sich ja nur um ein kleines Missgeschick gehandelt haben, ein kleines Malheur, das ihn aber daran hinderte, dem Feuer zu entkommen.«

Hilde schnappte nach Luft. *Den Kopf angeschlagen!* Das war ja ganz neu und genauso wenig koscher wie das undurchsichtige Geschäft, das Ion an der Tankstelle getätigt hatte, ganz zu schweigen von der Sache heute Vormittag.

Mit einem leisen Anflug von Furcht fragte sie sich, was wohl alles ans Tageslicht kommen würde, sobald sie erst richtig anfingen zu graben.

Am Ende seiner Ansprache wurde der Pfarrer dann doch noch salbungsvoll. »Mit Gustav Schenger haben wir Kleingudener eine unserer großherzigsten, fähigsten und sozialsten Seelen verloren. Wir werden ihn schmerzlich vermissen.«

Eine fähige Seele, dachte Hilde. Was für eine seltsame Wortwahl.

»Unsere kleine Kirchengemeinde zählt jetzt nur noch

hundertzwanzig Seelen«, fuhr der Pfarrer fort und breitete die Arme aus, wie um zu zeigen, dass alle in seiner Umarmung Platz hatten.

»Wie kommt er auf eine derart geringe Zahl?«, flüsterte Thekla in Hildes Ohr. »Kleingude hat doch alles in allem über tausend Einwohner.«

Hilde verkniff sich ein Grinsen. »Eintausenddreihundertzehn, genau gesagt.« Sie hatte die Zahl aus einer Broschüre, die in der Villa Bavaria auflag. »Aber unser priesterlicher Hirte zählt nur die Siebenbürger Sächsische Minderheit, Protestanten, soweit ich weiß, als seine Schäfchen.«

Mit leichtem Erstaunen hörte sie die Schlussworte des Pfarrers: »Wer ohne Sünde ist, werfe den ersten Stein.« War das letztendlich doch noch eine Kritik an Gustavs Lebenswandel?

Der Schlussakkord verklang. Der Leichenzug begann sich zu formieren.

Hilde schaute sich um und traf Alinas besorgten Blick. Anscheinend hatte sie noch immer keine Nachricht von Daniel und seiner Mutter. Selbst unruhig geworden, beobachtete sie, wie Alina verstohlen in ihr Handy tippte, es kurz ans Ohr hielt und gleich wieder sinken ließ. Erneut trafen sich ihre Blicke. Alina schüttelte den Kopf.

Es muss einen Unfall gegeben haben, dachte Hilde. Ion und seine Fahrgäste sind verletzt ins Krankenhaus eingeliefert worden. Von dort wird Alina Bescheid bekommen, sobald klar ist, wer benachrichtigt werden muss.

Das sollte allerdings nicht schwer herauszufinden sein. »Villa Bavaria« stand ja gut sichtbar auf dem Kleinbus.

Ein paar kleinere Staus eingerechnet, waren die drei – Hilde warf einen Blick auf ihre Armbanduhr – nun mindestens drei Stunden überfällig. Zeit genug für das Klinikpersonal, einen Anruf zu machen.

Die Sache begann nach Schlamassel zu riechen.

Die Zeremonie am Friedhof ging schnell vorüber. Der Pfarrer schien ebenso wenig daran interessiert, in Eiseskälte Gebete für Gustavs jenseitiges Heil zu verrichten, wie seine Schäfchen, die ungeduldig mit den Füßen scharrten.

Schlag halb vier strömte die komplette Trauergemeinde vom Friedhof zur Villa Bavaria.

Die Schäfer ließen den Gastraum links liegen und marschierten geschlossen in ein Nebenzimmer, das Alina anscheinend extra für sie hergerichtet hatte.

Als Hilde an der offenen Tür vorbeiging, sah sie auf den Tischen die gleichen Literflaschen stehen, die sie in der Brennerei vorgefunden hatten. Was sie enthielten, stand wohl außer Frage.

In den eigentlichen Gastraum hatte man zusätzlich drei lange Tische und eine ganze Reihe Stühle gezwängt, um genügend Sitzplätze zu schaffen. Hilde entschloss sich, vorsichtshalber bei Alina nachzufragen, ob es eine bestimmte Sitzordnung gab, und sah sich nach ihr um.

Alina stand mit einem großen dunkelhaarigen Mann zusammen, der auffällig ernst und verschlossen wirkte. Hilde hatte ihn bereits in der Kirche und auf dem Friedhof neben ihr gesehen und konnte sich denken, um wen es sich handelte. Die beiden schienen sich soeben zu verabschieden, denn Elmar Schüller schloss seine Frau kurz in die Arme, gab ihr einen Kuss und war im nächsten Moment verschwunden.

»Bleibt dein Mann nicht zum Leichentrunk?«, fragte Hilde, als Alina zu ihr trat.

Alina warf einen betrübten Blick aus dem Fenster, an dem ihr Mann soeben vorüberging. »Schwierigkeiten im Betrieb. Wie so oft in letzter Zeit. Eigentlich hätte Elmar heute früh zu einem Meeting nach Hermannstadt fahren sollen. Aber er konnte ja schließlich …« Sie beendete den Satz nicht, sagte stattdessen: »Er fährt jetzt los und versucht zu retten, was noch zu retten ist.«

Sie bat Hilde, Thekla und Wally, an dem Tisch in der Mitte Platz zu nehmen, wo Jakob bereits die Schnapsgläser füllte. Hilde kam neben ihm zu sitzen, Thekla – vis-à-vis von ihr – neben Emilian Radu und Wally neben dem Pfarrer.

Der hob sein Glas. »Trinken wir auf unsern geschätzten Gustav. Er ruhe in Frieden.«

Gläser klirrten, dort und da war ein Schlürfen zu hören, dann kam ein kollektives »Ah«, das sich wie ein simultaner Seufzer aus hundert Kehlen anhörte.

Selbst Hilde entschlüpfte dieses »Ah«.

Der Pfarrer zwinkerte ihr zu. »Läuft runter wie Öl, wärmt von innen, erzeugt Wohlbefinden. Wahrlich ein Gottesgeschenk.«

Als Hilde Wallys Miene bemerkte, musste sie sich ein Grinsen verkneifen.

»Langt zu«, sagte Alina und griff nach dem Brotkorb, um ihn herumzureichen. Eine gebieterische Geste des Pfarrers ließ sie innehalten.

»Zuerst das Tischgebet.« Er faltete die Hände, senkte den Kopf, und alle taten es ihm gleich.

Hilde hörte Jakob leise lachen und fragte sich, was er wohl witzig fand, bis der Pfarrer sagte: »Lieber Gott, segne flott.«

Hilde biss sich auf die Lippen, um nicht laut herauszuprusten, hörte, wie Wally ein Schnauben entwich, sah Radu schmunzeln und Alina die Augen verdrehen.

Jakob neigte sich Hilde zu und sagte leise: »Unser Pfarrer ist das größte Schlitzohr im ganzen Umkreis. Deswegen kann er im Gegensatz zu seinen werten Kollegen in seinem Sprengel auch von Zeit zu Zeit einen Zuwachs an Seelen verzeichnen.«

»Klatsch verbreiten ist unchristlich«, rügte der Pfarrer.

Mirela hatte sich selbst übertroffen. Es gab eine Vielfalt an warmen und kalten Speisen, in flachen Schalen und auf Steingutplatten appetitlich angerichtet. Gegrillte Hackfleischröllchen mit Knoblauchsoße, Fleisch-Quitten-Eintopf, geräuchertes Rindfleisch im Paprikamantel, Auberginenaufstrich, Büffel-, Kuh- und Schafskäse und vieles mehr. Dazu wurden Hefebrötchen, Roggenfladen und Vollkornbrot serviert. Als Nachtisch hatte Mirela Quarkknödel mit Sauerrahm und Obst, Eierschaum in Vanillemilch und verschiedene Backwaren vorbereitet. Auf den Cremeschnitten befand sich eine dicke Schicht Nusskrokant.

»Sie ist einfach unglaublich«, sagte Hilde zu ihrem Tischnachbarn.

Jakob schenkte ihr und sich selbst von dem ausgezeichneten Rotwein nach, der laut Etikett aus der Gegend stammte, und nickte. »Unser Pfarrer würde mit dem Teufel paktieren, um sie in seine Küche zu bekommen. Aber Gustav hatte die wirklich ausschlaggebenden Verbündeten: Festanstellung samt Versicherungsschutz und gute Entlohnung. Da kann halt unsere Geistlichkeit nicht mithalten, obwohl …« Auf einen warnenden Blick des Pfarrers hin verstummte er.

»Jeder würde Mirela mit Handkuss nehmen«, sagte Pfarrer Barth.

Jakob stimmte ihm zu. »Emilian zum Beispiel. Er hätte sie Gustav längst weggeschnappt, wenn sie nicht verheiratet wäre, zwei Kinder hätte und sich auch noch um ihre kränkelnde Mutter kümmern müsste. Deswegen kann sie sich nicht darauf einlassen, auswärts zu arbeiten, egal, was Emilian ihr anbietet.«

»Liegt Bran nicht gleich hinter den westlichen Hügeln?«, fragte Hilde verwundert.

Jakob lachte auf. »Querfeldein bist du zu Fuß in einer Stunde dort. Mit dem Auto dauert es oft länger. Du kennst ja unsere Straßen. Was nutzen Mirela da ein paar Euro mehr im Monat?«

»Ihr Mann ist wohl Schäfer«, riet Hilde.

»Leontin?« Jakob schüttelte den Kopf. »Leontin ist Schreiner. Hat früher in einem Betrieb in Kronstadt gearbeitet und sich dann mit Gustavs Hilfe selbstständig gemacht.« Er deutete unauffällig ans Kopfende des Nebentisches. »Er und die Kinder sitzen dort drüben.«

Hildes Blick fand einen sehnigen, wettergegerbten Enddreißiger. Wie Mirela hatte auch ihr Mann glänzend schwarze Haare und dunkle Augen. Neben ihm saßen ein Mädchen und ein Junge. Der Bub dunkel wie Vater und Mutter, das Mädchen hellhäutig und rotschopfig mit schmalen grünen Augen und spitzem Kinn.

Hilde starrte das etwa siebenjährige Mädchen an, als sähe sie ein Gespenst.

Konnte es sein, dass Gustav … Es musste so sein. Die Ähnlichkeit war frappierend.

Nicht, dass das Kind *ihm* ähnlich sah, ganz und gar nicht. Gustav hatte dunkle Augen gehabt und ein breites Kinn. Er war braunhaarig gewesen, und seine Haut hatte in der Sonne einen Bronzeton angenommen. Aber Hilde besaß genug Familienfotos aus Zeiten, zu denen ihre und Gustavs Eltern noch Kinder gewesen waren, um erfassen zu können, dass Mirelas Töchterchen Gustavs Mutter wie aus dem Gesicht geschnitten glich.

Hastig spülte sie die schockierende Erkenntnis mit einem großen Schluck Wein hinunter und rang nach Beherrschung.

Was hatte sie denn erwartet? Dass Gustav, der ewige Schürzenjäger, nach der Scheidung urplötzlich einen Hang zum Zölibat entwickelte?

Er hat ja vorher schon nichts anbrennen lassen, dachte sie grimmig, und nachher garantiert erst recht nicht mehr. Mirela wird wohl kaum die Einzige sein, die ihm auf den Leim gegangen ist.

Wie magisch angezogen glitt ihr Blick wieder zu dem Mädchen. Gustavs Tochter. Wer wusste davon? Leontin? Hatte ihm geschwant, dass zwischen Gustav und Mirela etwas lief, und hatte sich sein Verdacht bestätigt, als sich herausstellte, wie sehr es seiner Tochter an Familienähnlichkeit mangelte? Hatte er nachgeforscht? Alte Fotos gefunden, auf denen Gustavs Mutter abgebildet war? Hatten ihm die Alten aus dem Dorf einen Hinweis gegeben? Hatte er Mirela des Ehebruchs beschuldigt? Hatte sie gestanden?

Als Hilde bewusst wurde, dass Jakob sie die ganze Zeit beobachtet hatte, sagte sie schnell: »Nette Familie. Wohlerzogene Kinder. Sympathischer Mann.«

Jakob machte eine knappe Kopfbewegung in Leontins

Richtung. »Die Frau, die ihm gegenübersitzt, ist seine Schwester Henrieta.«

Hübsch, dachte Hilde, rassig, ganz nach Gustavs Geschmack. Während sie sie musterte, stand Henrieta auf.

Mit Mühe unterdrückte Hilde ein Keuchen.

Henrieta war schwanger.

Hilde ballte die Fäuste unter dem Tisch. Was hatte ihr Vetter sich herausgenommen? Das Recht primae noctis?

Gustav mochte ja durchaus ein Segen gewesen sein für Kleingude, hatte Arbeitsplätze geschaffen, Touristen hergebracht und große Pläne für das kleine Dorf gehabt. Jakob hatte eben noch erwähnt, dass er als Nächstes die Verbesserung der Infrastruktur in Angriff nehmen wollte. Wege sollten befestigt, Wasser- und Stromleitungen verlegt werden. Eine Teerdecke für die marode Zufahrtsstraße nach Kleingude war von den Behörden bereits bewilligt.

Hatte er im Gegenzug rigoros ausgenutzt, dass ihm die Kleingudener verpflichtet waren?

Wenn ja, überlegte Hilde, dann hätten wir damit ein grundsolides Mordmotiv.

Sie blickte Henrieta nach, die soeben an Radu vorüberging, ihm charmant zulächelte und dann dem Pfarrer ein Nicken schenkte. Sie wirkte glücklich und entspannt.

Moment, sagte sich Hilde besonnen. Jetzt bloß keine voreiligen Schlüsse ziehen. Henrietas Kind braucht ja noch lange nicht von Gustav zu sein. Ganz und gar nicht.

»Ist Henrietas Ehemann nicht hier?«, fragte sie Jakob.

»Petru sitzt drüben bei den Schäfern«, antwortete er. »Er und Leontin sind übrigens Georgels Brüder, was man kaum für möglich …«

Hilde blendete Jakobs Stimme aus, als sie Emilian Radu zu Alina sagen hörte: »Ich habe mich am Flughafen erkundigt. Daniel und Margot sind planmäßig angekommen. Ion kann sie unmöglich verfehlt haben.«

Alina sah ihn alarmiert an. »Das ist es ja. Sie haben sich gefunden und sind zusammen losgefahren. Aber was ist dann passiert? Haben sie sich irgendwo zwischen Bukarest und Kleingude in Luft aufgelöst?«

Radu nahm ihre Hand. »Die Sache wird sich schon klären.«

»Wobei man nachhelfen sollte«, meldete sich Hilde zu Wort.

Radu, der ihr direkt gegenübersaß, hob fragend die Brauen.

»Wir könnten überprüfen, wie weit sie gekommen sind«, sagte Hilde.

Radu verzog den Mund zu einem spöttischen Lächeln. »Glauben Sie etwa, dass bei uns an jeder Straßenecke eine Überwachungskamera hängt?«

Hilde bedachte ihn mit einem scharfen Blick. »Halten Sie mich für plemplem? Und glauben *Sie* etwa, nur elektronische Augen können sehen und das Gesehene speichern?«

Radu sah sie verdattert an. »Wie –«

Hilde schnitt ihm das Wort ab. »Als Ion uns gestern hergebracht hat, ist er etwa zehn Kilometer vor Kronstadt an einer Kreuzung rechts abgebogen. Wir sind zuerst durch einen kleinen Ort mit einem unaussprechlichen Namen gekommen und kurz darauf zu einer Tankstelle mit angeschlossener Cafeteria. An den Namen der Cafeteria erinnere ich mich gut. Sie hieß ›Repede‹.«

»Und Sie meinen, er könnte heute wieder dort haltgemacht haben?«, fragte Radu.

»Warum denn nicht?«, erwiderte Hilde. »Ich hatte den Eindruck, dass er das regelmäßig tut. Vielleicht teilt er sich die Strecke auf. Gönnt sich und den Fahrgästen zur Halbzeit eine Pause abseits der Hauptstraße. Tankt. Trinkt einen Kaffee, isst ein Sandwich.«

Sie verschwieg die zwielichtige Transaktion, die sie beobachtet hatte, obwohl sie der Gedanke piesackte, Ions Verschwinden könnte damit zu tun haben.

Sollte sie doch davon reden?

Bevor sie sich dazu durchringen konnte, sagte Alina: »Hilde hat recht. Ion macht oft am ›Repede‹ Station. Wir sollten uns dort nach ihm erkundigen.«

»Und vielleicht«, konnte Hilde sich nicht verkneifen zu sagen, »gibt es da auch eine Überwachungskamera.«

Radu hatte bereits sein Mobiltelefon in der Hand und tippte etwas ein. Hilde konnte über dem Tastenfeld das Google-Logo erkennen, nahm also an, dass er den Namen der Cafeteria eingab. Dann stand er auf und bedeutete ihnen, dass er das Gespräch draußen führen wolle.

»Wir sollten eine Vermisstenanzeige aufgeben«, sagte Alina.

Jakob winkte ab. »Wozu? Die Polizei wird rein gar nichts unternehmen. Nicht, bevor mindestens achtundvierzig Stunden vergangen sind. Obwohl ...« Er überlegte kurz. »Ruf die Dienststelle in Kronstadt an und gib das Kennzeichen durch. Falls eine Unfallmeldung eingegangen ist oder noch eingeht ...« Er ließ den Satz in der Luft hängen.

Alina sah in die Runde. »Das habe ich längst getan.«

Emilian Radu kehrte sichtlich ratlos zurück. »An der Tankstelle scheinen sie nicht gewesen zu sein, zumindest hat Ion nicht getankt. Aber auch in der Cafeteria kann sich niemand an sie erinnern.« Er war stehen geblieben, während er redete, klopfte nun mit einem entschuldigenden Lächeln auf die Brusttasche seiner Jacke, wo eine Zigarettenpackung steckte, und ging wieder hinaus.

Alina erhob sich und folgte ihm.

Als Hilde ihr nachsah, stellte sie fest, dass nicht nur Alina und Radu auf dem Weg nach draußen waren. Die Tische leerten sich, die Gesellschaft begann sich aufzulösen.

Pfarrer Barth beendete sein Gespräch mit Wally und sagte etwas zu Jakob Gref, das Hilde nicht verstand. Sie rechnete damit, dass die beiden nun ebenfalls aufbrechen würden, aber sie blieben sitzen.

Und wir?, fragte sie sich. Was können Thekla, Wally und ich jetzt tun? Wie können wir vorgehen? Wo können wir Antworten finden?

Als sie aufsah, traf sie Theklas Blick und fing die Botschaft auf, die er ihr sandte: Wir sollten uns unterhalten – nur wir drei. Ohne fremde Ohren in unserer Nähe.

Offenbar hatte auch Wally mitbekommen, worauf Thekla hinauswollte, denn sie erhob sich bereits. Pfarrer Barth wünschte ihr mit tragender Stimme eine gesegnete Nacht, friedvollen Schlaf, erbauliche Träume und ließ sie dann sichtlich erleichtert ziehen.

Hilde sah Wally misstrauisch die Stirn runzeln.

Völlig zu Recht, dachte sie, obwohl sie Wallys Frömmelei nicht ausstehen konnte. Pfarrer Barth ist mit Argwohn zu begegnen. Der Kerl muss im Auge behalten werden.

Spontan warf sie einen Blick zurück und sah ihn mit Jakob Gref tuscheln.

Brüteten die beiden irgendetwas aus? Zweifellos. Aber was, zum Henker?

Hilde legte Thekla die Hand auf den Unterarm und drückte ihn schnell. »Wir treffen uns auf deinem Zimmer. Ich komme gleich.«

Thekla schien einen Moment lang verwirrt, dann nickte sie, hakte sich bei Wally ein und lotste sie die Treppe hinauf.

Hilde sah ihnen einen Augenblick nach, bevor sie die Eingangshalle nach einem als Beobachtungsposten geeigneten Plätzchen absuchte. Nach kurzem Überlegen wählte sie einen Ständer mit Broschüren, Flyern und Wanderkarten, an dem sich die Hotelgäste bedienen durften. Sie griff nach dem erstbesten Faltblatt, warf einen zerstreuten Blick darauf und fand das Bild eines ausgewachsenen, freundlich blickenden Bären. Darunter stand in großen Lettern: »Libertate pentru Ursi«. Hilde schlug es auf und sah einen zweiseitigen Text in rumänischer Sprache. Sie tat, als würde sie ihn lesen, wobei sie methodisch den Eingang zum Gastraum kontrollierte. Irgendwann mussten Jakob und der Pfarrer ja herauskommen, und sie wollte wissen, wohin sie sich wenden würden.

Sie kamen zu viert: Jakob, Pfarrer Barth, Leontin und einer der Sargträger, dessen Namen Hilde nicht kannte. Ohne sie wahrzunehmen, eilten sie an ihr vorüber.

Die Mienen der vier Männer wirkten gespannt, und Hilde hätte schwören mögen, dass ihre Körpersprache Erregung verriet. Besonders Pfarrer Barth sah aus, als könne er, was auch immer bevorstand, kaum erwarten. Er hatte sich an die Spitze der kleinen Gruppe gesetzt, steuerte auf eine schmale Tür neben der Rezeption zu und öffnete sie. Einen Augenblick später fiel sie hinter den vier Männern ins Schloss.

Hilde ließ das Faltblatt sinken. Was in drei Teufels Namen befand sich hinter dieser Tür, die ihr noch nie aufgefallen war? Eine Besenkammer? Eine Registratur vielleicht? Ja, das schien naheliegend. Aber was wollten die vier Männer dort? Lieferscheine und Rechnungen ordnen? Wohl kaum.

Sie setzte sich in Bewegung, fest entschlossen, durchs Schlüsselloch zu spähen, erstarrte jedoch mitten im Vorwärtsschreiten.

»Ah, Sie interessieren sich für unser Bärenreservat.« Emilian Radus Stimme tönte durch die Eingangshalle. »Es ist auch wirklich sehenswert. Sie sollten bei Alina eine Besichtigung buchen.«

Erst jetzt ging Hilde auf, was mit »Freiheit für Bären« gemeint war: ein Bärenreservat. Es musste sich hier irgendwo in der Gegend befinden. Wozu war es eingerichtet worden? Siebenbürgens Bären hatten doch Hunderte von Hektar Wald als Tummelplatz zur Verfügung.

Radu beantwortete ihre unausgesprochene Frage. »Das Reservat nimmt Bären auf, die in freier Wildbahn keine Chance hätten. Geschundene Tiere, die auf Jahrmärkten oder im Zirkus auftreten mussten und in engen Zwingern gehalten wurden.«

Hilde hörte Radu nur mit halbem Ohr zu, registrierte jedoch von Neuem, wie gewählt und wie bedachtsam er seine Worte setzte. So als hätte er die deutsche Sprache bei den adligen Stiftsherren gelernt.

Hatte Radu eigentlich Familie?

»… gerettet aus viel zu kleinen Käfigen, in denen sie sich nicht einmal aufrichten konnten«, sagte er gerade.

Hilde nickte ungeduldig. »Das Reservat ist sicherlich sehr interessant und einen Besuch wert.« Sie hoffte, Radu damit zufriedenzustellen, und wünschte, er würde sich trollen.

Solange Radu nicht Leine zog, konnte sie schlecht ausspionieren, was die vier Männer hinter dieser verdammten Tür trieben, durch die kein Laut zu hören war.

Wenn der Pfarrer nur mit einem von ihnen hineingegangen wäre und die anderen hier draußen warten würden, dann könnte man auf die Idee kommen, er nähme die Beichte ab, dachte sie gerade, als ihr auffiel, dass Radu verstummt war und sie abwägend musterte. Hatte er ihr eine Frage gestellt, die ihr entgangen war?

Egal, jetzt würde sie *ihm* eine stellen.

Sie deutete auf die noch immer geschlossene Tür. »Der Pfarrer ist vorhin mit jemandem da hineingegangen. Was ist das für ein Raum? Ein Beichtstübchen?«

Radu lachte freudlos. »Bei den Protestanten ist es nicht üblich zu beichten. Und einem von uns Rumänisch-Orthodoxen wird Pfarrer Barth wohl kaum die Beichte abnehmen.«

Und weiter?

Hilde hatte nicht vor, Radu vom Haken zu lassen. »Was machen die dann dadrin?«

Radu presste die Lippen aufeinander und bedachte die Türklinke mit einem ärgerlichen Blick. Schließlich seufzte er. »Pokern.«

»Pokern.« Hilde wiederholte das Wort, als bestünde es aus Buchstaben, die in keinem denkbaren Zusammenhang einen Sinn ergaben.

»Unser Pfarrer ist ein begnadeter Pokerspieler. Und er schafft es immer, jemanden zum Mitspielen zu verleiten. Mirela wird rotsehen, wenn Leontins Brieftasche heute Abend leer ist.«

Das also hatte Jakob gemeint, als er sagte, der Pfarrer sei ein Schlitzohr. Und später, als von Mirelas Entlohnung die Rede war, hatte er da erwähnen wollen, wie sich der Pfarrer ein Zubrot verdiente? Vermutlich, aber Barth hatte ihn daran gehindert.

Hilde zeigte anklagend auf die geschlossene Tür. »Und hier, in der Villa Bavaria, zockt er die Leute ab?«

Radu machte eine hilflose Geste. »Gustav hat vor einem knappen Jahr die Aktenablage als Pokerstübchen einrichten lassen.«

»Gustav hat …?« Hilde brachte den Satz nicht zu Ende.

»Gustav, Elmar Schüller und der Pfarrer beim Pokerspiel. Darüber sind Nächte hingegangen und erkleckliche Beträge«, sagte Radu.

Großer Gott, dachte Hilde. Bitte nicht noch eine von Gustavs Passionen, die das Attribut illegal oder illegitim oder einfach nur liederlich verdient.

Sie schluckte hart, fühlte sich von einer Flut skandalöser Enthüllungen überrollt.

Wegstecken fürs Erste, befahl sie sich streng. Später kannst du dir Zeit nehmen und in Ruhe über alles nachdenken.

»… und Konflikte«, sagte Radu gerade. Den Anfang des Satzes hatte sie nicht mitbekommen. Aber sie wollte ohnehin im Moment nichts mehr von Gustavs Schandtaten hören.

»Woher haben Sie eigentlich Ihr geschliffenes Deutsch?«, fragte sie Radu, um sich auf andere Gedanken zu bringen.

Falls Radu deshalb irritiert war, zeigte er es nicht.

Er lächelte ein wenig wehmütig. »Von meiner Großmutter. Alter österreichischer Adel. Verarmt allerdings. Großvater hat Amelie Freifrau von Ahlers in den Goldenen Zwanzigern in Wien kennengelernt. Auf einer Redoute. ›Wenn sie nicht freiwillig mitgekommen wäre, hätte ich sie entführt‹, hat er oft gesagt, und ich habe es ihm geglaubt.« Er atmete tief ein, bevor er leise hinzufügte: »Sie war einzigartig.«

Während ihrer Unterhaltung hatten sich Radu und Hilde wieder dem Ständer mit den Broschüren genähert.

Hilde steckte ihr Faltblatt in das dafür vorgesehene Fach zurück. Sie dachte nicht im Mindesten daran, ihre Zeit mit dem Besuch einer Kolonie traumatisierter Bären zu vergeuden.

Im Fach daneben war ein Flyer so schlampig eingeordnet worden, dass er halb heraushing. Radu griff danach und machte Anstalten, ihn ordentlich zurückzustecken. Doch plötzlich änderte er seine Absicht und zog ihn ganz heraus.

Er reichte ihn Hilde, wobei er sie auf eine Abbildung auf der Vorderseite aufmerksam machte. »Schloss Bran, unser Touristen-Magnet. Sie sollten es sich anschauen. Das Dracula-Schloss lockt Besucher aus aller Welt an. Sogar aus Japan kommen Reisegruppen.«

Hilde hätte beinahe laut aufgelacht. Dieses Volk schien unentwegt auf Sightseeingtour zu sein und keinen Winkel auszulassen.

»Sehen Sie nur, wie das Schlösschen auf seinem Felsen klebt«, sagte Radu. »Wie geheimnisvoll es wirkt mit seinen Türmchen und Kuppeln, die so oft in einer Nebelbank verborgen sind.«

Hilde wusste ziemlich genau, wovon er sprach. Sie hatte Bran vor Jahren zusammen mit Eckbert besucht. Es war ein recht sonniger Tag gewesen, dennoch hatte sie das Dracula-Schloss als düster und irgendwie unwirtlich in Erinnerung. Sie verspürte nicht das kleinste Bedürfnis, es noch einmal zu sehen. Aber das brauchte Radu ja nicht zu erfahren.

Der wandte seine Aufmerksamkeit ohnehin gerade dem Pokerstübchen zu. Hildes Blick flackerte hinüber.

Die Tür hatte sich geöffnet, von drinnen war die Stimme des Pfarrers zu hören. »Denk einfach dran, wie dringend nötig die Kleingudener Kirche ein neues Glockengestühl braucht, dann tut es nicht ganz so weh.«

Im nächsten Moment kam Leontin heraus und eilte mit gesenktem, brennend rotem Kopf davon.

»Da sind etliche Euro draufgegangen«, mutmaßte Radu. »Mirela wird ihn in Stücke hacken.« Er verstummte, schien intensiv nachzudenken. Dann sagte er unvermittelt: »Ich werde mit ihr reden«, verabschiedete sich und war fort.

Hilde stand noch eine ganze Weile sinnend in der Eingangshalle. Schließlich straffte sie sich, stieg die Treppe hinauf, klopfte kurz an Theklas Zimmertür und trat ein.

»Wo bist du denn so lange gewesen?« In Wallys Stimme schwang ein Hauch von Vorwurf mit.

»Ich habe mir gerade ein Bild davon verschafft, wie der Pfarrer seine Gemeinde abzockt.« Hilde ließ sich Wally gegenüber in einen Sessel fallen und erzählte, was sich in dem von außen betrachtet recht unscheinbaren Stübchen im Erdgeschoss tat.

Thekla hatte sich aufs Bett gesetzt, weil es nur zwei Sitzgelegenheiten im Zimmer gab, und spielte mit einem Schlüsselbund herum. Hilde fragte sich, wo sie ihn herhatte, kam jedoch nicht dazu, sich danach zu erkundigen, denn Thekla sagte: »Sieht ganz so aus, als hätten wir mehr Ansatzpunkte für ein Motiv, als uns lieb sein kann. Illegales Glücksspiel, Schwarzbrennen …«

»All die Weibergeschichten nicht zu vergessen«, fügte Hilde hinzu. »Und wer weiß, womit sich Gustav sonst noch Feinde gemacht haben könnte.«

»Mit der Vergabe von Schäferhütten«, sagte Wally.

Hilde tippte sich an die Stirn. »Blödsinn.«

Wally wirkte gekränkt, setzte aber dennoch zu einer Erklärung an. »In der Brennerei gibt es doch diesen kleinen Nebenraum. Anscheinend wird er teils als Lager, teils als Büro genutzt. An der Wand hängt eine Landkarte.«

»Ja und?«, motzte Hilde, weil Wally nicht gleich weitersprach.

»Auf dieser Karte«, fuhr Wally standhaft fort, »sind verschiedene Stellen mit einem roten Kreis und einer Nummer markiert. Ich habe mich natürlich gefragt, wozu, bin aber nicht draufgekommen, bis ich die Liste gesehen habe. Sie lag auf dem winzigen Schreibtisch.« Wally verstummte, als wäre damit alles gesagt.

»Was – für – eine – Liste?« Hilde fühlte sich irgendwie angeschlagen und war gereizt. Konnte Wally nicht ein einziges Mal einen präzisen Bericht liefern? Ohne Umwege zum Punkt kommen? War das wirklich zu viel verlangt, Herrgott noch mal?

»Auf der Liste habe ich die gleichen Nummern gefunden wie auf der Karte«, erklärte Wally. »Daneben standen Namen: Georgel, Octav, Petru, Arian. Mehr habe ich mir nicht gemerkt.« Sie rieb sich die Stirn, als müsse sie einen Gedanken einfangen, der ihr zu entgleiten drohte. »Georgel ist doch Schäfer. Und heute habe ich mitbekommen, dass Petru, Arian und Octav auch zu Gustavs Schäfern gehören. Würde man da nicht meinen –«

Hildes Geduld reichte nicht aus, um sie den Satz beenden zu lassen. »Gar nicht so übel, was du dir da zusammengereimt hast, Wally. Demnach hat Gustav die Schäfer nicht beliebig herumziehen lassen, sondern hat ihnen Weidegründe zugedacht.« Sie überlegte einen Augenblick. »Ja, manche Plätze sind wohl gefragt, andere vermutlich verhasst. Wer will schon den Sommer in der abgelegensten und unzugänglichsten Ecke der Bergregion zubringen, wo er allnächtlich mit Besuch von Bär und Wolf rechnen kann, und wer will an diesem öden Ort auch noch in einer Bruchbude hausen? Aber einer muss halt dran glauben. Einer kriegt die Arschkarte.«

Thekla übernahm. »Und der ist stinksauer deswegen. Er fühlt sich ungerecht behandelt und stellt Gustav zur Rede. Aber der gibt nicht nach. Da verliert der Schäfer die Beherrschung.«

»Aber was hätte er davon gehabt, Gustav umzubringen?« Hilde war wieder am Ball. »Womöglich nicht einmal mehr einen Job.«

Als daraufhin Schweigen einkehrte, zeigte sich, dass Wally noch nicht fertig gewesen war. »Auf der Liste obendrauf hat ein Schlüsselbund gelegen. So einer, wie ihn Thekla gerade in der Hand hat. Ich habe ihn an mich genommen, weil ich mir die Namen auf dieser Liste genauer ansehen wollte. Im gleichen Augenblick ist draußen die Tür zugefallen, da hab ich mich so erschrocken, dass ich … Ich kann wirklich nicht sagen, warum … Es muss ganz unbewusst …«

»Du hast ihn eingesteckt«, sagte Hilde trocken.

Wally nickte. »Das ist mir aber erst wieder eingefallen, als Thekla vorhin angefangen hat, mit dem da herumzuspielen.« Sie deutete auf den Schlüsselbund, den Thekla, als hätte er mit einem Mal zu glühen begonnen, auf die Bettdecke geworfen hatte. »Der sieht nämlich fast genauso aus.«

Hildes Blick schoss in Theklas Richtung. »Und wo hast du das Ding her?«

Thekla griff wieder danach und fächerte den Schlüsselbund auf. »Er hat nicht weit von der Stelle gelegen, wo ich Georgel gefunden habe, und ich bin sicher, dass er ihm gehört. Ich wollte ihn längst Alina übergeben, hatte aber noch keine Gelegenheit dazu.«

Mittlerweile hatte Wally aus den Tiefen ihrer Jackentasche einen Schlüsselbund zutage gefördert und ihn neben dem anderen auf die Bettdecke gelegt.

»Seht ihr, wie ähnlich sie sich sind?«

# 6

Wallys Hand kroch auf die beiden Schlüsselbunde zu und fächerte auch den zweiten auf.

Abgesehen von Georgels Klappmesser waren sie genau gleich. Je sechs große Schlüssel und ein kleiner.

»Was soll daran merkwürdig sein?« Thekla zeigte sich unbeeindruckt. »Gustav wird Georgel seine Ersatzschlüssel überlassen haben. Warum auch nicht? Er scheint ihm vertraut zu haben. Georgel kannte ja auch das Versteck für den Schlüssel zur Brenner–«

Sie wurde durch einen Ausruf von Hilde unterbrochen. »Schaut euch das hier mal an.« Sie deutete auf den kleinen Schlüssel, der so gut wie neu aussah und im Gegensatz zu seinen primitiven Genossen für ein modernes Sicherheitsschloss gemacht war.

Wally fuhr mit der Fingerspitze über den Schlüsselbart. »Fühlt sich genauso an wie der, den Sepp für die Lackkammer benutzt.« Sie begutachtete das kleine, flache Schlüsselchen von allen Seiten. Plötzlich stutzte sie. »Hast du deine Lupe für Kleingedrucktes bei der Hand, Hilde?«

Hilde griff in ihre Hosentasche und reichte ihr ein winziges Plastikgehäuse, aus dem sich eine Lupe schwenken ließ.

Wally hielt das Vergrößerungsglas an den Schlüsselkopf. »Da ist was eingestanzt. D.S. und die Zahl Vier.« Gespannt untersuchte sie die anderen Schlüssel an dem Bund und fand an jedem eine eingestanzte Zahl. »Eins bis sieben. Die Vier fehlt.«

Eins bis sieben. Auch die roten Kreise auf der Landkarte waren nummeriert gewesen, soweit sie sich erinnerte.

»Das sind die Schlüssel für die Schäferhütten«, sagte sie mit Überzeugung.

»Demnach besitzt Schäferhütte Nummer 4 ein Sicherheitsschloss«, stellte Thekla fest.

»Und ist für D.S. reserviert«, ergänzte Hilde.

»Georgel, Petru, Octav, Arian«, zählte Thekla auf. »Keiner der Namen passt auf die Initialen.« Nach einer Pause fügte sie hinzu: »Ist es nicht irgendwie unwahrscheinlich, dass der Sicherheitsschlüssel zu einer Hütte gehört, die normalerweise von den Schäfern benutzt wird?«

»Du meinst, sie muss jemand anderem vorbehalten sein?« Hilde nickte zustimmend. »Vielleicht hat Gustav sie für sich selbst reserviert.«

»Daran habe ich auch gedacht«, sagte Thekla. »Aber dann müsste es G.S. heißen. Gustav Schenger.«

»S passt«, hatte Wally dazu zu vermelden. »D aber nicht.«

Daraufhin kehrte Schweigen ein.

War es nicht komplett verrückt, den Namen hinter den Initialen erraten zu wollen? Sie kannten ja kaum jemanden in Kleingude und Umgebung.

»Wenn S tatsächlich für Schenger steht, könnte D für Daniel stehen«, sagte Hilde.

»Du meinst Gustavs Sohn? Hütet der auch Schafe?« Wally fand den Gedanken befremdlich. »Ich dachte, der wohnt bei seiner Mutter in Franken.«

»Was noch lange nicht heißen muss, dass er Kleingude und seinen Vater meidet«, brummte Hilde. »Warum sollte er nicht immer mal ein paar Wochen hier verbringen?«

»Aber dazu braucht er ja keine Schäferhütte?« Wally hatte wieder einmal das Gefühl, sie hinke hinterher.

»Und wenn doch?« Offenbar hatte Hilde soeben eine Entscheidung getroffen. »Wir werden vielleicht schlauer sein, wenn wir sie uns angesehen haben.«

»Die Hütte?« Wally rechnete nicht wirklich mit einer Antwort, und es kam auch keine. »Wir haben aber doch keine Ahnung, wo sie ist«, sagte sie deshalb.

Hilde hob halb fragend, halb belustigt eine Braue. »Hast du nicht vorhin gesagt, im Nebenraum der Brennerei hängt eine Karte?«

Wally schluckte. Oh nein. Sie wollte nicht wieder dorthin,

wo wer-weiß-wer sie eingeschlossen hatte und womöglich noch immer auf sie lauerte.

Wenn Jakob nicht zufällig mit seiner Wandergruppe …

Hildes Stimme blockierte ihren Gedankengang. »Zwei halten draußen Wache. Eine geht rein und holt die Karte. So ist es am sichersten.« Sie war in jenen Kommandoton verfallen, der Gegenargumente sinnlos machte. »Wir sollten uns beeilen und die Sache erledigen, solange es draußen noch halbwegs hell ist. Zieht eure Wanderstiefel an.«

Hatten sie eine Wahl?

Widerstrebend tapste Wally in ihr Zimmer und machte sich zum Aufbruch fertig.

Wenig später waren sie zum zweiten Mal an diesem Tag auf dem Weg zu Gustavs ruiniertem Häuschen, das mit ziemlicher Sicherheit abgerissen werden musste. Wally verstand genug von Brandschäden (Sepp wurde oft hinzugezogen, wenn es darum ging, ob ein ausgebrannter Dachstuhl instand gesetzt werden konnte oder erneuert werden musste), um zu wissen, dass Abriss und Neubau billiger kommen konnten als aufwendige Reparaturen.

Sie hatte jedoch keine Zeit, weiter darüber zu sinnieren, denn die Wegstrecke erforderte ihre volle Konzentration. Wie immer war es schwer für sie, mit Hilde und Thekla Schritt zu halten, obwohl die über Tag gestiegenen Temperaturen das Eis hatten zusammenschmelzen lassen.

Schließlich kam das Haus in Sicht. Kurz davor musste der Weg abzweigen, der zur Brennerei führte.

Hilde und Thekla ließen Wally aufholen, bevor sie ihn einschlugen.

Als sie näher kam, hörte sie Thekla gerade sagen: »… Schnapsidee. Wie sollen wir denn reinkommen? Jakob wird den Schlüssel heute Mittag doch bestimmt abgezogen und mitgenommen haben.«

»Willst du etwa jetzt noch umkehren?«, antwortete Hilde in einem Ton, der Thekla für verrückt erklärte.

Wally atmete auf. Falls Thekla recht hatte – Himmelmutter

bitte, lass es so sein –, dann musste Hilde das Vorhaben aufgeben.

Die Eisentür zur Brennerei war zwar versperrt, aber der Schlüssel steckte noch immer außen im Schloss. Hatte Jakob nicht gewusst, wohin damit, und ihn einfach stecken lassen?

»Keiner hat daran gedacht, den Schlüssel abzuziehen«, stellte Hilde fest. »Sieht ganz so aus, als käme uns die Hektik, die wegen des Überfalls auf Georgel geherrscht hat, jetzt zugute.« Sie schloss auf, öffnete die Tür bis zum Anschlag und lehnte sich dagegen. »Du gehst rein, Wally, und holst die Karte. Du hast sie heute früh entdeckt, musst also nicht lange danach suchen.«

Wallys Augen ploppten fast aus den Höhlen. »Ich … aber … ich …«

Hildes Hand legte sich auf ihren Rücken und begann zu schieben. »Stell dich nicht an. Dir passiert schon nichts. Thekla und ich stehen für dich Schmiere.«

Schmiere stehen. Als ob es sich um einen Lausbubenstreich handelte.

Wally holte Luft, um Hilde vorzuhalten, dass sie die Gefährlichkeit des Vorhabens sträflich unterschätzte, kam aber nicht zu Wort.

»Los, Wally, rein mit dir.« Hilde schob so kräftig, dass an Widerstand nicht zu denken war.

Wally stolperte vorwärts, wurde jedoch von einer Lattenkiste mit leeren Flaschen gestoppt, die ihr im Weg stand.

»Weiter«, kommandierte Hilde.

Wally hob den Fuß und stieg über die Kiste. Sie musste die Sache hinter sich bringen. Es würde ja nicht lange dauern. Ein paar schnelle Schritte, ein resoluter Griff nach der Landkarte – was machte es schon, wenn das Papier an den Ecken einriss – und wieder hinaus aus dem Bunker. Zurück unter das sichere Dach der Villa Bavaria.

Eile war ohnehin geboten. Die Dämmerung hatte bereits eingesetzt. Über kurz oder lang würden die Hunde freigelassen werden, und die Wildtiere würden sich auf Futtersuche machen. In Kleingude würden die Bären heute ein Schlaraffenland vorfinden. Der Kompost musste dank Gustavs Leichenschmaus voll sein von Obst- und Gemüseschalen, Fleischresten, Brotrinden – und Mäusen, die sich daran gütlich taten.

Hilde hatte das Licht eingeschaltet und sich wie eine Schildwache vor dem Eingang postiert. »Worauf wartest du denn noch, Wally?«

Vorzugsweise darauf, dass sich die Sache von selbst erledigte. Durch ein Eingreifen der Himmelmutter beispielsweise.

»Wally, verdammt. Beweg deinen Arsch endlich weiter, Herrgott noch mal.«

Wally atmete ein, startete weg wie ein Hundertmeterläufer, durchquerte den Raum und stürmte in das kleine Nebenzimmer, wo sie keine Sekunde damit vertat, sich umzusehen, sondern sich schnurstracks dem Wandstück zuwandte, an dem die Karte befestigt war.

Trotz aller Zielstrebigkeit zögerte sie nun doch. Sollte sie wirklich so rücksichtslos vorgehen, wie sie es sich ausgemalt hatte, obwohl sich die Reißzwecken mit einem Messer oder einem Spatel ganz leicht entfernen lassen würden? Sollte sie schnell nach einem passenden Werkzeug suchen?

Nein, entschied sie. Für Sorgfalt und Akkuratesse war jetzt wirklich keine Zeit.

Und schon griff sie mit beiden Händen nach der Karte, riss sie mit einem Ruck ab, sodass die Ecken wie vier Wimpel an der Wand zurückblieben. Dann faltete sie das gut siebzig mal siebzig Zentimeter große, recht steife Papier hastig und entsprechend schlampig so klein zusammen, dass es in die Innentasche ihres Anoraks passte.

Sie wollte sich gerade umdrehen und hinauseilen, als ihr Blick auf ihre rechte Schuhspitze fiel, vor der sich plötzlich ein Briefbogen befand, der, dessen war Wally sich sicher, zuvor nicht da gewesen war. Wo kam er auf einmal her? Wie konnte er aus dem Nichts …? Unmöglich …

Oder doch? Das Blatt musste hinter der Landkarte gesteckt haben, gehörte irgendwie dazu, was bedeutete, dass es ebenfalls konfisziert werden sollte.

Sie bückte sich gerade, um es aufzuheben, als sie etwas quietschen und scharren hörte.

Im nächsten Moment fiel eine Tür ins Schloss.

Wally erstarrte.

Jetzt war es also doch passiert. Sie war wieder eingeschlossen!

Nur diesmal war sie allein.

Mechanisch griff sie nach dem Briefbogen, knüllte ihn zu einem Bausch zusammen und schob ihn in die äußere Anoraktasche. Dann schlurfte sie schwerfällig in den Hauptraum. Sie hatte keine Eile mehr. Die Tür war zu. An der Klinke brauchte sie erst gar nicht zu rütteln. Und rufen hatte wohl auch keinen Sinn.

Der Raum, in dem sich die Destille befand, schien sich ausgedehnt zu haben, kam ihr jetzt viel größer vor als am Vormittag. Was nicht sein konnte – und egal war es ja eigentlich auch.

Wally ließ sich auf einem Fässchen nieder und fragte sich, was Hilde und Thekla widerfahren sein mochte. Waren sie überfallen und niedergeschlagen worden, wie Georgel? Lagen sie verletzt in den Büschen? Würde jemand sie dort finden? Jetzt, bei einsetzender Dunkelheit? Wohl kaum. Es würde sowieso niemand nach ihnen suchen, weil keiner wusste, dass sie das Hotel nochmals verlassen hatten.

Hilde und Thekla würden die Nacht nicht überleben.

Wally sackte auf ihrem Sitz zusammen. Was konnte sie bloß tun?

Himmelmutter!

Unvermittelt fiel ihr ein, dass es das Scheppern von Metall auf Metall gewesen war, das Jakob am Vormittag zum Eingang der Brennerei geführt hatte.

Sie musste es zumindest versuchen, musste mit der Eisenschiene gegen die Tür hämmern, mit voller Kraft.

Mühsam stand sie auf und sah sich nach dem Ding um, das sie am Vormittag benutzt hatten, um Lärm zu machen.

Es befand sich in einer Ecke, die zuvor nicht da gewesen war.

Vorsicht, sagte sich Wally. Vorsicht vor Hirngespinsten. Du bist zwar eingeschlossen, aber das hier ist ein ganz normaler, realer Raum. Ecken sind Ecken und bleiben, wo sie sind.

So lautete die Theorie.

In der Praxis war an dieser Stelle zuvor … Ja, natürlich. Hier waren Kisten und Fässer aufgestapelt gewesen, hatten die Ecke quasi zugemauert.

Die Erklärung ließ sie erleichtert aufatmen, bis ihr die Frage in den Sinn kam, was aus den Behältern geworden war.

»Wally, was machst du denn noch immer dadrin? Ist die Landkarte etwa an die Wand tapeziert, sodass du sie abmalen musst?«

Wally wirbelte herum.

In der offenen Tür stand Hilde und schaute sie fragend an.

Es dauerte einige Sekunden, bis sich in Wallys Kopf die richtigen Weichen gestellt hatten.

»Warum habt ihr die Tür zugemacht?«

»Hast du die Karte?«, fragte Hilde statt einer Antwort.

Wally nickte.

»Dann komm endlich.«

Sie waren also einfach fortgegangen und hatten sie unbewacht zurückgelassen.

Warum?

Die Tür zur Brennerei hatten sie offen gelassen. Sie musste von selbst zugefallen sein.

Wieso Wally nicht längst herausgekommen war, fragten sie.

Wally schluchzte auf. »Ihr hättet nicht weggehen dürfen. Ihr habt versprochen, dass ihr vor Tür Wache steht und aufpasst. Ich dachte …« Sie wagte nicht zu gestehen, dass sie überhaupt nicht auf den Gedanken gekommen war, sie könne ungehindert hinausspazieren.

Hilde hakte sie unter und zog sie mit sich. »Wir haben ja aufgepasst. Aber dann war da dieses Motorengeräusch. Ich hätte schwören können, dass es von Gustavs Haus kam. Thekla auch. Da mussten wir doch nachschauen, was es damit auf sich hat.«

»Und was hatte es damit auf sich?« Wally schniefte. Die beiden hatten sich einfach davongemacht. Zu wissen, wer in der Gegend herumgondelte, war ihnen wichtiger gewesen als sie.

»Da war ein Unimog«, sagte Hilde. »Er kam von der Brandstelle und war auf dem Weg ins Dorf.«

»Von der Brandstelle«, echote Wally. »Und was wollte er da?«

Hilde bedachte sie mit einem missbilligenden Blick. »Er *kam* von der Brandstelle. Was nicht heißen muss, dass er dort angehalten hat. Der Fahrweg ist zwar bei Gustavs Haus zu Ende, aber soviel ich heute früh gesehen habe, führt eine Schneise weiter in den Wald. Für einen Unimog …« Sie unterbrach sich, als sie über eine Wurzel oder einen Stein stolperte. Nachdem sie das Gleichgewicht zurückerlangt hatte, löste sie sich von Wally und blieb stehen. »Verdammt, wir hätten Lampen mitnehmen sollen.«

»Wir könnten mit unseren Handys ein bisschen Licht machen«, meinte Thekla.

Hilde lachte auf. »Meins hängt am Ladekabel. Hast du deins eingesteckt, Thekla? Oder du, Wally?« Als keine der beiden antwortete, fügte sie hinzu: »Der Heimweg wird nicht einfach werden.«

Wally schloss die Augen und versuchte, ihn sich vorzustellen.

Der Weg, der nun kaum noch zu erkennen war, würde sie zu der Fahrschneise bringen, die vom Dorf zu Gustavs Haus führte. Ihr mussten sie hügelabwärts folgen und würden dort, wo sie flach auslief, zu einem Gehöft kommen. Auf dem Hinweg hatte Wally zwei Hunde im Hof angekettet gesehen, die – Himmelmutter, bitte nicht – jetzt vielleicht schon frei liefen. Vom Gehöft bis zu der Brücke über den Burzenbach waren es nur wenige Schritte. Hinter der Brücke ging es links in Richtung Kirche. Diese Abzweigung durften sie nicht übersehen. Aber sobald sie den Kirchhof erreicht hätten, würde es einfach sein. Zum einen gab es dort ein paar Laternen, zum anderen würde Licht aus den Fenstern fallen. Schon von Weitem wäre die Kreuzung zu sehen, an der es links nach Pestera, rechts nach Kronstadt und geradeaus zur Villa Bavaria ging.

»Es kann nicht mehr weit sein bis zum Weg ins Dorf«, sagte Thekla mit einer Stimme, der anzumerken war, wie sie sich bemühte, Untertöne herauszuhalten. »Da wird es ein bisschen heller.« Sie deutete Richtung Himmel. »Die Sterne geben uns Licht, sobald wir aus dem Gebüsch heraus sind.«

Thekla sollte recht behalten. Als sie auf den Weg kamen, fanden sich helle Flecken, aber auch dunkle Schatten. Das Sternenlicht schärfte alle Konturen.

Wally legte den Kopf in den Nacken und schaute in den Himmel.

Über sich glaubte sie den Großen Wagen funkeln zu sehen. Vielleicht war es aber auch der Große Bär oder wie immer die Sternbilder in Rumänien heißen mochten.

Unten im Dorf kläfften die Hunde.

»Sie werden uns anfallen.« Wally konnte ein klägliches Wimmern nicht unterdrücken.

Hilde hob mahnend die Hand. »Hört ihr das?«

Wally presste die Kiefer aufeinander, damit ihr kein Laut mehr entkommen konnte, und horchte.

Was sie vernahm, ließ sie versteinern. Jemand oder *etwas* tappte den Hügel herauf. Pfoten? Wie viele wohl?

Wally starrte auf die Wegbiegung, an der die Hundemeute jeden Moment auftauchen musste.

Dort erschien plötzlich ein Lichtkegel. Er hüpfte auf und ab, schwankte von links nach rechts, kam aber zügig näher.

Als er auf etwa zehn Schritte heran war, traf er Hildes Gesicht und ließ es aufleuchten.

»Da seid ihr ja.«

Jakob Gref ließ den Lichtkegel seiner Lampe von Hilde zu Thekla und schließlich zu Wally wandern, als wolle er sich vergewissern, dass sie vollzählig waren. »Alina hat mich auf die Suche nach euch geschickt.«

Wally sagte der Himmelmutter ein Dankgebet auf.

»Woher hat Alina denn gewusst, dass wir fortgegangen sind?«, fragte Hilde.

»Der Pfarrer hat euch weggehen, nicht aber zurückkommen sehen. Das hat ihn so durcheinandergebracht, dass er beinahe ein Spiel verloren hätte.«

Auf einmal war alles ganz einfach. Jakob übernahm die Führung und lotste sie hinunter ins Dorf, wo die Hunde noch an ihren Ketten festgemacht waren und sich aufführten, als fielen die wilden Bären und Wölfe soeben in Rudeln ein.

Wally hatte kaum Zeit gehabt, ein zweites Dankgebet zu sprechen, da erreichten sie schon den Parkplatz vor dem Hotel, wo Thekla, Hilde und sie tags zuvor aus dem Kleinbus gestiegen waren.

Hier verabschiedete sich Jakob mit einem Nicken. Er habe noch kurz etwas zu erledigen, sagte er, komme aber gleich nach.

Geradezu schneidig steuerte Wally auf den Hoteleingang zu. Nach all dem, was sie heute ausgestanden hatte, jagten ihr die paar Eisplatten, die sie noch vom Hoteleingang trennten, keinen Schrecken mehr ein.

Sie tänzelte hinüber und stand bereits auf den Eingangsstufen, als Hilde langsam näher kam.

Warum trödelte sie so? Oh nein, jetzt blieb sie auch noch stehen.

»Schaut doch mal.« Hilde deutete auf das kleine laubfroschgrüne Nachbarhäuschen, das durch die Hotelbeleuchtung schwach angestrahlt wurde. »Wohnt nicht Georgel dort drüben?« Als Thekla und Wally bejahten, fuhr sie fort: »Hat nicht

Jakob – oder war es Alina – erwähnt, dass Georgel die Nacht über zur Beobachtung im Krankenhaus bleiben sollte?«

Die beiden nickten.

»Warum sehe ich dann Licht im Fenster?«

Weder Thekla noch Wally wussten eine Antwort darauf.

»Wir werden nachschauen, wer dadrin rumschleicht«, entschied Hilde.

»Und der Wolfshund, der Georgels Haus bewacht?«, keuchte Wally.

»Der scheint ausgeflogen zu sein. Jedenfalls hängt er nicht an seinem Pfosten, soweit ich erkennen kann. Und die Dorfmeute …« Hilde machte eine Handbewegung, die wohl bekunden sollte, dass man sie im Moment nicht fürchten musste. »Kommt ihr?« Sie hielt bereits auf den niedrigen Zaun zu, der die beiden Grundstücke voneinander trennte. Vor der kleinen Gartenpforte blieb sie stehen und sah sich um.

Thekla seufzte und setzte sich in Bewegung.

Wally stand wie festgefroren.

»He, du Hasenfuß«, rief Hilde mit unterdrückter Stimme. »Willst du dich etwa verdrücken und in deinem Zimmer verbarrikadieren?«

Ja, hätte Wally am liebsten zurückgerufen. Ja, ich bin ein Hasenfuß, und noch viel lieber als auf meinem Hotelzimmer wäre ich jetzt zu Hause in Scheuerbach und würde mir, was in der Welt draußen geschieht, in den Fernsehnachrichten anschauen.

Selbstverständlich schluckte sie das alles hinunter und eilte auf die Pforte zu, die Hilde bereits geöffnet hatte.

Wallys Blick schoss zu dem Pfosten mit der ringförmigen Furche drum herum, an dem die Hundeleine lose hing.

»Du musst dich getäuscht haben, Hilde.« Theklas raue Stimme ließ Wally vor Schreck einen Satz machen. »Hinter keinem der Fenster ist Licht.«

Wallys Blick riss sich von der verwaisten Leine los und suchte die Hausfront ab.

Nirgends ein Lichtschimmer. Sie atmete erleichtert auf,

beeilte sich, Thekla beizupflichten. »Keiner da. Du hast dich geirrt, Hilde. Wir können umkehren.«

Natürlich dachte Hilde nicht im Traum daran, Wally zu Willen zu sein. Sie marschierte schnurstracks auf die Haustür zu und drückte auf die Klinke.

Abgesperrt, dachte Wally erleichtert, als die Tür nicht nachgab.

Hilde machte einen Schritt zurück, musterte die Hausfront, legte auf einmal lauschend den Kopf zur Seite.

Auch Wally meinte, ein leises Winseln gehört zu haben.

»Der Hund muss im Haus eingesperrt sein«, sagte Thekla.

Hilde nickte und trat, flankiert von Thekla und Wally, endlich den Rückweg an.

Im Hotel wurden sie von Alina mit einem »Gott sei Dank« empfangen, vom Pfarrer mit einer Runde Kräuterlikör.

»Es tut mir leid. Ich hätte euch davor warnen sollen, so spät noch zu einem Spaziergang aufzubrechen«, sagte Alina. »Die Dunkelheit bricht bei uns in den Bergen sehr rasch herein, und mit Straßenlaternen ist es in Kleingude nicht allzu gut bestellt.«

»Ich hab sie ein Stück unterhalb von Gustavs Haus aufgegabelt.« Jakob war hereingekommen und hatte sich zu ihnen gesellt.

Pfarrer Barth zog die Brauen hoch. »Sind Sie etwa wieder in der Brennerei gewesen?«

Bevor Wally wahrheitsgemäß antworten konnte, schüttelte Hilde energisch den Kopf. »Nur frische Luft schnappen. Aber wir wollten nicht riskieren, uns zu verirren, deshalb haben wir den Weg zu Gustavs Haus genommen. Den kannten wir ja schon.«

In Gedanken schlug Wally das Kreuzzeichen und sagte ein Reuegebet auf. Wie kam Hilde dazu, dem Pfarrer so dreist ins Gesicht zu lügen? Einem Gottesmann? Das war ja abscheulich.

Andererseits hatte Pfarrer Barth ein gewisses Misstrauen verdient.

Trotzdem. Hätte Hilde einen katholischen Geistlichen belogen, dann hätte Wally ihr das auf keinen Fall durchgehen lassen. Aber Barth war ja Protestant. Und offenbar nahm er sein Amt nicht ernst genug. »Lieber Gott, segne flott«! Also wirklich. Außerdem huldigte dieser Liederjan dem Glücksspiel. Pfui.

Und wer weiß, dachte Wally, was er sonst noch für Laster hat. Dem Alkohol scheint er ja auch nicht abgeneigt zu sein.

Seine sanfte, gleichwohl tragende Stimme riss sie aus ihren Gedanken.

»Du solltest unsere lieben Gäste morgen mit auf Tour nehmen«, sagte Pfarrer Barth zu Jakob. »Wer so gern im Freien ist …« Er ließ das Ende des Satzes in der Luft hängen.

Jakob stimmte ihm ohnehin bereits zu. »Eine prima Idee. Morgen passt es besonders gut.« An Hilde, Thekla und Wally gewandt sagte er: »Morgen steht ein Aussichtsberg zwischen Königstein und Bucegi-Gebirge auf dem Programm. Die Wanderung dorthin ist wunderschön. Sie führt erst an einem schmalen Flüsschen entlang, dann über hügelige Weidegründe und weiter oben über herrliche Schneeflächen …«

Wally sog erschrocken die Luft ein.

»… die wir auf unseren Schneeschuhen mit Leichtigkeit überqueren können.«

Himmelmutter –

»Wir werden euch natürlich mit allem Nötigen ausrüsten«, fügte er schnell hinzu. »Schneeschuhe und Skistöcke. Auch Handschuhe, wenn ihr keine geeigneten dabeihabt.«

– lass es nicht so weit kommen.

Wally beruhigte sich etwas, als ihr dämmerte, dass Hilde der ganzen Sache sowieso einen Riegel vorschieben würde. Waren sie nicht nach Siebenbürgen gekommen, um Gustavs unerwartetes Ableben genauer unter die Lupe zu nehmen? Hatten sie damit nicht genug zu tun? Blieb darüber hinaus noch Zeit für Wandertouren? Gewiss nicht.

Erstaunt hörte sie Hilde fragen: »Die Route führt an Weidegründen vorbei, sagtest du?«

Jakob bejahte.

»Auch an Schäferhütten?«

Er lachte. »Nur an einer. Aber ich kann euch in einiger Entfernung eine Hochfläche zeigen, wo es noch eine gibt.«

»Gut, wir kommen mit.«

Wally erstickte ihr Keuchen mit einem Schluck Kräuterlikör.

# 7

»War das nicht ein bisschen voreilig?«, fragte Thekla, als Hilde, Wally und sie die Treppe in die erste Etage zu ihren Zimmern hinaufstiegen. »Eine Schneeschuhtour mit Jakob und der Wandergruppe. Wozu? Sollten wir nicht lieber versuchen, unsere – ähm – Ermittlungen voranzutreiben?«

Insgeheim musste sie zugeben, dass ihre Kritik an Hildes Entscheidung weder angebracht noch gerechtfertigt war, weil sie selbst mit keinem tauglicheren Vorschlag aufwarten konnte.

Hilde legte den Finger auf die Lippen, womit sie offenbar zum Ausdruck bringen wollte, dass die Diskussion darüber besser hinter geschlossenen Türen stattfinden sollte, schritt eilig auf ihr Zimmer zu, öffnete die Tür und hielt sie einladend offen.

Thekla und Wally kamen dieser Einladung, die eher als Aufforderung zu betrachten war, gehorsam nach, traten ein und ließen sich in Sesseln nieder, die denjenigen in ihren eigenen Zimmern aufs Haar glichen, in diesem hier aber leuchtend rot gepolstert waren.

Hilde drückte die Tür zu, lehnte sich mit dem Rücken dagegen und sah Thekla und Wally streitlustig an. »Eine zweite Chance, mit Rundum-sicher-Paket in nächste Nähe einer Schäferhütte zu kommen, werden wir nicht kriegen, ist euch das nicht klar? Und während der Tour können wir auch noch, ohne dass es auffällt, eine Menge Fragen stellen. Zudem können wir uns ein Bild vom Gelände machen und davon, wo die anderen Hütten liegen. Aus der Karte und der Liste können wir ersehen, wem welche Hütte zugeteilt ist.« Sie fasste Wally ins Auge. »Hast du die Karte mitgebracht?«

Wally nickte, machte jedoch keine Anstalten, sie herauszuholen. »Ich kann nicht auf solchen Schneeschuhen laufen.«

Hilde stieß sich von der Tür ab und trat einen Schritt auf sie zu. »Da ist doch nichts dabei, Herrgott noch mal. Du schnallst dir die Dinger an die Schuhe und watschelst daher wie sonst auch, bloß auf größeren Füßen.«

Wally ging nicht darauf ein. »Der Pfarrer will doch nur, dass wir mitgehen, damit wir aus dem Weg sind.«

Damit könnte sie recht haben, überlegte Thekla. Schien Pfarrer Barth sie nicht ständig im Blick zu haben?

Wallys Einwand brachte auch Hilde kurz zum Nachdenken. Doch dann wischte sie ihn mit einer Handbewegung beiseite. »Rück jetzt endlich die Karte raus, Wally.«

Zögerlich förderte Wally ein zerknautschtes Päckchen zutage.

Eine halbe Minute später lag die Karte ausgebreitet auf dem Bett. Hilde glättete sie, so gut es ging.

»Wir sollten uns vorsichtshalber einprägen, wo die Hütten ungefähr liegen«, sagte Thekla. »Und wie sie durchnummeriert sind. Unterwegs können wir die Karte ja schlecht aufschlagen.«

»Im Kopf behalten können wir die Lage der Hütten erst recht nicht«, widersprach Hilde. »Ein Richtungswechsel im Gelände, und die ganze Orientierung ist futsch.«

Dem musste Thekla beipflichten. »Eine kleine Skizze für die Hosentasche könnte eventuell helfen.«

Hilde zuckte die Schultern. »Wenn dir danach ist, eine zu malen, bitte sehr. Du kannst allerdings auch ein Handyfoto machen.«

Thekla schlief schlecht und wachte zeitig auf. Heinrich fehlte ihr. Sie hatten am Abend, nachdem sie aus Hildes Zimmer in ihr eigenes zurückgekehrt war, noch lange miteinander telefoniert. Heinrich hatte ihr aufmerksam zugehört, hatte ruhig, ja geradezu heiter gewirkt, aber Thekla hatte gespürt, wie die Sorge an ihm nagte. Sie wusste ganz genau, wie schwer es ihm fiel, zu Hause zu bleiben. Viel zu beiläufig, um glaubwürdig zu klingen, hatte er gefragt, ob er nachkommen solle. Thekla hatte verneint.

Warum eigentlich?, fragte sie sich jetzt. Mit Heinrich an der Seite hätte sie sich zweifellos besser gefühlt.

Nach der Morgentoilette blieb ihr bis zum Frühstück noch reichlich Zeit, ihren Rucksack zu packen.

Hilde musste geahnt haben, was ihnen in Rumänien widerfahren würde, denn sie hatte nicht nur Wanderstiefel, sondern auch Rucksack, Anorak, Funktionskleidung, Mütze, Handschuhe und Thermoskanne auf die Packliste gesetzt.

Als Thekla pünktlich um halb acht den Gastraum betrat, sah sie Wally wie das berühmte Häufchen Elend am Tisch sitzen.

Sie setzte sich neben sie. »Es wird dir Spaß machen, Wally.«

Wally schluckte trocken. »Wandern macht keinen Spaß, wenn man ständig fürchten muss, über die eigenen Füße zu stolpern. Wenn man sich vergeblich abmüht, den Anschluss an die Gruppe nicht zu verlieren, und von Anfang an weiß, dass man hinterherhinken wird.«

Thekla beschränkte sich darauf, ermutigend Wallys Arm zu drücken. Was hätte sie auch tun können? Wally zu ihrer realistischen Sicht der Dinge gratulieren?

»Anprobe«, rief Jakob, kaum dass sie ihr Frühstück beendet hatten.

Hilde, Wally und Thekla trafen ihn draußen vor dem Nebengebäude, wo er ihnen dabei half, passende Schneeschuhe zu finden und auf ihre jeweilige Schuhgröße einzustellen. Als das erledigt war, zeigte er ihnen, wie man sie außen am Rucksack befestigte. »Selbstverständlich schnallen wir sie nur dann an, wenn wir eine geschlossene Schneedecke vor uns haben.«

Thekla glaubte sich in einen Werbespot versetzt, als sich die Wandergruppe – ausgerüstet nach den neuesten Vorgaben der Bergsportkataloge – gegen neun auf dem Vorplatz des Hotels zusammenfand. Selbst von Mützen und Halstüchern starrten ihr bekannte Markennamen entgegen.

Wally schien beim Anblick der top ausgestatteten Wander-Enthusiasten endgültig in sich zusammenzusacken.

»Kopf hoch, Wally.« Thekla legte ihr kurz die Hand auf den Arm. »Wenn Luis Trenker aufs Matterhorn stieg, trug er immer Knickerbocker aus Lodenstoff.«

Jakob gab das Zeichen zum Aufbruch.

Er führte sie den etwas steilen, aber bereits völlig schneefreien Südhang eines Hügels hinauf, auf dessen Kuppe eine kleine Kapelle stand, die sie nach etwa fünfundvierzig Minuten Gehzeit erreichten.

Neben dem nadelspitzen Glockentürmchen machte Jakob kurz halt.

Thekla hatte unterwegs mit Erleichterung festgestellt, dass Wally das Gruppentempo recht gut mithalten konnte. Als sie sich jetzt nach ihr umschaute, sah sie sie zaghaft lächeln, hörte sie aber heftig schnaufen. Fraglos war sie außer Atem gekommen, was allerdings für mindestens die Hälfte der Gruppe galt.

Eine schicke Ausstattung war eben nicht alles.

Hinter der Kapelle führte der Weg hügelabwärts und tauchte nach einiger Zeit in einen Waldgürtel ein. Dort war es merklich kälter als draußen in der Sonne.

Jakob blieb stehen. »Ihr solltet euch was überziehen. Es wird eine Weile dauern, bis wir wieder aus dem Schatten der Bäume kommen.«

Erneut warf Thekla einen forschenden Blick in Richtung Wally. Der Abstieg war beschwerlich gewesen. Glitschiger Schlamm und vereiste Steine hatten sich abgewechselt.

Wally befand sich in Gesellschaft eines sichtlich gut trainierten Mittsechzigers, der gerade seinen Fitnessriegel mit ihr teilte.

Grinsend schlüpfte Thekla in ihre Jacke.

Der Waldgürtel schien nicht besonders breit zu sein, aber wie Jakob schon angekündigt hatte, benötigten sie einige Zeit, um ihn zu durchqueren, denn der Weg verlief in großen Schleifen, musste sich um Felstrümmer, geschlossenes Dickicht und Steilstufen herumwinden.

Als sie schließlich ins Licht traten, öffnete sich ein flacher, sonnenbeschienener Weidegrund vor ihnen. Zwischen Schneeresten blühten winzige lila Blümchen. In der Mitte gab es eine kleine Senke, völlig ausgeapert und mit weißen Blüten übersät.

Dort stand die Schäferhütte.

»Wir werden jetzt eine halbe Stunde rasten«, rief Jakob in die Runde. »Mittagspause machen wir aber erst nach dem Steilanstieg, der noch vor uns liegt. Also trinkt was, esst einen Apfel, aber lasst die Lunchbox im Rucksack. Genießt die Sonne und vor allem die herrliche Aussicht.«

Die zeigte sich tatsächlich atemberaubend.

Rechter Hand schnitt der gezackte Grat des Königsteins so scharf in den blauen Himmel, dass er wie eingebrannt wirkte. Linker Hand erhoben sich kahle Gipfel, weiß überpudert, rund wie Golfbälle. Unten im Tal erstreckte sich grünlich braunes Land, getüpfelt mit roten, spitzgiebeligen Dächern, in sanften Wellen.

»Zeig mal deinen Plan her«, sagte Hilde.

»Was für einen Plan?« Thekla hatte keine Ahnung, wovon Hilde redete, bis die mit einer ungeduldigen Geste auf die Schäferhütte deutete.

»Ah, du meinst die Skizze, die ich gestern noch gezeichnet habe.« Thekla zog sie aus der Hosentasche, hatte sie kaum draußen, als Hilde schon danach griff.

»Die Sonne müsste jetzt im Südosten stehen.« Hilde hatte ihren Rucksack ein Stück abseits der Wandergefährten auf den Boden gelegt, hatte die Zeichnung darauf ausgebreitet und drehte sie nun so, dass die spitzwinkeligen Dreiecke, die Thekla als Symbole für Schäferhütten eingezeichnet hatte, schräg lagen. »Den Königstein sehen wir von hier aus im Norden. Dort gibt es zwei Hütten, im Osten haben wir drei …« Sie fuhr mit dem Finger von einem Dreieck zum anderen.

Thekla schaute ihr über die Schulter und folgte der Bewegung, die auf einmal stoppte. Sie begriff sofort, weshalb.

»Die hier hast du vergessen«, sagte Hilde. »Ich hab ja gleich gesagt, mach ein Foto von der Karte. Dann hätten wir jetzt das richtige Bild vor uns.«

»Nein«, erwiderte Thekla entschieden. »Ich habe bestimmt keine Hütte vergessen. Wenn ich die hier nicht eingezeichnet habe, war sie auch nicht auf der Karte.«

Wally hatte sich mittlerweile von dem sportlichen Herrn,

der offenbar beschlossen hatte, sie persönlich zu betreuen, losgeeist und kam mit einem vollen Becher in der Hand heran. »Mirela hat uns Himbeertee in die Thermoskannen gefüllt – mit einem Hauch Vanille.« Sie strahlte übers ganze Gesicht.

Es war so einfach, Wally glücklich zu machen. Eine kleine Aufmerksamkeit, ein bisschen Zartgefühl und Rücksichtnahme …

»Die Schäferhütte war also nicht auf Gustavs Karte.« Hilde hatte Theklas Skizze zusammengefaltet und in die Tasche ihrer Fleecejacke gestopft. »Heißt das, wir stehen hier nicht auf einem von seinen Weidegründen, oder heißt es, es ist keine?« Mit einem Stirnrunzeln fügte sie hinzu: »Jakob müsste das eigentlich wissen.«

Sie fackelte nicht lang, eilte auf ihn zu und unterbrach seine Aufzählung der Gipfel des Königsteinkammes. »Piscul Baciului, auch La Om genannt, ist mit zweitausendzweihundertachtunddreißig Metern der höchste –«

»Ist das hier eine von Gustavs Schäferhütten?«

»Hoppla. Langsam.« Jakob blickte sich suchend um, als wüsste er nicht recht, was mit dem Wort »Schäferhütte« gemeint war.

Thekla war Hilde zögernd gefolgt, argwöhnte, dass sie unwirsch, wenn nicht ruppig reagieren würde, streckte den Arm aus und zeigte auf die Senke. »Die Hütte da unten. Wer benutzt sie?«

Jakobs Blick saugte sich an dem offenbar erst kürzlich erneuerten Dach fest. »Gustavs Schäfer, wer sonst.«

»Welcher von ihnen?«, fragte Hilde scharf.

Jakob zuckte die Schultern. »Irgendeiner halt.«

Mit einer beschwichtigenden Handbewegung signalisierte ihr Thekla, die Sache damit auf sich beruhen zu lassen. Sie wussten ja jetzt, was sie hatten wissen wollen, und weitere Fragen würden nur dazu führen, ihnen unerwünschte Aufmerksamkeit zu verschaffen.

Hilde nickte missmutig, ließ Jakob einfach stehen, kehrte zu ihrem Rucksack zurück und begann, darin herumzusuchen.

Schließlich förderte sie einen der kleinen, runzligen Äpfel zutage, die Alina mit den Worten »Tut mir leid. Aber bei Bio-Obst muss man Zugeständnisse machen, was das Aussehen betrifft« zum Mitnehmen bereitgestellt hatte.

Während Hilde den Apfel verspeiste, kramte Thekla in der Deckeltasche ihres Rucksacks nach ihrer Sonnenbrille. Dabei gerieten ihr ein Paket Papiertaschentücher in die Hände, ein Heat-Pad, eine Tube Sonnenschutzcreme – und Georgels Schlüsselbund. Sie starrte ihn verwundert an. Wieso hatte sie ihn eingepackt? Einen Augenblick später fiel es ihr ein. Sie hatte ihn nicht eingepackt, sie hatte ihn nur verstaut, um die Hände frei zu haben, und wollte ihn noch vor dem Abmarsch vom Hotel Alina aushändigen.

Stattdessen hatte sie ihn in der Gegend herumgetragen. Erschreckend, wie vergesslich sie in letzter Zeit war. Wenn sie nicht aufpasste, würde Georgels Schlüsselbund noch mit ihr nach Deutschland reisen.

»Weiter geht's«, rief Jakob und zeigte schräg über die Weidefläche auf einen Steilhang, der sich dahinter erhob. »Solange die Schafe noch nicht da sind und mit ihnen die Hunde, können wir hier noch kreuz und quer laufen. Kommende Woche wird das schon nicht mehr möglich sein. Dann muss ich mit meinen Wandergruppen ganz am Rand der Lichtung entlangschleichen. Den Hunden kommt man nämlich besser nicht ins Gehege.« Er nahm seinen Rucksack auf. »Der Hang wird uns ein paar Schweißtropfen kosten. Wir gehen ihn ganz langsam an. In einer knappen Stunde sollten wir den Anstieg geschafft haben. Danach wird das Gelände flach, wir haben dann eine Hochebene vor uns. Aber«, er zwinkerte Wally zu, »sie liegt noch unter einer dicken Schneedecke.«

Thekla hörte Wally einen leisen Seufzer ausstoßen, offenbar kehrten ihre Ängste zurück.

Jakob führte die Wandergruppe mitten durch die Senke, in der die Schäferhütte lag, die Gustav auf seiner Karte zu vermerken versäumt hatte.

Das Ding wirkt extrem abweisend, kahl und unwirtlich,

dachte Thekla, als sie darauf zuging, woraufhin ihr der Gedanke kam, Gustav könnte die Hütte ausgemustert haben. So würde sich ihr Fehlen auf der Karte erklären lassen, überlegte sie, während sie sie taxierte.

Außen herum gab es weder Borde noch Planken, um etwas abzustellen oder aufzuhängen. Keine Bank, kein Wasserbecken, nichts. Die Fenster waren mit Holzplatten verschalt, die Tür schien nachträglich mit Stahlbändern verstärkt worden zu sein.

Seltsam, wozu hatte man sich solche Mühe gemacht?

Theklas Blick wanderte über die Verstrebungen und blieb am Türknauf hängen. Wenige Zentimeter darunter glänzte der runde Zylinder eines Sicherheitsschlosses, und ihr fielen die beiden kleinen, flachen Schlüssel ein, von denen einer an Georgels und der andere an jenem Schlüsselbund hing, den Wally aus der Brennerei mitgebracht hatte. Sie schienen wie gemacht für dieses Schloss.

Was es denkbar, dass sie tatsächlich passten?

»Darauf würde ich wetten«, sagte Thekla laut.

Hilde sah sie verdutzt an. »Worauf würdest du wetten?«

Thekla erklärte es ihr flüsternd.

Hildes Antwort ging in einem rumänischen Wortschwall unter.

Jakob hatte die Hütte umrundet und schien sich mit jemandem, den er auf der Rückseite getroffen hatte, zu unterhalten.

Als auch Thekla um die Ecke bog, sah sie, mit wem.

An die Westwand der Hütte war eine Art Terrasse aus groben Brettern angebaut. Unter dem niedrigen Vordach standen ein roh zusammengezimmerter Tisch und eine Bank aus Bündeln dünner Stangen, die von Seilen zusammengehalten wurden. Darauf saßen Georgel und ein Mann, der dem Aussehen nach sein jüngerer Bruder Petru sein musste. Auf Georgels Stirn klebte ein breites Pflaster, an seiner Wange war ein tiefer Kratzer zu erkennen.

Auf dem Tisch stand eine Flasche Schnaps. Daneben war ein nicht allzu sauberes Tuch ausgebreitet, auf dem ein kleiner Rest Käse, ein Stück Brot und Eierschalen lagen. An der Hüttenwand lehnten zwei riesige, bis oben vollgepackte Rucksäcke.

»Was machen denn *die* zwei da?«, sagte Hilde so laut, dass Jakob seine Unterhaltung mit Petru unterbrach und sich zu ihr umdrehte.

»Sie haben Proviant hergebracht, Werkzeug und Lampenöl, was man halt so braucht, wenn man eine Zeit lang hier oben hausen muss. Im Laufe der kommenden Woche werden sie den Weg noch ein paarmal machen müssen.«

»Georgel scheint sich ja schnell erholt zu haben«, brummte Hilde als Antwort.

Jakob grinste. »Schäfer haben harte Schädel.«

Georgel hatte mittlerweile Brot und Käse aufgegessen. Gemächlich stand er auf und begann das Tuch auszuschütteln wie Frau Holle ihre Federbetten, nur dass anstatt Schneeflocken Eierschalensplitter um ihn herumtanzten. Als nichts mehr hinunterfiel, faltete er es zusammen, steckte es in die Tasche seiner Lodenjacke und schulterte den Rucksack. Petru war bereits abmarschfertig.

Jakob rief ihnen einen Abschiedsgruß zu, bevor er den Weg fortsetzte.

Thekla zögerte. Hier und jetzt war die Gelegenheit, Georgel seine Schlüssel zurückzugeben, und genau das würde sie auch tun.

Sie blieb stehen und klickte den Bauchgurt ihres Rucksacks auf. Doch bevor sie die Träger von den Schultern streifen konnte, rammte ihr Hilde den Ellbogen in die Rippen.

»Hast du etwa Georgels Schlüsselbund im Rucksack und willst ihn jetzt zurückgeben?«

Thekla nickte, erstaunt über Hildes Kombinationsgabe. Doch was Hilde dann sagte, erstaunte sie noch mehr.

»Das wirst du auf gar keinen Fall tun.« Damit lief sie an ihr vorbei und eilte hinter Jakob her.

»Was hast du denn?« Wally hatte neben Thekla haltgemacht. »Drückt dir der Rucksack ins Kreuz? Meiner drückt auch.

Walter sagt, man muss den Bauchgurt schön straff ziehen, dann verteilt sich das Gewicht besser.«

Thekla befolgte den Rat, der offenbar von Wallys Wanderbekanntschaft kam, obwohl sie der Rucksack kein bisschen gestört hatte. Was sie allerdings störte, war Hildes unmögliches Benehmen.

Jakob kroch so langsam auf den Steilhang zu, dass Thekla unterwegs Muße hatte, sich umzuwenden und zurückzublicken.

Sie sah Georgel und Petru aus der Senke stapfen und auf den Waldgürtel zuhalten, den die Wandergruppe eben durchquert hatte. Beide Männer hielten knorrige Stöcke in den Händen, auf die sie sich schwer stützten, denn das Gewicht ihrer Rucksäcke drohte sie niederzuringen.

Thekla kniff die Augen zusammen. Wieso trugen die Schäfer prall gefüllte Rucksäcke in Richtung Dorf?

# 8

»Wir drei werden umkehren müssen«, sagte Hilde zu Jakob. »Mein lädiertes Knie macht nicht mehr mit.«

Wallys Gesichtsausdruck war sehenswert. Überraschung, Unglauben und Besorgnis wechselten darin wie Momentaufnahmen.

Die Überraschung brach sich Bahn. Seit wann hatte Hilde Westhöll ein lädiertes Knie?

Seit eben, dachte Hilde. Seit ich diese Hütte gesehen habe, die mir recht merkwürdig erscheint.

Jakob war unschlüssig stehen geblieben. »Langsam, langsam. Wie stellst du dir das vor? Ihr könnt nicht allein zurückgehen.«

»Warum denn nicht?«, hielt Hilde dagegen. »Den Weg werden wir wohl kaum verfehlen. Hunde müssen wir nicht fürchten, weil noch keine Schafherden unterwegs sind. Und die Bären halten Siesta.«

Es war hart, mitanzusehen, wie Jakob mit sich kämpfte.

Hilde verbiss sich ein siegesgewisses Grinsen. Letztendlich hatte er ja keine Wahl. Weder konnte er sie zwingen, weiterzugehen, noch konnte er die ganze Gruppe zum Umkehren verdonnern.

Es dauerte zwar eine Weile, bis er zu dieser Einsicht gelangt war, doch schließlich ließ er sie ziehen. Jedoch nicht ohne ihnen noch eine genaue Wegbeschreibung und diverse Verhaltensmaßregeln mit auf den Weg gegeben zu haben.

Hilde täuschte ein Hinken vor, bis Jakob und seine Gruppe sich weit genug entfernt hatten.

»Du hast schon wieder gelogen«, sagte Wally empört.

Hilde zeigte sich ungerührt. »Der Zweck heiligt die Mittel.«

»Was für ein Zweck?«

Hilde zeigte auf die Hütte. »Der uns hergeführt hat.«

Sie warf einen kurzen Blick auf den Steilhang, den die Wanderer soeben in Angriff nahmen. Der Pfad dort hinauf schien vereist zu sein, sodass sie sich an Felsbrocken und niedrigem Gesträuch festhalten mussten. Keiner von ihnen würde Zeit finden, zurückzublicken, nicht einmal Jakob, der genug damit zu tun hatte, seine Gruppe im Auge zu behalten. Thekla, Wally und sie hatten also freie Bahn, konnten ungestört auf Erkundungstour gehen und ausprobieren, ob sich die Hüttentür mit dem Sicherheitsschlüssel von Georgels Bund aufschließen ließ.

»Von wegen Vorräte aufstocken. Ich weiß ja nicht, ob die Kerle was hergebracht haben, aber eines ist sicher: Weggetragen haben sie eine ganze Menge. Habt ihr gesehen, wie die sich abgeschleppt haben auf dem Rückweg ins Dorf?«

Wally verneinte, aber Thekla sagte: »Ich habe mich auch darüber gewundert. Aber vielleicht haben sie ja Sachen mitgenommen, die in der Hütte nicht mehr gebraucht werden. Oder Dinge, die über den Winter da gelagert worden sind. Es wäre doch sinnvoll, immer dann, wenn man Vorräte herbringt, auch etwas mit ins Tal zu nehmen.«

Das klang durchaus vernünftig, und Hilde dachte einige Augenblicke lang darüber nach. Doch dann schüttelte sie den Kopf. »Das Einzige, was vermutlich regelmäßig ins Tal zurückbefördert werden muss, sind ein paar leere Schnapsflaschen. Hast du was scheppern hören? Ich nicht. Und was Eingelagertes betrifft, was soll das denn sein? Schafskäse, den man über den Winter zu Parfait gefrieren lässt?«

Mittlerweile waren sie an der Hüttentür angelangt. Hilde streckte die Hand aus. »Gib schon her.«

Thekla stellte den Rucksack ab und kramte Georgels Schlüsselbund hervor.

Hilde schnappte ihn sich, fischte nach dem kleinen Sicherheitsschlüssel und steckte ihn in das Zylinderschloss, wo er sich so geschmeidig drehen ließ, als wäre es frisch geölt. »Na, wer sagt's denn.« Sie zog die Tür auf. »He. Wieso ist es stockfinster hier drin?«

»Weil die Fenster verschalt sind«, antwortete Thekla trocken und schob Hilde ein Stück weit in den Raum hinein. »Aber durch die offene Tür fällt ja Licht, sodass wir gleich was erkennen können. Wir müssen unseren Augen nur ein paar Sekunden Zeit geben.«

Tatsächlich begannen sich bald Konturen zu zeigen, der Raum nahm Gestalt an.

»Trotzdem noch zu dunkel«, nörgelte Hilde. »Wir müssen die Abdeckungen von den Fenstern nehmen.«

»Ich finde, ein Lämpchen tut's auch.« Thekla machte sich bereits an einer Gaslampe zu schaffen, die auf dem Fenstersims stand.

Hilde hörte das Klicken eines Feuerzeugs, das bereitgelegen haben musste, sah eine kleine Flamme und gleich darauf das schwache Glühen des Glühstrumpfes, das sich verstärkte, bis der Raum in helles Licht getaucht war.

Sie schnappte nach Luft. »Das kann doch keine Schäferhütte sein. Das … das …«

»Das war vielleicht mal eine«, sagte Thekla.

Der komplette Raum wirkte, abgesehen von einigen Trittspuren auf dem Fußboden, klinisch sauber. Weiß gestrichene Wände, Regale aus silber glänzendem Metall – Aluminium vielleicht –, ein Arbeitstisch aus dem gleichen Material. Ansonsten gähnende Leere.

Nichts. Keine Gerätschaften. Kein Geschirr, keine Kleidung, kein Werkzeug. Und bis auf zwei weiße Plastikstühle auch keine weitere Einrichtung.

Hilde stand eine ganze Weile betroffen da, dann begann sie, im Raum herumzugehen.

»Das hätte ich aber nicht gedacht, dass Schäferhütten innen so aussehen«, sagte Wally, die sich noch unter der Tür befand.

Hilde stieß ein Zischen aus. »Das tun sie natürlich auch nicht.«

»Georgel und Petru müssen hier ausgeräumt haben«, sagte Thekla.

Hilde sah sie an. »Und *was* bitte haben sie ausgeräumt?«

Erwartungsgemäß blieb Thekla die Antwort schuldig.

Wally war inzwischen eingetreten und vor einem der Regale stehen geblieben. Sie starrte es an, als würde dessen ehemaliger Inhalt erscheinen, wenn sie nur lange genug hinsah.

»Hier ist was auf den Boden gerieselt«, sagte sie plötzlich. »Sieht aus wie Puderzucker.« Sie ging in die Hocke, tauchte ihre Fingerspitze in ein kleines weißes Häufchen, dann leckte sie daran. »Schmeckt aber gar nicht so.«

Hilde war mit zwei Schritten neben ihr, warf einen interessierten Blick auf das weiße Pulver, das einmal einen Kegel gebildet hatte, nun aber statt einer Spitze einen Krater aufwies. »Wie schmeckt es denn?«

»Bitter«, antwortete Wally. »Wie eine Schmerztablette, wenn man sie zu lange im Mund behält. Thomapyrin schmeckt so und Paracetamol.«

Hildes Blick schoss zu Thekla hinüber. »Denkst du, was ich denke?«

Thekla machte einen Schritt auf sie zu und beugte sich über das Häufchen.

»Du wirst doch wohl feststellen können, ob es sich um Kokain oder so etwas handelt«, sagte Hilde.

Thekla blickte spöttisch zu ihr auf. »Glaubst du, Martin und ich haben im Hinterzimmer unserer Apotheke mit Drogen gedealt?«

Hilde runzelte die Stirn. »Heißt das, du kannst Kokain nicht von gemahlenen Kopfwehtabletten unterscheiden?«

»Mal sehen.« Theklas Fingerspitze vertiefte den Krater und tauchte bedeckt von einer dünnen weißen Schicht wieder daraus auf. Vorsichtig leckte sie daran, behielt die Kostprobe eine Weile im Mund und machte leise Schmatzlaute.

»Und?«, fragte Hilde.

»Wally hat recht«, sagte Thekla schließlich. »Das Zeug schmeckt bitter wie Schmerzmittel. Soviel ich weiß, schmeckt Kokain ähnlich, aber davon müsste ein leichtes Taubheitsgefühl auf der Zunge zurückbleiben. Ich merke aber nichts. Du, Wally?«

Wally verneinte, kam jedoch nicht weiter zu Wort.

»Eine andere Droge?«, fragte Hilde. »Was käme in Frage?«

Thekla zuckte die Schultern. »Wie gesagt –«

»Wir nehmen das mit«, entschied Hilde spontan, holte die leere Verpackung, in der zuvor ihr Müsliriegel gesteckt hatte, aus ihrer Hosentasche und führte sie wie eine Baggerschaufel an das Pulverhäufchen heran. Tatsächlich gelang es ihr, den größten Teil davon einzufüllen.

»Nicht nur hier ist ausgeräumt worden«, sagte Wally unvermittelt.

Hilde machte ein kleines Päckchen aus ihrer Ernte und steckte es ein. »Wo denn noch?«

Wally schluckte. »In der Brennerei. Da sind etliche Kisten verschwunden.«

Hilde sah sie scharf an. »Fällt dir ja früh ein.«

»Das erklärt den Unimog, den wir gestern Abend gesehen haben«, sagte Thekla. »Er muss vor uns an der Brennerei gewesen sein und die Kisten aufgeladen haben. Dann ist er weiter zu Gustavs abgebranntem Haus gefahren –«

»Wo es womöglich auch noch was fortzuschaffen galt«, beendete Hilde den Satz. Sie schloss einen Moment lang die Augen. »Herrgott, in was hat Gustav sich bloß verstrickt?«

Thekla berührte sie besänftigend an der Schulter. »Dein Vetter ist seit gut einer Woche tot. Wie soll er Georgel, Petru oder sonst jemanden beauftragt haben, jetzt Spuren zu beseitigen?«

Das leuchtete Hilde zwar ein, änderte jedoch nichts daran, dass Gustav mit ziemlicher Sicherheit in kriminelle Machenschaften verwickelt gewesen war.

Und genau deshalb ist er jetzt tot, dachte sie.

Aber wer hatte ihn umgebracht? Georgel und Petru, die Schäfer? War es möglich, dass die beiden hinter der ganzen Sache steckten?

Wohl kaum.

Drogenhandel, überlegte Hilde, ist ein paar Nummern zu groß für die beiden.

»Mal angenommen«, sagte Thekla, »wir hätten es tatsächlich mit Drogenhandel zu tun und dein Vetter war zwar beteiligt, aber nicht der Kopf der Bande. Wer könnte die Fäden in der Hand halten?«

»Das müssten die Brüder eigentlich wissen«, antwortete Hilde lebhaft. »Und wir werden sie auf der Stelle fragen.«

»Auf der Stelle?« Thekla schmunzelte. »Du solltest ein Stündchen für den Rückweg einrechnen.«

Der zog sich länger als gedacht, weil die Sonne den zuvor noch festgefrorenen Lehm in eine glitschige Pampe verwandelt hatte.

Weit davon entfernt, entsprechend Vorsicht walten zu lassen, marschierte Hilde forsch talwärts, rutschte schon nach wenigen Schritten aus und landete im braunen Matsch. »Das stinkt ja grauenhaft.«

Ihre Hose sah aus wie durch eine Jauchegrube gezogen, und sie roch auch so. Es war offensichtlich, dass der Untergrund zum größten Teil aus Schafsmist bestand.

Thekla und Wally begannen in ihren Taschen und Rucksäcken nach Papiertaschentüchern zu fahnden und versuchten, die braune Schmiere von Hildes Hose zu wischen.

Was aussichtslos war.

»Ihr verteilt sie doch bloß«, regte Hilde sich auf und wedelte mit den Händen, um die beiden von sich wegzuscheuchen.

Plötzlich erschien ein Grinsen auf ihrem Gesicht. »Georgels Hund wird begeistert sein. Ich rieche jetzt wie sein Herrchen.« Damit setzte sie den Weg in unvermindertem Tempo fort, was zur Folge hatte, dass sie ein weiteres Mal im Dreck landete und wenig später auch Wally.

»Das ganze Dorf wird auf eure Hintern starren«, sagte Thekla.

Hilde lachte. »Die sollen sich lieber um ihre eigenen kümmern. Es könnte nämlich gut sein, dass der eine oder andere Kleinguder Hintern demnächst im Knast landet.«

Es schien, als hätten die Dorfbewohner Hildes Worte gehört und beherzigt, denn kein Mensch ließ sich sehen, als Thekla, Wally und sie über die Dorfstraße zum Hotel gingen.

Am Nebengebäude schnallten sie die Schneeschuhe von den Rucksäcken und lehnten sie unter dem Vordach an die Wand. Die Skistöcke bündelten sie in einer Ecke. Daraufhin wandten sich Thekla und Wally dem Hoteleingang zu und waren gleich darauf verschwunden.

Hilde musterte Georgels Häuschen. War der Schäfer daheim?

Der Hund lag auf einem sonnigen Fleck vor dem Pfosten, an den er angeleint war. Bei ihrer Ankunft hatte er keinen Laut von sich gegeben. Hotelgäste schien er nicht als Feinde zu betrachten. Solange sie blieben, wo sie hingehörten.

Sosehr es Hilde auch drängte, Georgels Wohnung einen Besuch abzustatten (weil sie hoffte, dort den vollgepackten Rucksack, den er von der Berghütte heruntergetragen hatte, vorzufinden), so gewiss war, dass sie – Schafsmist an der Hose hin oder her – an seinem Hund nicht vorbeikommen würde.

Plötzlich öffnete sich die Haustür, und Georgel kam heraus. Er trug einen vollen Eimer, bog ums Hauseck und war weg. Anscheinend brachte er Abfälle zum Kompost, würde also gleich wieder zurückkommen.

Hilde näherte sich dem niedrigen Zaun zwischen den beiden Grundstücken. Der Hund stand auf und sah ihr misstrauisch entgegen.

Georgel tauchte mit dem leeren Eimer auf.

Hilde winkte ihm. »Ich möchte mit Ihnen reden.«

Sie musste schreien, weil der Hund zu bellen begonnen hatte.

Georgel warf ihr einen teilnahmslosen Blick zu und wandte sich zur Tür, um wieder ins Haus zurückzukehren.

»Georgel!« Hildes Stimme klang wie ein Peitschenhieb, was den Hund außer Rand und Band brachte.

Georgel drehte sich um.

»Ich will mit dir reden.« Während sie ihm die Worte zuschrie, gestikulierte sie wild.

Georgel sah sie abwägend an.

Hilde fürchtete schon, er würde sich wieder abwenden und

sie einfach stehen lassen, da flackerte sein Blick auf etwas hinter ihr, und im nächsten Moment gab er ihr ein Zeichen, näher zu kommen.

Als sie sich umschaute, sah sie Alina auf der Terrasse des Hotels stehen.

Georgel war bereits dabei, den Hund an die kurze Leine zu nehmen. Offenbar wollte er Hilde vor Alinas Augen nicht abweisen. Sie beeilte sich, durch die kleine Gartenpforte zu schlüpfen, hastete an dem Hund vorbei bis zur offenen Haustür, wo sie unschlüssig stehen blieb.

Als sie Georgel »Intră« sagen hörte, überlegte sie nicht lang, ob das Wort auch wirklich die Bedeutung hatte, die sie ihm zuschrieb.

Drinnen sah es genauso aus, wie sie sich eine landläufige Schäferhütte vorgestellt hatte. Roh zusammengezimmerte Möbel, eine Menge Schmutz, dreckige Kleidung an Eisenhaken an der Wand, eine Batterie Schnapsflaschen auf einem Bord.

An einem Balken hing ein leerer Rucksack.

Georgel war ihr nachgekommen und zeigte auf einen Tisch, an dem zwei mit Schaffellen ausgepolsterte Stühle standen.

Hilde deutete auf ihre lehmverkrustete Kehrseite.

In Georgels Augen erschien ein winziges Lächeln, das schnell wieder erlosch. »Nu Problem.«

Also gut, dachte Hilde und ließ sich auf dem weichen, wärmenden Fell nieder.

Georgel stellte eine Flasche und zwei Gläser auf den Tisch.

»Trinkt ihr auch ab und zu mal einen Schluck Wasser?«

Georgel sah sie verständnislos an, schenkte ein.

Nachdem sie angestoßen und einen Schluck genommen hatten, besann Hilde sich auf Umgangsformen. Sie deutete auf das Pflaster an seiner Stirn. »Wie geht es dir?« Dass sie ihn bereits zum zweiten Mal duzte, fiel ihr gar nicht auf.

Georgel machte eine wegwerfende Geste.

»Wer hat dich überfallen?«

Georgel zuckte die Schultern.

»Willst du behaupten, dass du es nicht weißt?«
Georgel signalisierte, er verstünde sie nicht.
Das konnte ja heiter werden. Wenn er derart dichtmachte, war das Verhör zu Ende, bevor es angefangen hatte. Aber so schnell würde sie nicht aufgeben.
»Ist dir klar, dass Gustav wahrscheinlich umgebracht worden ist? Getötet? Gekillt?«
In Georgels Augen blitzte es kurz, aber unverkennbar auf.
Hilde beobachtete ihn genau und kam zu dem Schluss, dass ihn ihre Worte nicht wirklich überrascht hatten. Das Aufblitzen schien ihr kein Erschrecken gewesen zu sein, sondern eine Art Auszeichnung im Sinne von: Dann seid ihr jetzt wohl dahintergekommen.
»Herrgott, Georgel«, platzte sie heraus. »Weißt du etwa, wer ihn auf dem Gewissen hat?«
Er schüttelte müde den Kopf. Seine Augen waren auf einmal glanzlos wie staubige Kacheln, und Hilde sagte sich: Verdammt, er weiß es, wird es aber nicht preisgeben.
»Willst du nicht, dass er bestraft wird?«
In Georgels Augen trat ein bedrohliches Glimmen.
Das man unterschiedlich auslegen kann, dachte Hilde.
Wem galt die Bedrohung? Gustavs Mörder oder demjenigen, der vorhatte, den Mörder zu überführen?
Sie musste versuchen, der Antwort auf diese Frage näherzukommen.
»Gustav soll überall beliebt gewesen sein. Jeder hat ihn gemocht«, tastete sie sich vor.
Georgel nickte. Sein Blick war ernst. Unvermittelt machte er den Mund auf. »Gut Arbeit. Gut Geld. Gut Chef. Klug Mann.«
Aber nicht klug genug, einem Mordanschlag zu entrinnen, ging es Hilde durch den Kopf.
»Freund«, sagte Georgel.
Hilde horchte auf. »Er war dein Freund?«
Georgels Augen blickten traurig. »Freund noch immer.«
»Was habt ihr aus der Berghütte geholt, du und dein Bruder?« Sie deutete auf den leeren Rucksack.

Georgel trank seinen Schnaps aus, tat, als hätte er nichts gehört. Seine Augen verschleierten sich.

Er mauerte wieder.

Hilde hob ihr Glas, trank es ebenfalls aus und knallte es dann so heftig auf den Tisch, dass es einen Sprung bekam.

Draußen schlug der Hund an.

»Wir finden es sowieso raus.« Hilde riss die Müsliriegel-Verpackung aus der Hosentasche, in die sie das weiße Pulver gefüllt hatte, und schüttete etwas davon auf den Tisch. »Das hier habt ihr übersehen. Ich kann es natürlich untersuchen lassen. Du könntest mir aber auch gleich sagen, was es ist.«

Georgel schwieg. Der Schleier vor seinen Augen verdichtete sich.

»Dann behalt's für dich. Behalt nur alles schön für dich.« Hilde erhob sich. »Ich hoffe, du erstickst dran.«

Georgel schloss kurz die Augen. Als er sie wieder öffnete, zeigten sie einen zutiefst resignierten Ausdruck.

# 9

»Da bist du ja«, sagte Wally, als Hilde in die Eingangshalle trat. »Alina sagt, sie hätte dich in Georgels Haus gehen sehen.«

Thekla und sie waren an der Rezeption mit Alina zusammengetroffen, als sie ihre Zimmerschlüssel vom Bord nehmen wollten.

Alinas Beobachtung hatte sie überrascht. Sie hatten nicht damit gerechnet, dass Hilde mit Sack und Pack, dreckiger Hose und ohne ein Wort darüber zu verlieren, auf Georgels Grundstück marschieren würde. Unentschlossen waren sie stehen geblieben und hatten abgewartet.

Thekla hatte schließlich die Gelegenheit ergriffen, sich nach Neuigkeiten über Ion und seine Passagiere zu erkundigen.

»Keine Spur. Gar nichts«, hatte Alina auf ihre Fragen geantwortet. »Emilian hat mich heute Vormittag zur Polizei begleitet. Wir haben eine offizielle Vermisstenanzeige aufgegeben, die an alle Dienststellen weitergeleitet werden soll.« Sie schnaubte leise. »Die Beamten werden die Augen offen halten, heißt es. Mehr können sie angeblich nicht tun. Emilian meint, damit kommen wir nicht weit.«

»Garantiert nicht«, hatte Hilde dazu zu bemerken.

»Es scheint tatsächlich nicht die geringste Spur zu geben.« Alina zuckte die Schultern. »Emilian meinte, vielleicht sollte man die Strecke mal abfahren. Aber wenn der Transporter da irgendwo stehen würde, dann wäre das doch längst gemeldet worden, oder? Wo soll man nur ansetzen?«

Wally hatte nicht den Hauch einer Ahnung. Aber Hilde sagte: »Wenn Daniel und seine Mutter in Bukarest gelandet sind – was man Herrn Radu anscheinend bestätigt hat –, dann sind sie auch zu Ion in den Wagen gestiegen, und er ist mit ihnen losgefahren.« Sie sah Alina scharf an. »Könnte *er* sie entführt haben und irgendwo versteckt halten?«

Alina sah sie konsterniert an. »Aber weshalb denn?«

»Weil hier offenbar recht mysteriöse Dinge vorgehen.« Hilde lachte freudlos auf. »Wenn ich es nicht besser wüsste, würde ich sagen, Kleingude steht im Bann des blutsaugenden Fürsten Dracula, und die Angst vor ihm geht um. Man gehorcht und schweigt, um seinen Zorn nicht auf sich zu ziehen.«

Wally hatte mit Gruseln zugehört. Hildes Worte würden ihr Alpträume bescheren. Wie konnte sie nur solche Schreckensbilder heraufbeschwören, und das auch noch kurz vor dem Zubettgehen? Dagegen musste man unbedingt einschreiten.

»Was redest du denn da, Hilde? Dracula ist doch bloß eine Romanfigur. In Wirklichkeit hat er nie existiert.«

Hilde lächelte ein wenig spöttisch. »Einen Vampir mit langen, spitzen Eckzähnen gab es nie, da hast du recht. Einen blutrünstigen Fürsten allerdings schon. Denk dran, was Emilian Radu über Vlad Drăculea III. gesagt hat.«

»Aber auch der ist längst passé«, mischte sich Thekla ein. »Die Zeit, in der man der Obrigkeit auf Gedeih und Verderb ausgeliefert war, ist vorbei.« Sie wandte sich an Alina. »Oder gibt es jemanden, dem Ion bedingungslos gehorchen würde?«

Alina hatte verdutzt zugehört. Nun schüttelte sie stumm den Kopf. Bevor sie ihre Sprache wiedergefunden hatte, klingelte am anderen Ende des Tresens das Telefon. Alina entschuldigte sich, ging hinüber und nahm das Gespräch entgegen.

»Ganz egal, wie wir ihn nennen wollen«, sagte Hilde in gedämpftem Ton zu Thekla und Wally. »Es existiert jemand, der Order gibt, und welche, die ihn fürchten. Derart fürchten, dass sie wie Marionetten nach seiner Pfeife tanzen.«

»Schön«, erwiderte Thekla. »Wir lassen das mal gelten und gehen davon aus, dass der Fürst der blutgetränkten Finsternis Ion befohlen hat, seine beiden Passagiere zu entführen – und wo bitte abzuliefern?«

Hilde ignorierte den mokanten Ton. Halb zu sich selbst sagte sie: »Passagiere weg, Kleinbus weg. Wo Ion den Wagen wohl abgestellt hat? Wo könnte er …« Sie lehnte am Tresen der Rezeption und fixierte einen Punkt an der gegenüberliegenden Wand.

Wally konnte ihr ansehen, wie sehr sie sich konzentrierte.

Nach einer Weile begann sie zu sprechen. »Ion hat Daniel und seine Mutter einsteigen lassen, dann ist er losgefahren. Vielleicht liege ich ja falsch, aber ich möchte fast behaupten, dass er denselben Weg genommen hat, den er immer nimmt. In den Dörfern, durch die er normalerweise fährt, fällt der Kleinbus mit dem Schriftzug ›Villa Bavaria‹ an der Fahrertür nämlich niemandem auf. Die Leute sind ja den Anblick gewohnt, sehen den Transporter fast jeden Tag. Aber woanders …?« Ihre Stimme versandete. Schließlich fuhr sie fort: »Gehen wir also davon aus, dass Ion die übliche Route nimmt. Und wie üblich fährt er auch zu dieser abgelegenen Tankstelle.«

»Wo ihn aber niemand gesehen hat«, warf Thekla ein.

»Gesehen haben will«, präzisierte Hilde. Sie kaute auf ihrer Unterlippe. »Ich wette meinen Eckzahn, dass die Sache bei dieser Tankstelle über die Bühne gegangen ist. Es muss da noch mehr Gebäude geben. Ich glaube mich sogar zu erinnern, dass hinter der Cafeteria ein Stück Flachdach sichtbar war.« Sie verstummte wieder, schien zu überlegen. Nach einigen Augenblicken sprach sie weiter: »Garagen haben oft Flachdächer, genauso wie Werkstätten und Lagerhallen. Und sie haben Tore, durch die ein Kleinbus hineinfahren kann. Und weg ist er.«

Was Hilde sich da zusammengereimt hatte, klang plausibel, fand Wally. Sie nickte beipflichtend.

Als Hilde jedoch hinzufügte: »Wir müssen noch mal zu dieser Tanke und uns gründlich dort umsehen«, schlug Wallys zustimmendes Nicken in heftiges Kopfschütteln um.

»Aber das kann doch die Polizei tun. Mit einem Durchsuchungsbefehl und allen möglichen Befugnissen, die wir nicht haben. Wir wollen doch eigentlich herausfinden, warum Gustav sterben musste. Wollen wir das nicht immer noch?«

Sie erhielt nicht gleich eine Antwort auf ihre Frage, denn Alina hatte das Telefongespräch beendet, kam wieder zu ihnen und wollte etwas sagen, wurde aber von einem jungen Mann daran gehindert, der von draußen hereinkam und sie mit einem rumänischen Wortschwall überfiel. Alina nickte und folgte ihm hinaus.

Hilde sah ihr stirnrunzelnd nach, dann erst wandte sie sich an Wally. »Glaub mir, die Tanke ist ein Schnittpunkt, genauso wie die Hütte da oben.« Sie machte eine Kopfbewegung in die Richtung, aus der sie vorhin gekommen waren.

Bevor sie weitersprechen konnte, fragte Thekla: »Hast du aus Georgel eigentlich etwas herausbekommen. Was hat er gesagt?«

»Nichts und damit eine ganze Menge«, antwortete Hilde.

»Soll bitte heißen?«

»Dass man ihn studieren muss, wenn man etwas von ihm erfahren will.« Hilde hob die Hand, um Thekla zu signalisieren, dass sie ja gleich weiterreden würde. »Georgels Verhalten hat unseren Verdacht bestätigt, dass es so etwas wie einen Paten geben könnte, der sich in Kleingude ein Geschäft aufgebaut hat. Dazu hat er natürlich Helfer gebraucht, Angestellte, wenn ihr so wollt. Weil aber das Geschäft alles andere als legal war, musste er sich seine Leute absolut loyal verpflichten.«

»Er erpresst sie«, flüsterte Wally erschrocken.

Hilde gönnte ihr einen anerkennenden Blick.

»Aber womit?«, fragte Wally. »Um jemanden zu erpressen, muss man doch ...«

»... zum Beispiel etwas über ihn wissen, das derjenige geheim halten will«, half ihr Hilde weiter.

Wally hörte Thekla belustigt glucksen und wandte sich ihr zu. »Erpressung ist ganz furchtbar, Thekla, und überhaupt nicht zum Lachen.«

»Ganz deiner Meinung.« Theklas Miene wurde einen Moment lang ernst, dann zeigte sie sich wieder amüsiert. »Aber habt ihr euch schon gefragt, wer die Geheimnisse der Kleingudener eigentlich am besten kennen müsste?«

»Der Pfarrer.« Wally schnappte nach Luft. »So eine Anschuldigung ist ...«

»Durchaus angebracht«, beendete Hilde den Satz. »Der Knilch hat ein paar verfängliche Laster. Schnaps, Glücksspiel,

Neugier. Und er ist viel zu umtriebig und zu verschlagen, als dass er als integer gelten könnte.«

Bevor Wally Einspruch erheben konnte – schon allein die Bezeichnung »Knilch« stand ihrer Auffassung nach für einen Geistlichen (Protestant, Trunkenbold, Spieler hin oder her) nicht zur Debatte –, wurde es vor dem Eingang laut. Die Tür ging auf, und ein Dutzend Wanderfreunde polterte herein. Jakob kam als Letzter.

Er bat um einen Moment Ruhe. »Langsam, langsam. Hört bitte noch kurz zu, bevor ihr auf eure Zimmer geht. Abmarsch morgen früh, neun Uhr. Ich bin heute nur noch bis sechzehn Uhr im Hotel, dann muss ich weg. Falls also jemand Fragen hat …«, er warf einen Blick auf seine Armbanduhr, »… besser gleich stellen.«

»Wo willst du denn hin? Hast du ein Date?«

Gelächter kam auf.

Jakob machte ein geradezu feierliches Gesicht. »Wichtiger Termin in Kronstadt.«

Erneut Gelächter und anzügliche Bemerkungen.

Wally griff nach ihrem Zimmerschlüssel.

Sie wollte endlich nach oben, wollte duschen, die Kleidung wechseln, ein Stündchen ausruhen. Hilde packte sie am Arm. »Bleib hier.«

»Wir treffen uns also wie gesagt um neun«, wiederholte Jakob gerade. »Die morgige Tour wird etwa sechs Stunden dauern und führt uns durch die Zerneschter Klamm zur Cabana Curmatura, einer bewirtschafteten Berghütte, wo wir eine Suppe essen und uns aufwärmen können.«

Es gab zustimmendes Gemurmel, ein paar Scherze, erneut Gelächter. Schließlich löste sich die Gruppe auf.

Wally beobachtete, wie Hilde sich an Jakob heranschob.

Was konnte sie von ihm wollen?

»Du fährst nach Kronstadt?«

Jakob nickte, sah erneut auf seine Armbanduhr. »In eineinhalb Stunden, genau genommen.«

»Nimmst du uns mit?«

Wally glaubte, sich verhört zu haben, aber Jakobs Antwort war eindeutig. »Selbstverständlich nehme ich euch mit. Aber nur wenn ihr pünktlich um vier am Parkplatz seid.« Er tippte auf das Zifferblatt seiner Uhr. »Sechzehnhundert OEZ.«

Wally war so perplex, dass ihr gar nicht einfiel zu protestieren, was ohnehin nichts genützt hätte.

Hilde hatte sich mit einem zackigen »Sechzehnhundert, Yessir« von Jakob abgewandt, war nahe an Wally herangetreten und raunte ihr zu: »In einer halben Stunde bei mir auf dem Zimmer. Lagebesprechung.«

Wally nickte ergeben, registrierte noch, wie Hilde auch Thekla über das geplante Treffen informierte, und machte sich dann schließlich auf den Weg in ihr Zimmer. Sie duschte, zog frische Sachen an, bürstete die Lehmklumpen von ihrer Wanderhose und bearbeitete sie danach mit einem feuchten Tuch, bis sie ihr für einen (Himmelmutter, bitte lass es nicht so weit kommen) weiteren Wanderausflug halbwegs tragbar erschien.

Während all dieser Verrichtungen dachte sie über Hildes Vorhaben nach.

Zweifellos war nicht Kronstadt Hildes Ziel, sondern die Tankstelle, wo sie den verschwundenen Kleinbus vermutete. Die lag zwar einige Kilometer abseits der Straße nach Kronstadt, aber Hilde würde Jakob einfach auffordern, sie hinzubringen. Da kannte sie keine Scheu und keine Scham. Und Jakob würde nicht wagen, ihr Ansinnen zurückzuweisen, egal, wie sehr er in Eile war.

Wie viel Zeit ihn der Umweg wohl kosten wird?, fragte sich Wally und musste sich eingestehen, dass sie keine Ahnung hatte, wie lang die Strecke von der Abzweigung an der Hauptstraße bis zur Tankstelle war. Fünf Kilometer? Vielleicht auch sechs oder sieben.

Zu Fuß kaum zu machen, dachte sie, und das brachte sie zu der Frage, ob Hilde darüber nachgedacht hatte, wie sie von der Tankstelle wieder wegkommen sollten.

Vielleicht. Vielleicht aber auch nicht. Eines war jedoch sicher: Hilde würde keinen noch so langen Fußmarsch scheuen.

Mit dieser Gewissheit im Bauch begann Wally, sich auf alle möglichen Widrigkeiten einzustellen – stramme Fußmärsche, endloses Ausharren in irgendwelchen Verstecken, Verfolgungsjagden, Eiseskälte –, und griff seufzend nach ihrem warmen Anorak. Als sie Mütze und Handschuhe in eine der beiden Außentaschen stopfen wollte, fühlte sie dort ein kleines, flaches Päckchen. Sie zog es heraus und stellte fest, dass es sich um ein zusammengeknülltes, halb durchweichtes Blatt Papier handelte. Sie legte es vorsichtig auf die Kommode und glättete es, so gut es ging. Ein fast völlig verschmiertes Gekritzel kam zum Vorschein.

Ein paar Minuten lang versuchte Wally vergeblich, es zu entziffern, dann gab sie auf.

Wo kam der Zettel überhaupt her? Wann und wo hatte sie ihn eingesteckt?

Sie ließ sich auf dem Bettrand nieder und dachte nach. Lange. Dieses Nachdenken nahm deshalb so viel Zeit in Anspruch, weil sie gewissermaßen jede Minute des gestrigen Tages an sich vorüberziehen lassen musste, bis sie die Antwort hatte.

»Wally, wo bleibst du denn? Wir warten schon eine Ewigkeit auf dich.« Was da so eisenhart an ihre Tür pochte, konnten nur Hildes Fingerknöchel sein.

Wally stand auf. »Ich komme ja schon.«

In Hildes Zimmer platzierte sie das Blatt – sehr behutsam, um es nicht noch mehr zu ruinieren – auf dem niedrigen Tisch. »Es muss heruntergefallen sein, als ich gestern in der Brennerei die Karte von der Wand abgenommen habe. Jedenfalls lag es auf einmal vor meinen Füßen, da hab ich es eingesteckt. Leider ist es in der Außentasche vom Anorak nass geworden, die Klappe war innen, und deshalb konnten die kleinen Eisbröckchen, die manchmal von den Bäumen heruntergefallen sind, hineinrutschen.«

Hilde warf einen kurzen Blick auf das inzwischen wellenförmig getrocknete Papier und verdrehte die Augen. »Als ob damit noch etwas anzufangen wäre.«

»Meinst du nicht, es könnte wichtig sein zu wissen, was es damit auf sich hat?«, fragte Wally.

»Und wie sollen wir das herausfinden?« Hilde bedachte sie mit einem vorwurfsvollen Hochziehen der Brauen. »Du hättest früher nachsehen sollen, was alles in deinen Taschen steckt, dann hätten wir vielleicht eine Chance gehabt zu lesen, was da draufsteht.«

»Es müssen Adressen sein«, sagte Thekla. Sie hatte ihre Brille aufgesetzt und sich über das Schriftstück gebeugt. »Hier.« Sie deutete auf eine Zeile, die relativ gut erhalten war. »Str. Traian Stoian 4. Und hier unten: Bra – das könnte Braşov heißen, also Kronstadt, Str. General Aurel 3.«

Hilde starrte längere Zeit auf die noch leserlichen Stellen, die ihr Thekla gezeigt hatte. »Du könntest tatsächlich damit recht haben, dass das Adressen sind.« Sie stach mit dem Finger in das Papier, als wolle sie es aufspießen. »Adressen von Leuten, denen Gustav die Drogen vertickt hat.«

Hilft uns das weiter?, fragte sich Wally. Nützt es uns was, einen oder zwei von Gustavs Kunden zu ermitteln?

Die Antwort darauf hieß eindeutig »Ja«. Gustavs Kunden konnten sie zu den Verteilern führen, wie Ion womöglich einer war, die wiederum zu anderen Beteiligten, und irgendwann würde die Spur bei demjenigen enden, den Hilde »Pate« genannt hatte.

Plötzlich fiel Wally auf, dass Hilde schon einige Zeit mit den Fingerspitzen auf die Glasplatte des Tisches trommelte. Jetzt schlug sie mit der flachen Hand auf die Platte, was ein lautes Klirren verursachte.

»Ich kann einfach nicht glauben, dass Gustav seine Finger im Drogengeschäft hatte. So ein mieses Schwein war der Gustl nicht. Schwarzbrennen, Zocken, Weibergeschichten, das trau ich ihm ja alles zu. Aber Drogen? Nie und nimmer.«

Wally dachte an den gut aussehenden Endfünfziger, der sie auf der Tanzfläche herumgeschwenkt hatte. Er hatte eine Menge Alkohol vertragen und – wenn schließlich doch angesäuselt – Sachen erzählt, die man eigentlich besser für sich behielt. Wie weit mochte er seine Tollheiten in den vergangenen Jahren getrieben haben? Wie sehr hatte der Schnaps ihn verkommen lassen?

»Vielleicht hatte Gustav mit dem Drogengeschäft gar nichts zu tun«, sagte Thekla.

»Und wie stellst du dir das vor?«, fragte Hilde. »Meinst du etwa, jemand hat direkt unter Gustavs Augen Rauschgift in der Berghütte gebunkert und nach und nach ausgeliefert, ohne dass er was gemerkt hätte? Nie und nimmer. Mein Vetter war ein heller Kopf, sonst hätte er weder in Deutschland eine Imbisskette aufbauen können noch hier eine Schafzucht, ein Hotel und was weiß ich.« Sie schnaufte laut, weil sie sich so ereifert hatte.

Um Theklas Lippen spielte ein leises Lächeln. »Erinnert ihr euch, was auf dem Schlüssel eingeprägt ist, mit dem wir die Hütte aufgeschlossen haben?«

Weil Hilde noch außer Atem war, übernahm es Wally, darauf zu antworten. »D.S.«

»Richtig«, sagte Thekla. »Und wenn wir, wie bereits in Erwägung gezogen, davon ausgehen, dass D.S. für Daniel Schenger stehen könnte, dann lässt sich daraus folgern, dass Gustav die Hütte seinem Sohn zur Verfügung gestellt hat.«

»Und was, hat Gustav geglaubt, macht Daniel in der Hütte? Schafskäse etwa? Gustav hätte sich niemals so plump hinters Licht führen lassen.«

»Selbstverständlich nicht.« Thekla schüttelte den Kopf. »Aber mal angenommen, Daniel hätte zu seinem Vater so etwas gesagt wie: ›Paps, ich hab ein Buchprojekt im Sinn. Eine Geschichte, die in Siebenbürgen spielt. Mit allem, was dazugehört. Schäfer, Hunde und Schafherden, Felsgipfel und grüne Täler, Wölfe und Bären, Protestanten und Schnapsbrenner.‹« Hilde ließ ein ungehaltenes Schnaufen hören, doch Thekla machte unbeirrt weiter. »›Die Geschichte‹, hätte Daniel fortfahren können, ›ist fix und fertig in meinem Kopf. Aber um sie zu Papier zu bringen, brauche ich Ruhe und Abgeschiedenheit. Ich frage mich, wo ich das finden kann.‹« Thekla räusperte sich, musste husten. Offenbar war ihr etwas in die Kehle geraten.

Als Wally merkte, dass es ein Weilchen dauern würde, bis sich Theklas Stimme geklärt hätte, sprang sie spontan ein. »›In der Villa Bavaria geht's zu wie im Taubenschlag‹, hätte Daniel sagen können. ›Und in deinem Häuschen würde ich dir bloß zur Last fallen. Was ich brauche, ist ein beschaulicher Ort, weit abseits von Lärm und Trubel, wo ich ungestört arbeiten kann.‹«

»Und daraufhin hat Gustav allen Ernstes gesagt: ›Dann zieh doch in eine der Schäferhütten.‹« Hilde brach in lautes Gelächter aus.

Thekla hatte mittlerweile ihre Stimme wieder. »Warum nicht? Aber nehmen wir vernünftigerweise an, Daniel hätte ihn darum gebeten. Weshalb hätte Gustav – selbst wenn er das Buch- oder was auch immer für ein Projekt nicht recht schlucken konnte – seinem Sohn die Bitte abschlagen sollen? Was verlangte der denn schon? Eine Schäferhütte. Davon hatte Gustav ja etliche. Sieben, um genau zu sein, falls abgesehen von Nummer vier alle restlichen auf der Karte aus der Brennerei eingetragen sind.«

Thekla machte eine kurze Pause. »Gustav erklärt sich also bereit, seinem Sohn eine Hütte zu überlassen«, sagte sie dann. »Daniel wählt diejenige, die nur eineinhalb Gehstunden oberhalb von Kleingude liegt, was er vielleicht damit begründet, dass er es nicht allzu weit haben möchte, wenn er ins Dorf hinuntermuss, um sich mit Proviant zu versorgen. Dann bittet er seinen Vater, die Hütte – vor allem innen – aufmöbeln zu dürfen. Was hätte Gustav wiederum für einen Grund, es ihm abzuschlagen? Vielleicht bezahlt er sogar einen Teil des Materials dafür, und er lässt ein Sicherheitsschloss einbauen, wieso auch nicht? Tatsächlich reist Daniel jetzt häufig nach Siebenbürgen und hält sich oft in der Hütte auf. Er versäumt aber nicht, regelmäßig im Hotel oder in Gustavs Häuschen aufzutauchen und zu berichten, wie erfreulich sein Projekt voranschreitet.«

»Nette Theorie.« Hilde schien noch immer amüsiert. »Bleibt die Frage, ob Gustav vor lauter Begeisterung, dass sein Sohn mal was anpackt, tatsächlich auf so etwas hereingefallen sein könnte. Die Antwort ist Nein.« Sie wurde ernst. »Denkbar ist allerdings, dass er Daniel gern glauben *wollte* und sich deshalb Scheuklappen aufgesetzt hat. Das würde auch erklären, weshalb er davon absah, mal einen Kontrollgang zu machen.«

Wally hatte konzentriert zugehört. Was sie sich da zusammengereimt hatten, fand sie, hatte Hand und Fuß. Alles fügte sich ins Bild: die umgebaute Hütte, die auf der Karte nicht eingetragen war, der Sicherheitsschlüssel mit Daniels Initialen, Gustavs Wegschauen – falls er überhaupt weggeschaut hatte …

Hildes Stimme riss sie aus ihren Gedanken.

»Nette Theorie«, wiederholte sie. »Nachvollziehbar. Überzeugend sogar. Wenn sie nicht diesen dummen Schwachpunkt hätte.« Sie vergewisserte sich der vollen Aufmerksamkeit ihrer Zuhörerinnen. »Daniel ist allem Anschein nach entführt worden. Für mich heißt das, er ist Opfer und nicht Täter.«

Thekla ließ die rechte Augenbraue hochwandern. Das tat sie nicht oft, aber stets bewunderte Wally diese Kunstfertigkeit. Sie war derart fasziniert davon, dass sie Hildes Reaktion beinahe nicht mitbekommen hätte.

»Du meinst … Glaubst du wirklich …?« Hilde war ins Stottern geraten. »Du hältst es für möglich …«

Thekla nickte. »Ich sehe zwei mögliche Szenarien. Ein Lieferant oder ein Abnehmer hat sich Daniel geschnappt, weil der Geld oder Ware schuldig geblieben ist. In diesem Fall wären Ion und Daniels Mutter als Kollateralschaden zu betrachten. Aus ähnlichen Gründen könnte Daniel aber auch abgetaucht sein. Dann muss man allerdings davon ausgehen, dass seine Mutter und Ion mit ihm unter einer Decke stecken.«

Hilde war still geworden und brütete vor sich hin. Irgendwann richtete sie sich auf. »*Unter einer Decke stecken.* Das bringt mich auf den nächsten Schwachpunkt in deiner Theorie:

Daniel müsste Komplizen gehabt haben, Leute, die den Stoff zur Hütte transportieren, dort abwiegen, portionieren, verpacken und wieder wegbringen. Das wäre nicht unbemerkt geblieben.«

»Wem außer uns ist denn aufgefallen, dass Georgel und Petru heute die halbe Hütteneinrichtung zu Tal geschleppt haben?«, wandte Thekla ein. »Die Schäfer tragen vor allem im Sommer doch dauernd irgendwas hin und her. Brot, Wurst und Schnaps den Berg hoch, Käse runter.«

»Aber Georgel. Er …« Hilde geriet wieder ins Stottern. »Er hat gesagt, dass er Gustavs Freund gewesen ist. Die ganzen Jahre über. Und ich bin mir sicher, es war ihm ernst damit. Hätte er seinen Freund derart hintergangen?«

Thekla zuckte die Schultern. »Was, wenn Daniel ihn erpresst hat?«

»Womit denn?«, fragte Hilde. »Was kann sich ein Schäfer schon groß zuschulden kommen lassen? Den Tod von ein paar Tieren vielleicht, weil er besoffen im Unterstand lag, als Bär und Wolf auf Beutezug waren. Na und? Gustav hätte es ihm nachgesehen.«

»Er könnte Spielschulden gemacht haben«, sagte Thekla.

»In der Pokerrunde?« Hilde lachte auf. »Das hätte Gustav doch als Erster gewusst.«

Obwohl ihr Theklas Theorie anfangs so gut gefallen hatte, musste Wally zugeben, dass Hildes Einwände einiges für sich hatten.

Georgel schien ein anspruchsloser, wortkarger und abgehärteter Einzelgänger zu sein, dem sein Hund als Gesellschaft reichte. So einer wie Georgel, sagte sie sich, ist schlichtweg nicht erpressbar.

»So gut wie jeder Mensch ist erpressbar«, sagte Thekla, als wäre sie Wallys Gedanken gefolgt. »Und wenn nicht aufgrund eigener Fehltritte, dann um einen Freund oder Verwandten zu schützen. Wir sollten nicht unterschätzen, was die Siebenbürger Sachsen unter ›Nachbarschaft‹ verstehen. Erinnert ihr euch, was Alina darüber gesagt hat?«

Wally musste sich kurz besinnen, aber dann fiel es ihr ein. Nachbarn waren für einen Kleingudener nicht einfach Leute, neben denen man wohnte. Sie waren quasi Familie. Man pflegte eine enge Beziehung untereinander, fühlte sich füreinander verantwortlich, half sich, so gut man konnte, war da, wenn man gebraucht wurde. Nachbarschaft war ein Synonym für Rückhalt, Unterstützung, Fürsorge.

»Nachbarschaft«, wiederholte Thekla. »Das scheint ein fundamentales Gebot zu sein. Welchen Stellenwert muss da erst *Verwandtschaft* haben.«

»Soviel ich weiß, hat Georgel weder Frau noch Kind …«, begann Hilde, unterbrach sich jedoch, als Thekla abwinkte. »Er hat zwei Brüder, vielleicht auch noch mehr Geschwister; Schwägerinnen hat er auf alle Fälle und wer weiß, wie viele Nichten und Neffen. Mit jeder und jedem einzelnen von diesen Verwandten wäre er wohl erpressbar.«

Wally nutzte das aufkommende Schweigen, um auszusprechen, was ihr gerade durch den Sinn gegangen war. »Ich fürchte, dass Gustav doch über die Vorgänge in der Hütte Bescheid gewusst hat. Der Sicherheitsschlüssel hing ja auch an dem Bund, den ich in der Brennerei gefunden habe. Daniel wäre doch nie ein solches Risiko eingegangen.«

»Da hast du wohl recht«, sagte Thekla. Doch im nächsten Moment machte sie ein zweiflerisches Gesicht. »Aber wie hätte es denn ausgesehen, wenn Daniel sich geweigert hätte, seinem Vater einen Schlüssel zu überlassen? Damit hätte er Gustav ja erst argwöhnisch gemacht.«

Vom Parkplatz war ein Hupsignal zu hören.

Hilde sprang erschrocken auf. »Vier Uhr durch.« Sie riss die Balkontür auf. »Wir kommen ja schon.«

# 10

»Was wollt ihr so spät noch in Kronstadt?«, fragte Jakob, kaum dass sie in seinem Wagen saßen. »Und wie wollt ihr später wieder hierherkommen? Ist euch eigentlich klar, wie schlecht es mit öffentlichen Verkehrsmitteln bei uns bestellt ist?«

Thekla hakte den Sicherheitsgurt ein und lehnte sich zurück. Sie würde es Hilde überlassen, Jakobs Fragen zu beantworten. Sie selbst hatte zuvor darauf verzichtet, auch nur eine davon aufzuwerfen, weil Widerrede ja nie was nützte, wenn Hilde sich etwas in den Kopf gesetzt hatte.

Die ging einfach nicht darauf ein. »Du kennst doch die Tankstelle, an der Ion oft haltgemacht hat? Die bei der Cafeteria Repede.«

»*Da* wollt ihr hin?« Jakob schluckte.

Hilde bat ihn, Thekla, Wally und sie dort abzusetzen. Mit einem bloßen Nicken willigte er ein. Sagte dann aber mit Nachdruck: »Für den Heimweg müsst ihr euch ein Taxi bestellen, anders kommt ihr dort nicht weg. Am besten, ihr fragt in der Cafeteria nach einem ehrlichen und zuverlässigen Fahrer.«

Daraufhin kehrte Schweigen ein.

Jakob kurvte verbissen um Schlaglöcher, wich einem Huhn aus und geriet dabei gefährlich nahe an die hervorspringende Kante eines Felsblocks. Er lenkte recht scharf dagegen.

Thekla spürte, wie es in ihm arbeitete. Der Gedanke, dass sie zu der abgelegenen Tankstelle wollten, schien ihn zu beunruhigen. Sie warf Hilde einen fragenden Blick zu. Was konnte es eigentlich schaden, ihm davon zu erzählen, dass sie vorhatten, sich nach dem Kleinbus umzusehen? Vielleicht war es ja ganz interessant zu sehen, wie er reagierte.

Hilde sah starr geradeaus, schien tief in Gedanken. Als Thekla schon nicht mehr mit einer Äußerung rechnete, sagte sie plötzlich: »›Repede‹ ist offenbar Ions Anlaufstelle auf dem

Weg zum Flughafen und zurück. Sollte man da nicht mal ein paar Nachforschungen anstellen?«

Jakob übersah ein Schlagloch und fluchte leise, als beim Wegsacken des Reifens das Fahrgestell ächzte.

Thekla fragte sich, ob der Fluch seiner Unachtsamkeit oder ihrem Vorhaben galt.

Unvermittelt begann Hilde, Jakob einem Verhör zu unterziehen. »Hast du nicht irgendwann erwähnt, dass sich Daniel in letzter Zeit viel öfter in Kleingude aufgehalten hat als früher? Was hat er denn ständig hier gemacht? Hat er im Hotel ausgeholfen? Oder in der Brennerei?«

Jakob musste im Slalom fahren, um einer Serie versetzt liegender Schlaglöcher auszuweichen, was offenbar seine gesamte Aufmerksamkeit in Anspruch nahm. Erst als er wieder in der Spur bleiben konnte, sagte er: »Keine Ahnung, wie Daniel seine Tage in Kleingude verbracht hat. Ich bin ja immer mit den Wandergruppen unterwegs, fünf bis sechs Stunden in der Regel. Beim Frühstück habe ich ihn oft mit Gustav gesehen. Beim Abendessen war er auch meistens da.«

»Und nachher?«, fragte Hilde. »Hat Daniel sich nach dem Abendessen mit Gustav, dem Pfarrer und wer weiß wem zum Pokerspielen verzogen?«

Jakob umschiffte sichtlich angespannt ein riesiges Schlagloch, schaffte es gerade noch rechtzeitig an den Rand der Fahrbahn, bevor ein entgegenkommender Lieferwagen auf gleicher Höhe mit seiner Stoßstange war. Theklas Blick suchte hektisch nach einem Straßenschild oder sonstigen Anhaltspunkten, die ihr verraten konnten, wie weit sie es noch bis zur Abzweigung nach Bran hatten. Dahinter würde die Straße bald breiter und besser werden.

»Dazu hat ihn nicht einmal der Pfarrer überreden können«, sagte Jakob soeben.

»Wie könnte Daniel seine Abende denn verbracht haben?«, insistierte Hilde. »Hat er eine Liebschaft? Ein Mädel aus dem Dorf?«

Jakob gab Gas, und als Thekla auf die Straße schaute, stellte sie fest, dass sie das Ende der Holperpiste, die nach Kleingude führte, bereits erreicht hatten.

»Eine Liebschaft im Dorf? Das wäre wohl kaum unterm Deckel geblieben. Die Leute reden.« Jakob lachte freudlos. »Man könnte meinen, sie tun nichts anderes. Und weil es in Kleingude eigentlich nicht viel zu bereden gibt, stürzen sie sich auf jede Kleinigkeit.«

Nach einer Pause fügte er hinzu: »Ich würde es wissen.« Seine Stimme klang seltsam.

Fragte er sich, ob es ihm entgangen sein konnte, oder versuchte er zu mauern?

Thekla beugte sich etwas nach vorn, damit er sie über das Motorengeräusch hinweg verstehen konnte. »Daniel hat also normalerweise im Hotel gefrühstückt?«

Jakob nickte. »Pünktlich um acht.«

»Dann hat er wohl auch da geschlafen?« Hilde war sich offenbar im Klaren, worauf Thekla hinauswollte.

Aber Jakob ließ sich nicht zu Mutmaßungen verleiten. »Wenn ihr einen Zeugen dafür sucht, seid ihr an den Falschen geraten.«

Thekla wusste im Voraus, wie Hilde darauf reagieren würde.

»Du musst ja nicht sein Bettgenosse gewesen sein, um uns sagen zu können, ob er morgens um acht von draußen hereingekommen ist oder von oben die Treppe herunter.« Hildes Stimme klang leicht gereizt.

Darauf antwortete Jakob so lange nicht, dass Thekla schon dachte, er habe es satt, derart ausgequetscht zu werden.

Doch unverhofft sagte er: »Daniel war immer schon vor mir am Frühstückstisch. Ein einziges Mal habe ich ihn vorher an der Rezeption getroffen. Er hatte eine Jacke an und eine Mütze auf. Was aber nichts heißen muss. Er kann ja auch nur kurz draußen gewesen sein.«

Damit war das Thema wohl erledigt.

Hilde schien der gleichen Meinung zu sein, denn sie setzte übergangslos an einem anderen Punkt an. »Mit wem hat Daniel am meisten Kontakt, wenn er sich in Kleingude aufhält? Mit wem kommt er am besten aus?«

»Mit Alina«, sagte Jakob ohne Zögern.

»Mit Alina«, wiederholte Hilde in einem Ton, der deutlich sagte: Damit ist die Sache klar.

Jakob nahm eine Hand vom Lenkrad und machte eine abwehrende Geste. »Alina kümmert sich um ihn, solange er hier ist, dolmetscht für ihn – mit Daniels Rumänisch ist es ja nicht recht weit her –«

»Und sie verschafft ihm, was er haben will«, unterbrach ihn Hilde. »Eine Schäferhütte beispielsweise.«

»Eine Schäferhütte?« Jakob klang völlig verdattert. »Was sollte Daniel mit einer Schäferhütte?«

Er weiß nichts, dachte Thekla. Er ist keiner von denen, auf die wir es abgesehen haben. Und er ist nicht nah genug am Geschehen.

Soweit sie mitbekommen hatte, stammte Jakob aus Kronstadt und lebte dort mit Frau und Kind. In Kleingude übernachtete er nur dann, wenn er seiner Wandergruppe bis spätabends zur Verfügung stehen und am nächsten Morgen in aller Früh schon wieder für sie bereit sein musste. Als Siebenbürger Sachse und Protestant zählte Jakob zwar zu Pfarrer Barths »Seelen«, aber eigentlich nicht zu seinem Sprengel.

Thekla horchte auf, als sie Hilde sagen hörte: »Mit Gustav scheint Alina ein ganz besonders herzliches Verhältnis gehabt zu haben.«

Jakobs Blick glitt kurz zu ihr hinüber. »Würde ich anstandslos bejahen, wenn dein Ton nicht wieder so anzüglich geklungen hätte.« Er richtete seine Aufmerksamkeit auf ein Straßenschild, nickte kurz und fuhr dann fort: »Sie mochten sich, haben sich gegenseitig respektiert, und daraus hat sich eine sehr gute Zusammenarbeit ergeben, mehr aber nicht. Im Übrigen ist Alina seit vielen Jahren verheiratet. Glücklich, wie man hört.«

»Was Gustav nicht gestört hätte«, murmelte Hilde.

Falls Jakob ihre Bemerkung mitbekommen hatte, ging er nicht darauf ein.

Offenbar waren sie nicht mehr weit von ihrem Ziel entfernt, denn er setzte den Blinker und bog von der Hauptstraße ab.

Sie passierten ein paar einzelne Gehöfte, die verlassen wirkten, und kamen dann durch ein lichtes Waldstück, hinter dem das Dorf mit dem unaussprechlichen Namen lag. Wenige Minuten später war bereits das geschwungene Dach der Tankstelle zu erkennen.

Jakob fuhr zum Eingang der Cafeteria, wo er sie aussteigen ließ.

Da standen sie dann und sahen das Heck seines Wagens zwischen den Bäumen verschwinden.

Hilde regte sich als Erste. Sie schwenkte herum und deutete auf ein Flachdach, das sich seitlich etwas versetzt hinter dem spitzgiebeligen Gebäude der Cafeteria erstreckte. Daraufhin stiefelte sie wortlos in die angegebene Richtung.

Thekla sah Wally zu Hilde aufschließen, blieb selbst jedoch stehen und schaute sich um.

Offenbar wurde die Tankstelle fleißig angefahren. Alle Zapfsäulen waren belegt. Auf dem Parkplatz standen drei Kleintransporter, ein altersschwacher Lkw und etliche Kleinwagen. Ein Paar mit zwei Kindern war gerade auf dem Weg in die Cafeteria. Ein Mann an der Zapfsäule hängte soeben die Zapfpistole ein und ging dann auf den Tankshop zu. Ein anderer stand neben dem Luftdruckmessgerät und – war das zu fassen? – rauchte eine Zigarette. Alle anderen Kunden mussten bereits im Shop sein oder eben in der Cafeteria.

Während ihr Blick über das Grundstück wanderte, stellte Thekla fest, wie sauber und ordentlich alles wirkte. Im Gegensatz zu anderen Tankstellen-Arealen, an denen sie vorbeigekommen waren, lagen hier keine ausrangierten Autoteile herum, keine rostigen Fässer, kein Müll.

»Thekla? Willst du Wurzeln schlagen?«

Sie beeilte sich aufzuholen, was gar nicht so einfach war, weil Hilde mit Riesenschritten voranstrebte.

Vor dem Gebäude mit dem Flachdach blieb sie stehen. »Scheint mal eine Autowerkstatt gewesen zu sein.«

Thekla zuckte die Schultern. Wozu auch immer dieser fensterlose Betonklotz gedient hatte, offenbar wurde er nicht mehr benutzt.

Oder doch?

Ihr Blick war an dem Rolltor hängen geblieben, das fast die gesamte Vorderfront einnahm. Es wirkte intakt, stabil und relativ modern. Anscheinend öffnete es sich per Fernsteuerung, denn nirgendwo war ein Griff oder ein Schloss zu sehen.

»Das Ding funktioniert elektrisch«, vermerkte Hilde soeben. »Man braucht eine Fernbedienung dazu.«

»Sepp hat in der Staplergarage so eins einbauen lassen«, sagte Wally fachmännisch. »Man braucht gar keine Fernbedienung dafür. Die liegt sowieso immer da, wo man gerade nicht sucht.«

»Was dann?« Hilde war ganz nahe an das Tor herangetreten. »Ein Zauberwort wie ›Sesam, öffne dich‹?«

Wally lächelte. »Man braucht eine *Zauberzahl.*« Sie begann die Betonwand zu inspizieren, in die das Tor eingelassen war.

Thekla ahnte, wonach sie suchte, und wollte sich nützlich machen, aber Wally war bereits fündig geworden. »Hier ist es. Wenn man die richtige Kombination in das Tastenfeld eingibt, dann geht das Tor automatisch auf.«

»Die richtige Kombination.« Hilde schien einen Fluch hinterherschicken zu wollen, schluckte ihn aber hinunter. »Wir könnten ein paar hunderttausend Zahlenfolgen eingeben, ohne die richtige zu treffen. Wie beim Lotto.«

»Nach der dritten Falscheingabe verriegelt sich die Maschinerie oder Alarm wird ausgelöst, vielleicht auch beides«, sagte Wally.

»Das war's dann wohl.« Hilde wandte sich ab und fluchte schließlich doch noch.

Thekla zeigte auf die neun vertikal und horizontal angeordneten Ziffern. »Zwei Versuche hätten wir ja. Wollen wir sie verschenken?«

Von Hilde kam ein Prusten. »Und was willst du eingeben?

Dein Geburtsdatum? Die Anzahl der Buchstaben in den Wörtern ›Tankstelle‹, ›Repede‹, ›Zapfsäule‹ oder ›Diesel‹?«

Letzteren Vorschlag fand Thekla gar nicht so schlecht.

»Wenn so ein Tor geliefert wird«, ließ Wally sich wieder hören, »dann ist der Code werksmäßig auf lauter Nullen eingestellt. Sepp hat ziemlich geflucht, als er ihn ändern wollte. Scheint gar nicht so einfach zu sein.«

»Was, wenn sich hier niemand diese Mühe gemacht hat?« Thekla wandte sich dem Tastenfeld zu, aber Hilde kam ihr zuvor.

Sie drückte auf die Null, wartete eine halbe Sekunde, drückte erneut.

Nach dem vierten Drücken war ein Knacken zu hören, dann ein Knirschen. Das Rolltor setzte sich in Bewegung, hob sich Zoll für Zoll und gab schließlich den Blick in eine weiträumige Halle und auf das Heck eines Kleinbusses frei.

»Schaut doch«, rief Hilde aufgeregt. »Das muss er sein.«

Was erst feststeht, wenn ... Thekla konnte den Gedanken nicht zu Ende denken, denn Hilde war bereits durchs offene Tor geprescht und rief nun von drinnen: »Er ist es. Ich kann einen Schriftzug an der Fahrertür erkennen. Aber hier hinten ist es zu dunkel ... Herrgott noch mal, es muss doch irgendwo einen Lichtschalter geben.«

Thekla hatte einen, dann noch einen Schritt in die Halle hineingemacht und suchte bereits danach. Der Schalter befand sich links an der Wand.

Einen Moment später war alles in grelles Neonlicht getaucht.

»Er ist es«, rief Hilde erneut.

»Er ist es«, echote Wally. Dann schrie sie entsetzt auf und deutete mit zitternder Hand auf die Seitenscheibe am Fahrersitz.

»Verdammt«, stöhnte Hilde.

Thekla eilte an den Wagen und spähte hinein.

Eine reglose Gestalt hing wie eine abgelegte Marionette über dem Lenkrad. Sie trug Ions Jacke und Mütze.

Hilde riss die Fahrertür auf. »Wir müssen prüfen, ob er noch Puls hat.« Unvermittelt machte sie einen Schritt zur Seite. »Thekla?«

Seit wann schreckte Hilde vor einem mutmaßlich Toten zurück? Hatte sie nicht ein halbes Leben in Gesellschaft Verstorbener verbracht?

»Thekla?«

Was immer Hilde auch blockierte, Thekla konnte sich keine Zeit nehmen, es herauszufinden. Falls Ion noch lebte, war keine Sekunde zu verlieren.

»Himmelmutter«, flüsterte Wally.

Thekla holte Luft, trat näher und legte zwei Finger seitlich an Ions Hals.

Nichts. Sie konnte nichts spüren. Oder war da ein leises Pochen gewesen?

»Was ist?« Hildes Stimme klang gepresst.

»Ich bin mir nicht sicher. Gerade habe ich gemeint …« Thekla schloss die Augen und konzentrierte sich. »Ich bin mir wirklich nicht sicher. Wir müssen schnell den Notarzt rufen.«

Hilde zückte bereits ihr Mobiltelefon. »Kein Netz, Herrgott noch mal.«

»Geh nach draußen«, sagte Thekla. »Der Beton …« Sie verstummte, weil Hilde ihr das Mobiltelefon in die Hand drückte.

»Mach du das, beeil dich.« Auf einmal wirkte sie wieder kaltblütig und entschlossen. »Sobald die Ambulanz eintrifft, müssen wir von hier verschwunden sein. Es gilt also keine Zeit zu verlieren. Während du draußen telefonierst, sehen Wally und ich uns hier drinnen um.« Sie schob Thekla in Richtung Ausgang, ignorierte Wallys Protestlaut.

Thekla stürmte ins Freie, stoppte nach etwa einem Dutzend Schritten, schaute aufs Display und stellte fest, dass sich die Netzverbindung aufzubauen begann. Ihr Finger hatte bereits die Eins für 112 angetippt, als ihr einfiel, dass sie sich im Ausland befanden. Andererseits gehörte Rumänien seit einigen Jahren zur Europäischen Union. Waren die Notrufnummern in der gesamten EU einheitlich? Thekla wusste es nicht. Sollte sie im Tankshop nachfragen? Das würde wertvolle Zeit kosten und vermutlich unliebsame Aufmerksamkeit erregen.

Kurz entschlossen tippte sie 112 ein. Schlimmstenfalls kam eine Stimme vom Band mit der Ansage: »Number unobtainable.« Dann würde sie weitersehen müssen.

Die Ansage kam auf Rumänisch, aber offensichtlich nicht vom Band.

Thekla räusperte sich und meldete auf Deutsch eine schwer verletzte Person. Als Unglücksort gab sie eine Garage hinter der abseits der Hauptstraße nach Braşov gelegenen Cafeteria Repede an. Als die Stimme etwas Unverständliches antwortete, wiederholte sie das Ganze auf Englisch. Dann legte sie auf, was sie umgehend bereute. Wer sagte denn, dass ihr Notruf an der richtigen Stelle angekommen war und dass man darauf reagieren würde?

Ratlos kaute sie auf ihrer Unterlippe, trat von einem Fuß auf den anderen. Was sollte sie tun? Einfach abwarten, ob ein Notarzt auftauchen würde? Wie lange? Zehn Minuten? Fünfzehn? Oder besser gleich im Tankshop Alarm schlagen?

Sie wartete neun, und sie kamen ihr vor wie neunzig. Dann hörte sie endlich – sehr schwach zwar, also noch weit entfernt, aber unverkennbar – die Sirene eines Einsatzwagens. Es würde wohl noch einige Zeit dauern, bis er hier ankam, trotzdem war nun Eile geboten.

Hastig kehrte sie in die Halle zurück, um Hilde und Wally zu informieren.

»Wir hauen schleunigst ab«, entschied Hilde diktatorisch. »Andernfalls landen wir auf einer rumänischen Polizeiwache, wo wir stundenlang verhört werden. Wozu? Zweckdienliche Aussagen können wir ja sowieso nicht machen.« Sie zog Wally in Richtung Ausgang. »Los, beeilt euch.«

Draußen war der Sirenenton jetzt deutlicher zu vernehmen.

Hilde spurtete quer über die Zufahrtsstraße und tauchte in dem Buschwerk ab, das den Wegrand säumte. Thekla und Wally rannten hinter ihr her. Durch das Gesträuch vor unerwünschten Blicken geschützt, warteten sie, bis der Rettungswagen an ihnen vorbeigeholpert war, und beobachteten, wie er vor dem offenen Garagentor zum Stehen kam. Er hatte kaum mehr als zwanzig Minuten gebraucht, was bei den Straßenverhältnissen wirklich erstaunlich war. Sein Stützpunkt musste sich in nächster Nähe befinden.

Die Botschaft war also an der richtigen Stelle angelangt, der Anrufer würde als unbekannt vermerkt worden sein.

Würde man die Sache damit auf sich beruhen lassen? Wohl kaum.

Theklas Hand krallte sich in Hildes Arm. »Wir müssen zurück und eine Aussage machen. Über die Handyverbindung werden sie herausfinden, wer den Notruf abgesetzt hat. Dann könnte das Verhör nicht Stunden, sondern Tage dauern.«

Hilde tätschelte kurz Theklas Hand, dann schüttelte sie sie ab. »Entspann dich. Fang jetzt bloß nicht an zu hyperventilieren. Niemand wird etwas herausfinden.« Sie klang absolut sicher. »Ich hab mir für Rumänien ein Prepaidhandy zugelegt. Soviel ich aus Fernsehkrimis weiß, kann man bei den Dingern nichts zurückverfolgen. Und meine Rufnummer ist außerdem unterdrückt. So, und jetzt machen wir, dass wir hier wegkommen.«

»Und wo bitte wollen wir hin?«

Hilde begann einen flachen, trockenen Graben, der das Buschwerk von einem Feld trennte, entlangzustapfen. »Wir wollen weg. Sagte ich das nicht gerade?«

Thekla blieb unschlüssig stehen. Hilde hatte wieder einmal eine Entscheidung getroffen, willkürlich und unüberlegt, ohne irgendwelche Folgen zu bedenken, ohne das Für und Wider abzuwägen, und verlangte, dass Wally und sie ihr blindlings folgten.

Wallys Hand legte sich auf Theklas Rücken und übte sanften Druck aus. »Wir sollten gehen. Ion war allein im Wagen. Von Daniel und seiner Mutter keine Spur. Nur ihr Gepäck ist da, und zwei Jacken liegen auf der Rückbank. Wenn wir zur Polizei gehen, kommen wir in Teufels Küche. Man wird uns nicht glauben, dass wir keine Ahnung haben, warum die zwei verschwunden sind und wohin.«

Mit einem tiefen Seufzer setzte Thekla sich in Bewegung.

Das Vorwärtskommen im Graben erwies sich als beschwerlich. Sie hatten unförmige Steinbrocken und tückische Schotterhaufen zu überwinden, wobei ihnen dürre Äste zwischen die Beine grätschten und morastiger Lehmboden an ihren Schuhen sog. Außerdem zeigte sich im Schatten der Büsche deutlich, dass die Abenddämmerung bereits eingesetzt hatte. Das schwindende Licht machte es von Minute zu Minute schwieriger, die Füße sicher auf den Boden zu setzen.

Thekla versuchte zu überschlagen, wie lange sie auf diesem Terrain brauchen würden, die Straße nach Kronstadt zu erreichen, und kam zu dem Ergebnis: ewig.

Diese Ewigkeit würden sie allerdings in Kauf nehmen müssen, denn jetzt ein Taxi zu bestellen wäre viel zu riskant. In halb Siebenbürgen würde sich herumsprechen, dass in unmittelbarer Nähe jener Tankstelle, an der ein seit Tagen vermisster Wagen samt Fahrer entdeckt worden war, drei alte Damen quasi aus dem Nichts aufgetaucht waren, und garantiert würde man der Sache nachgehen.

Also weiter bis zur Hauptstraße, möglichst bis zu einem Gasthaus, wo sie sich abholen lassen konnten, ohne Argwohn zu erregen.

Mühsam arbeiteten sie sich vorwärts. Zehn Minuten lang, fünfzehn, zwanzig.

»Müssten wir nicht bald auf die Hauptstraße treffen?«, rief Hilde mit unterdrückter Stimme.

Thekla war überzeugt, dass sie noch ein schönes Stück zu gehen hatten, schenkte sich jedoch die Antwort. Hilde würde nur gotteslästerlich fluchen, und Wally würde gottserbärmlich schluchzen.

Sie fuhr erschrocken zusammen, als es neben ihr auf einmal raschelte. Zweige knackten, bogen sich auseinander und enthüllten eine dunkle Gestalt.

»Nicht fürchten. Freund.«

Thekla erkannte den Schäfer weniger an der Stimme als am Geruch. Schaf, Schweiß, Mief. »Georgel. Was tust du hier?«

Er machte eine Handbewegung, als müsse er Hühner einfangen. »Schnell nach Hause kommen.«

»Würden wir ja gern«, sagte Thekla. »Hast du ein Fahrzeug für uns?«

»Petru Auto«, verkündete Georgel.

Hilde war stehen geblieben und hatte sich zu ihnen umgewandt.

Er schlüpfte an ihr vorbei. »Mich folgen, schnell.«

Georgel lief noch etwa ein halbes Dutzend Schritte im Graben entlang, dann trat er auf die Straße (wo Thekla feststellte, dass sie nicht weiter als bis kurz hinter das Dorf gekommen waren), kreuzte sie und eilte auf der anderen Seite eine Böschung hinauf.

Als Thekla oben ankam, sah sie den Wagen. Offenbar war er über eine sandige Trasse gekommen, die quer über einen ehemaligen Sportplatz verlief. Das Gefährt hob sich in der Dämmerung nur undeutlich vom Hintergrund ab, schien aber mehr einem Wrack als einem fahrtüchtigen Auto zu ähneln.

Petru sprang heraus und öffnete die hinteren Türen, sodass Hilde, sie und Wally von beiden Seiten einsteigen konnten. Während sie sich auf der Rückbank zusammendrängten, warf sich Georgel auf den Beifahrersitz. Die Türen schlugen zu.

Hilde beugte sich vor. »Wie kommt …?« Weiter kam sie nicht.

Petru hatte den Wagen angelassen, der unvermittelt einen Satz machte. Offensichtlich selbst erschrocken, trat er kurz auf die Bremse, dann wieder aufs Gas. Der Wagen buckelte wie ein Rodeopferd.

»Himmelmutter«, wimmerte Wally.

»Wo hat der Kerl Autofahren gelernt, Herrgott noch mal«, fluchte Hilde.

Gar nicht, dachte Thekla. Petru hat vermutlich weder Führerschein noch Fahrpraxis. Petru ist Schäfer. Mit Tieren kann er umgehen. Alles Technische ist ihm wahrscheinlich suspekt.

»Wir hätten den Burschen nicht trauen dürfen«, schimpfte Hilde. »Wer weiß, was die vorhaben.« In deutlich besorgterem Ton fügte sie hinzu: »Sind wir in eine Falle getappt?«

Die Frage gab Thekla zu denken.

Georgel und Petru mussten ihnen gefolgt sein. Warum? Weil sie ahnten, dass Hilde, Wally und sie das Tankstellengelände absuchen würden, und wussten, was sie da vorfinden würden? Weil sie verhindern mussten, dass etwas darüber an die Öffentlichkeit gelangte? Wenn ja, dann waren sie zu spät gekommen.

Und das müssten sie eigentlich wissen, dachte Thekla. Der Rettungswagen war nicht zu überhören gewesen.

Was sollte es also noch für einen Sinn haben, sie mitsamt Schrottauto in einem Sumpf zu versenken oder über eine Felskante zu stürzen?

Verglichen mit den Hopsern, die es zuvor gemacht hatte, glitt das Fahrzeug nun geradezu sanft über die Sandpiste.

Georgel drehte sich zu ihnen um. »Ion tot?«

Hilde zuckte die Schultern. »Vermutlich.«

Georgels Kiefer mahlten. Mit trüben Augen starrte er auf einen Punkt hinter ihren Köpfen.

Hilde schob sich in sein Blickfeld. »Du solltest jetzt schleunigst mit allem herausrücken, was du weißt.«

Georgel schüttelte den Kopf. »Nichts wissen, gar nichts.«

»Natürlich weißt du was«, fuhr Hilde ihn an. »Eine ganze Menge sogar. Soll ich dir mit ein paar Fragen auf die Sprünge helfen?« Ohne ihm Zeit für eine Antwort zu lassen, begann sie: »Bei wem habt ihr das ganze Zeug abgegeben, das ihr heute früh aus der Hütte geholt habt? Wer hat euch fürs Wegschaffen bezahlt? Was ist die ganze Zeit in dieser Hütte vor sich gegangen?«

Falls Georgel vorgehabt hatte, die gewünschten Auskünfte zu geben, wurde er durch neuerliches Holpern und Ruckeln daran gehindert.

Schließlich machte der Wagen einen letzten verzweifelten Sprung über eine grasige Bodenwelle, dann setzte er auf die Fahrbahn der Hauptstraße auf.

Petru stieg wieder viel zu hart aufs Gas. Der Motor heulte auf, das Auto schoss mit einem Ruck vorwärts.

Wally bekreuzigte sich.

Thekla war nahe daran, ihrem Beispiel zu folgen.

So oder so, ging es ihr durch den Kopf, wir werden diese Fahrt nicht überleben. Ganz egal, ob Georgel uns gut gesinnt ist oder schlecht.

Der machte soeben wieder Anstalten zu sprechen, ließ es jedoch bleiben, als Petru das Gaspedal durchtrat, ohne in den nächsten Gang zu schalten. Jede Silbe wäre im Röhren des Motors untergegangen.

Resigniert ließ sich Thekla gegen die Rückenlehne sinken, die nachgab, als hinge sie an keiner einzigen Schraubenfeder mehr.

»Wenigstens sind wir in der richtigen Richtung unterwegs«, schrie Hilde in ihr Ohr.

»Was nichts heißen muss«, schrie Thekla zurück und klammerte sich an den Rand der Sitzfläche, weil Petru sich nun doch entschlossen hatte zu schalten, was mit neuerlichem Geholper einherging.

Das Fahrgeräusch verringerte sich, der Wagen lief wieder etwas ruhiger.

Hilde beugte sich vor, setzte zum Sprechen an, doch Georgel brachte sie mit einer Handbewegung zum Schweigen. »Reden später.«

Falls es ein Später geben würde.

Vor ihnen tauchte jetzt die Abzweigung nach Kleingude auf. Petru betätigte den Blinker.

Wally bekreuzigte sich erneut, und Thekla fragte sich, ob aus Dankbarkeit dafür, dass Petru den Weg nach Kleingude eingeschlagen hatte, oder aus Angst vor der Schlaglochpiste, die ihnen nun bevorstand.

Ohne nennenswert abzubremsen, bog Petru ein.

Der Wagen schlingerte, fing sich wieder, und eine Weile ging alles gut. Petru schaffte es sogar, den schlimmsten Schlaglöchern auszuweichen und nicht zu weit aufs Bankett zu geraten. Das Verhängnis kam, als plötzlich ein Tier im Lichtkegel der Scheinwerfer auftauchte.

Das Reh, es konnte auch ein Hirsch gewesen, veranlasste Petru zu einem hektischen Ausweichmanöver. Er riss das Steuer herum, und im nächsten Moment sah Thekla das riesige Schlagloch, das Jakob auf der Herfahrt nur mit Mühe umschifft hatte.

Petru fuhr mitten hinein.

Als der linke Vorderreifen wegsackte, trat er hart auf die Bremse. Das Heck des Wagens brach aus, irgendetwas knackte und knirschte, dann gab es einen finalen Ruck, und das Gefährt kam quer zur Fahrbahn zum Stehen.

Göttliche Stille.

Nach einer Weile begannen die beiden Männer zu diskutieren, dann stiegen sie aus. Offenbar wollten sie sich den Schaden besehen.

»Besonders weit sind wir ja nicht gekommen«, sagte Hilde trocken.

»Und weiter kommen wir auch nicht«, sagte Thekla. »Zu dem, was sich da gerade getan hat, fällt mir nämlich das Wort ›Achsenbruch‹ ein.«

»Dann steigen wir wohl besser auch aus«, meinte Hilde.

Sie gesellten sich zu den beiden Männern, die sichtlich hilflos neben dem Wagen standen.

Schlimm genug, dachte Thekla, dass das Auto gestaucht im Schlagloch hängt, schlimmer ist noch, dass es die gesamte Fahrbahn blockiert.

Kleingude war praktisch von der Außenwelt abgeschnitten.

»Wir müssen den Abschleppdienst rufen«, sagte Hilde. Sie zückte das Handy, das ihr Thekla noch an der Tankstelle zurückgegeben hatte, und fuchtelte damit vor Georgels Nase herum. »Ab-schlepp-dienst. Nummer wählen. Unfall melden.«

Während sie sprach, hatten sich Petrus Augen vor Schreck geweitet. Er blickte sich so panisch um, als wäre er von Bären und Wölfen eingekreist. Georgel legte ihm beruhigend die Hand auf die Schulter und sagte nur ein einziges Wort. Im nächsten Moment war Petru auf und davon.

»Herrgott noch –«, begann Hilde.

Thekla unterbrach sie. »Habt ihr das Auto geklaut?« Sie fixierte Georgel scharf.

Der sah sie verständnislos an, woraufhin Hilde präzisierte: »Gestohlen. Entwendet. Untern Nagel gerissen.«

Georgel schüttelte den Kopf. »Nicht stehlen, leihen.«

»Warum haut er dann ab?«, wollte Hilde wissen.

»Nicht Führerschein«, gestand Georgel.

»Hätte mich auch gewundert«, brummte Hilde.

Motorengeräusch ließ Thekla aufhorchen. Es schien aus Richtung Bran zu kommen. Sie spähte die Straße hinunter und sah, dass sich ein Geländewagen näherte. Vor der Abzweigung wurde er langsamer, blieb schließlich stehen. Offenbar hatte der Fahrer in Richtung Kleingude abbiegen wollen, sah sein Vorhaben jedoch vereitelt.

Georgel war auf den Wagen aufmerksam geworden, eilte darauf zu. Die Seitenscheibe wurde hinuntergelassen, und Georgel begann, auf den Fahrer einzureden. Nach einiger Zeit trat er einen Schritt zurück, sodass der Fahrer aussteigen konnte.

Emilian Radu schälte sich aus dem Wagen und ging zu dem Autowrack im Schlagloch hinüber. »Das sieht aber gar nicht gut aus.« Dann glitt sein Blick von Thekla zu Hilde zu Wally.

Thekla machte sich auf ein paar durchaus berechtigte Fragen gefasst, die allerdings schwer zu beantworten sein würden.

Was Radu tatsächlich sagte, überraschte sie. »Ich muss Sie bitten, bei einem Schwindel mitzumachen. Er ist nötig, weil weder Petru noch Georgel einen Führerschein besitzen. Bitte tun Sie uns den Gefallen und spielen Sie mit. Ärger mit der Obrigkeit können sich die beiden einfach nicht leisten.« Er sah sie der Reihe nach beschwörend an. »Damit Petru und Georgel nicht in Schwierigkeiten kommen, werde ich angeben, *ich* hätte den Unfallwagen gefahren. Sie müssten das bestätigen. Würden Sie das tun?«

Thekla, Hilde und Wally nickten einmütig.

Radu schenkte ihnen ein dankbares Lächeln, bevor er sein Mobiltelefon aus der Brusttasche nahm, um den Abschleppdienst zu rufen. Während er telefonierte, ruhte sein Blick auf dem Geländewagen, der am Straßenrand stand.

»Wenn Sie gar nicht in Erscheinung treten würden, müssten Sie nicht für mich lügen.« Erst als Radu das Handy zurücksteckte, merkte Thekla, dass er wieder Deutsch gesprochen hatte. »Sie könnten in mein Auto steigen. Ich muss es sowieso weiter vorn abstellen, wo man es nicht sieht.« Er machte eine einladende Handbewegung. »Kommen Sie. Steigen Sie ein. Ich werde die Heizung laufen lassen, damit Sie es warm haben.«

Thekla sah sich nach Georgel um. Sollte nicht auch er besser vom Schauplatz verschwinden?

Ihr Blick suchte eine ganze Weile nach ihm, aber Georgel war bereits fort.

# 11

»Es hat wohl keinen Sinn, ein Taxi zu rufen, solange die Strecke nach Kleingude nicht frei ist«, sagte Hilde, als Radu seinen Wagen ein Stück zurück in Richtung Bran fuhr, um ihn in der Einmündung eines Feldwegs zu parken. »Zumindest sollten wir warten, bis der Abschleppwagen kommt. Dann kann es ja nicht mehr lange dauern.«

Radu stellte den Motor ab und wandte sich um. »Ich werde Sie keinesfalls in irgendein Taxi steigen lassen. Selbstverständlich fahre ich Sie persönlich zu Ihrem Hotel.« Falls er noch etwas hatte hinzufügen wollen, wurde er vom Klingelton seines Handys daran gehindert. Er meldete sich, hörte eine Zeit lang zu, sagte etwas wie »bene«, beendete das Gespräch und schaute nachdenklich auf seine Armbanduhr. »Ich muss Ihnen gestehen, dass es zeitlich für mich recht eng werden könnte, wenn ich noch einen Abstecher nach Kleingude machen muss.«

»Dann lassen Sie uns doch ein Taxi –«, begann Hilde.

Radu winkte ab. »Darf ich Ihnen einen Vorschlag machen?« Mit einem »Nein« schien er nicht zu rechnen, denn er fuhr bereits fort: »Kommen Sie mit mir nach Bran. Übernachten Sie heute in meinem Hotel.«

Er lachte, als er die Überraschung in den drei Gesichtern sah. »›Radu Inn‹ ist den Winter über renoviert worden. In« – er warf erneut einen Blick auf die Uhr – »knapp einer Stunde habe ich eine Besprechung mit dem Innenarchitekten, um letzte Einzelheiten zu klären. Im Moment haben wir noch geschlossen. Ich kann Ihnen also die besten Zimmer anbieten, frisch renoviert.« Er schaute ermutigend in die Runde, wartete offenbar auf Zustimmung, die jedoch nicht kam. Seine Stimme wurde eindringlich. »Glauben Sie mir, Bran ist einen Besuch wert. Es hat etwas zu bieten, was Sie nirgendwo sonst finden.«

»Das Dracula-Schloss«, flüsterte Wally.

»Das Sie sich unbedingt ansehen müssen«, erklärte Radu. Als die erhoffte Zustimmung weiterhin ausblieb, setzte er hinzu: »Wenn Sie sich entschließen könnten, mitzukommen, würde sich alles wunderbar fügen. Sie könnten heute Abend in unserem schönen Städtchen essen gehen, dann noch durch die Straßen spazieren, und die Nacht könnten Sie in Superior-Zimmern verbringen. Morgen Vormittag könnten Sie dann das Schloss besichtigen, und gegen Mittag würde ich Sie nach Kleingude bringen, wohin ich morgen sowieso fahren muss, um Alina bei der Durchsicht verschiedener Dokumente zu helfen.« Ein gewinnendes Lächeln umspielte seine Lippen. »Wäre mit so einer Lösung nicht uns allen gedient?«

Das ließ sich ebenso wenig bestreiten wie die Tatsache, dass Radu ihnen ein recht großzügiges Angebot gemacht hatte. Warum? Weil er ein bestimmtes Ziel verfolgte oder weil er so ein nobler Kerl war?

Wenn sie eine Antwort auf diese Frage finden wollten, mussten sie sein Angebot annehmen.

Hilde verpasste Thekla einen Rippenstoß und warf ihr, als sie aufsah, einen fragenden Blick zu.

Thekla nickte zögernd.

»Abgemacht«, sagte Hilde daraufhin. »Wir logieren heute Nacht im ›Radu Inn‹.«

»Es ist mir eine große Ehre«, antwortete Radu fast feierlich, zog den Zündschlüssel ab und stieg aus. »Ich höre den Abschleppwagen kommen. Hoffen wir, dass das Wrack schnell aufgeladen ist.« Dann war er verschwunden.

»Wir haben nicht mal Zahnbürsten«, beklagte sich Wally.

»Wetten, dass Radu uns mit allem, was wir brauchen, versorgt?« Hilde streckte die Hand aus.

Wally schüttelte den Kopf.

Thekla wusste, dass sie sich nie auf Wetten einließ, und mit Hilde schon gar nicht.

»Mit Petru am Steuer wären wir sowieso nicht heil nach Kleingude gekommen«, sagte sie.

»Vermutlich nicht«, stimmte Hilde ihr zu. »Aber Georgel

hätte geredet. Verdammt, wenn Petru, dieser Idiot, den Wagen nicht schon beim ersten großen Schlagloch geschrottet hätte, wüssten wir jetzt, wohin die beiden das Zeug aus der Hütte gebracht haben, was es genau war und wer im Hintergrund die Fäden zieht.«

»Wir könnten aber auch tot in einer Schlucht liegen«, sagte Thekla. »Womöglich sind Georgel und Petru ausgesandt worden, um uns beiseitezuschaffen.«

Hilde gab ein kurzes Schnauben von sich. »Indem sie einen Unfall verursachen, bei dem sie selbst draufgehen …« Sie brach ab, weil ein Rattern vermuten ließ, dass der Abschleppwagen soeben wieder wegfuhr. Im nächsten Moment öffnete Radu auch schon die Fahrertür, stieg ein und ließ den Motor an.

»Unser Schloss ist wirklich sehenswert«, sagte er, als hätte es keine Unterbrechung ihres Gesprächs gegeben. »Soweit ich weiß, ist morgens um halb zehn die erste Führung. Ich werde Sie anmelden. Leider stehen in der Nebensaison nur Aushilfskräfte zur Verfügung. Sie sind kaum geschult und entsprechend unkundig. Erst ab Mai kann man wieder mit Leuten rechnen, die ihr Fach verstehen, die Fragen beantworten können und Siebenbürgens Einmaligkeit zu veranschaulichen wissen.« Leise und mehr zu sich selbst sagte er dann noch: »Aber keiner von ihnen wird je an Alina herankommen.«

Hilde glaubte, sich verhört zu haben. »Alina Schüller?«

Radu nickte, während er herunterschaltete und den Wagen sacht durch eine S-Kurve gleiten ließ.

Nach der Höllenfahrt mit Petru war es geradezu ein Genuss, von Radu chauffiert zu werden. Zudem zeigte sich die Straße nach Bran frisch geteert und hinreichend breit, was wohl dem Schloss zu verdanken war, das für reichlich Zustrom sorgte.

»Alina ist ein paar Jahre lang Angestellte der Schlossverwaltung gewesen«, sagte Radu. »In dieser Zeit hat sie die wichtigsten Fakten über das Schloss und die dazugehörigen geschichtlichen Ereignisse zu einer spannenden Chronik zusammengefasst, die großen Anklang gefunden hat und noch findet. Alinas Führungen waren mit Abstand die besten: humorvoll, spritzig, aber auch sachverständig und durchaus anspruchsvoll. Alina war ein Segen für Bran und unser Schloss.«

»Bis Gustav sie wegengagiert hat«, sagte Hilde.

»Das hat uns richtig wehgetan«, gab Radu zu.

»Und mein Vetter hat sich eine Menge Feinde damit gemacht«, legte Hilde nach.

Erschrocken hob Radu beide Hände vom Steuer. »Wo denken Sie hin? Alina hätte den Job in Bran sowieso über kurz oder lang aufgeben müssen. Sie und ihr Mann hatten in Kleingude ein Häuschen geerbt, das aufwendig renoviert werden musste … Hm, da hat wohl einer zu viel getankt.« Radu stieg auf die Bremse und lenkte hart nach rechts aufs Bankett, um einem entgegenkommenden Unimog auszuweichen, der in Schlangenlinien fuhr.

»Wer hat Alinas Nachfolge angetreten?«, fragte Hilde, als sie die Fahrspur wieder für sich hatten.

»Niemand.« Radu zuckte die Schultern. »Es gab keinen, der sie hätte ersetzen können. Letztendlich ist die Stelle aufgesplittet worden. Bis es so weit war, hat Jakob die Führungen übernommen.«

»Jakob Gref?«

»Ja. Er interessiert sich von jeher für Siebenbürgens Historie. Jakob könnte Ihnen viel erzählen. Sein Großvater war Dolmetscher für einen Diplomaten. Von ihm weiß er einiges, was nicht in den Büchern steht. Jakobs Schlossführungen wurden sehr gelobt, aber er wollte seine Tage nicht hinter dicken Schlossmauern verbringen, sondern lieber hinaus in die Natur. Ab und zu springt er noch für Führungen ein, sofern er es arrangieren kann.«

Hinter einer Anhöhe tauchten auf einmal Lichter auf. »Da vorn liegt Bran«, sagte Radu. »In ein paar Minuten sind wir da.«

Die Zeit dafür, sich Informationen von ihm zu holen, wurde knapp.

Hilde überlegte fieberhaft, wonach zu fragen sich lohnen könnte. Warum ihr nichts Besseres einfiel als eine Frage, die sie Alina bereits gestellt hatte, konnte sie sich selbst nicht erklären. »Ist es nicht erstaunlich, dass die Familie Schüller ihr Häuschen nach dem Krieg behalten konnte?«

Radu zuckte die Schultern. »Mag sein, dass sie enteignet wurden, es aber wie einige andere Siebenbürger Sachsen geschafft haben, ihr Eigentum zurückzuerhalten.«

»Durch Bestechung?«

Radu lächelte schief. »Man weiß doch, wie es läuft.«

»Soll ja sogar offiziell gestattet werden«, kam Theklas Kommentar von der Rückbank.

»So weit darf es nicht kommen«, sagte Radu streng.

Er war inzwischen von der Hauptstraße abgebogen und fuhr eine schnurgerade Allee entlang, die in einen quadratischen, mit Natursteinen gepflasterten Platz mündete.

Radu lenkte den Wagen in eine Parkbucht und stellte den Motor ab. »Ich habe nur noch fünf Minuten, Ihnen die Schlüssel zu geben und den Weg zu den Zimmern zu zeigen, wenn ich nicht zu spät zu meiner Besprechung kommen will. Fürs Abendessen empfehle ich das ›Glöckchen‹, das Restaurant liegt gar nicht weit von hier. Die Straße hinunter, dann gleich rechts. Es wirkt von außen recht unscheinbar, hat aber eine hervorragende Küche.« Noch während er redete, öffnete er die Fahrertür und stieg aus.

Das »Radu Inn« wirkte alles andere als unscheinbar.

»Derart imposant hätte ich es mir nicht vorgestellt«, murmelte Hilde.

Die Renovierungsarbeiten mussten weitgehend abgeschlossen sein, denn sowohl außen als auch innen zeigte sich alles makellos.

»Nicht von schlechten Eltern«, sagte sie zu Radu, der an die Rezeption geeilt war und soeben mit drei Schlüsseln zurückkam. »Nummer 9, 10 und 11. Oben links. Verzeihen Sie, dass ich mir nicht mehr die Zeit nehmen kann, Sie zu begleiten.«

Er war schon fast an der Eingangstür, als er noch zurückrief: »Mit den Zimmerschlüsseln können Sie auch hier auf- und zuschließen.« Dann war er fort.

»Nobel«, sagte Hilde. »Wie alles an Radu.«

»Stilvoll«, stimmte ihr Thekla zu.

Wally, von der eigentlich Begeisterungsrufe zu erwarten gewesen wären, blieb auffällig still.

»Was ist?«

Wally schluckte. »Wir sind ganz allein hier. Mutterseelenallein in einem leeren Hotel.«

Hilde seufzte. Dass Wally ein derartiger Hasenfuß war, ging eindeutig auf das Konto ihres Mannes. Sepp Maibier hatte Wally kaum je einen Schritt allein tun lassen, in der Absicht – das jedenfalls glaubte Hilde –, sie komplett von sich abhängig zu machen.

Und was hat Wally davon?, dachte sie ergrimmt. Dass sie beinahe lebensuntüchtig ist.

Hilde hätte sie am liebsten bei den Schultern gepackt und durchgeschüttelt, sah jedoch ein, dass das alles nur schlimmer machen würde.

Sie versuchte sich an einem sanften Ton, der ihr natürlich nicht gelang. »Unser Alleinsein hat doch auch Vorteile. Niemand krakeelt bis spät in die Nacht herum, niemand schlägt mit Türen, kein Motorgeräusch stört unseren Schlaf. Und Dracula wird samt Vampirgenossen hübsch in seinem Schloss bleiben, weil es sich wegen drei alten Schachteln nicht auszuschwärmen lohnt.«

Wally schniefte, sagte jedoch nichts, was Hilde mit gemischten Gefühlen registrierte. War sie so verängstigt, dass ihr sogar die Anrufung der Himmelmutter im Hals stecken blieb?

Sie schielte auf Wallys Schlüsselnummer. »Sehen wir uns doch mal gemeinsam an, was Radu unserer Wally für angemessen hält.«

Das Zimmer mit der Nummer 10 (Hilde zweifelte nicht daran, dass 9 und 11 genauso aussahen) erwies sich als geräumig und geschmackvoll eingerichtet. Die hellen, auf Hochglanz polierten Möbel wirkten einladend, die groß geblümten Vorhänge an den breiten Fenstern zauberten einen Hauch Sommer in den Raum. Zusätzlich zu einer Sitzgruppe gab es einen Sekretär, auf dem Schreibzeug und eine in Leder gebundene Mappe bereitlagen, die Informationen über das Hotel, Bran und die Umgebung enthielt. Außerdem gab es natürlich einen Flachbildfernseher, eine Minibar und einen Wasserkocher, um den Tassen, Teller, Teebeutel, kleine Tütchen mit löslichem Kaffee und eine Auswahl an abgepackten Keksen arrangiert war. Auf dem Bett lag ein blütenweißer Bademantel aus Frotteestoff.

Hilde hatte für Mobiliar und Dekoration ja nie viel übriggehabt, musste jedoch zugeben, dass hier fähige Leute am Werk gewesen waren.

Sie drehte sich ein paarmal um die eigene Achse. »Verglichen mit dem ›Radu Inn‹ scheint mir Gustavs Villa Bavaria wie ein zerzaustes Küken. Ob ihn das geärgert hat?«

Thekla fuhr mit der Fingerspitze die abgerundete Kante des Couchtisches entlang. »Ich denke, dass dein Vetter ganz genau wusste, dass man in Kleingude kleinere Brötchen backen muss als in Bran. Dass keine Wanderung mit oder ohne Schneeschuhe, keine Meisterköchin, kein Selbstgebrannter, kein Pokerspiel mit dem Pfarrer, nicht einmal eine Gastgeberin wie Alina gegen eine Sensation wie das Dracula-Schloss ankommen kann.«

»Du hast recht«, räumte Hilde ein. »Im Tourismusgeschäft sind Radu und Gustav vermutlich keine Rivalen gewesen. Was nicht heißt, dass sie sich nicht aus anderen Gründen in die Haare geraten sein könnten.«

Thekla zog ein schalkhaftes Gesicht. »Wie sagt der Franzose so schön? ›Cherchez la femme‹. Als da wären Alina, Mirela und wer weiß noch.«

»›Cherchez la femme‹ oder die Drogenmafia«, schnappte Hilde. Oder einen korrupten Beamten, der die Finger im Immobiliengeschäft hatte und Interessenten gegeneinander ausspielte. Ihr wollte die Sache mit dem Grundbesitz nicht recht aus dem Kopf gehen.

Das »Glöckchen« entpuppte sich als kleines, ungemein gemütliches Lokal, das an diesem Abend so schwach besetzt war, dass die Wirtin sich persönlich um die Gäste kümmerte.

Emma Glöckel sprach ausgeprägtes Siebenbürger Sächsisch, führte sie an einen »Däsch« und empfahl ihnen »e gadet Grammelpogatscherl« als Vorspeise. Als Hauptgericht riet sie zu Sauerkrautrouladen und fügte bedauernd hinzu, dass es in der Nebensaison nur eine kleine Auswahl an Gerichten gäbe. »Ober wir hoben jieden Dog iebes Gadet vom Burzenland.«

Thekla, Hilde und Wally entschieden sich spontan für die Sauerkrautrouladen, zu denen Emma Glöckel einen »Dracula Merlot« anpries.

»Wein oder Blutkonserve?«, fragte Hilde in einem Anflug von Albernheit, bereute es jedoch, als in Wallys Augen blankes Grauen trat.

Die Wirtin des »Glöckchen« schmunzelte und versicherte den drei Damen, dass der Dracula Merlot aus den Trauben der Weinbastion Dealu Mare gekeltert wurde.

Radu hatte nicht zu viel versprochen. Das Essen schmeckte hervorragend. Der Wein war ausgezeichnet. Nach zwei Gläsern wirkte auch Wally halbwegs entspannt.

Zeit für ein bisschen kreatives Denken.

Hilde legte ihr Besteck auf den leer gegessenen Teller, tupfte sich mit der Serviette den Mund ab, faltete sie und steckte sie unters Messer. »Wie wär's, wenn du aus dem, was wir bis jetzt wissen, eine hübsche Hypothese zaubern würdest, Thekla?«

Thekla schob ihren leeren Teller beiseite und stützte die Ellbogen auf den Tisch. »Was wissen wir denn? Dass dein Vetter tot ist – vermutlich umgebracht, aber das ist alles andere als sicher. Dass es eine Hütte in den Bergen gibt, die mal eine Schäferhütte war, dann aber in etwas wie ein Labor umgewandelt wurde. Dass Georgel überfallen wurde und wir in der Brennerei eingeschlossen waren. Dass Ion schwer verletzt – wenn nicht tot – im Kleinbus lag und Daniel und seine Mutter nach wie vor verschwunden sind.«

»Weil man sie entführt hat«, ließ Wally sich hören. »Das ist doch jetzt gewiss.«

»Ganz und gar nicht«, widersprach ihr Thekla. »Daniel könnte Ion niedergeschlagen haben und dann samt seiner Mutter untergetaucht sein.«

»Blödsinn«, sagte Hilde. »Um unterzutauchen, hätte er doch Ion nicht angreifen müssen. Er hätte ihn einfach aus dem Spiel lassen können.«

»Nicht, wenn sich während der Fahrt etwas ergeben hat. Etwas, das Daniel zwang, Ion auszuschalten.«

Hilde kippte den Rest aus ihrem Weinglas hinunter. »Herrgott noch mal, Thekla. Geht's noch komplizierter?«

»Was, wenn es kompliziert ist?«, hielt Thekla dagegen.

Hilde schnitt ihr eine Grimasse und schenkte sich großzügig nach.

Als die Wirtin an den Tisch kam, um die Teller abzuräumen, sagte Wally: »Könnten Sie uns vielleicht einen Tipp geben, wo man in Bran Zahnbürsten bekommt?«

Emma Glöckel sah sie erstaunt an. »Um die Zeit?« Sie warf einen Blick auf ihre Uhr, als müsse sie sich vergewissern, dass sie richtiglag und es tatsächlich schon Abend war. Als sie weitersprach, bemühte sie sich um verständliches Deutsch. »Nach acht hat hier kein Geschäft mehr offen. Zahnbürsten, sagen Sie?« Ein Lächeln erschien um ihre Lippen. »Damit könnten Sie sogar Glück haben. Die Tann-Apotheke hat montags bis zehn geöffnet, soviel ich weiß.«

»Und wo finden wir die?«, erkundigte sich Wally.

Hilde hätte sie schütteln mögen. Hatten sie nichts Wichtigeres zu tun, als sich Zahnbürsten zu besorgen?

Emma Glöckel hatte Wally indessen erklärt, wo sich die Apotheke befand, und fügte soeben hinzu: »Die Straße, in der sie liegt, heißt General Aurel, falls Sie unterwegs noch mal fragen müssen.«

Hilde verlangte die Rechnung. Es hatte keinen Sinn, auf

dem Ausarbeiten einer Theorie zu bestehen. Thekla schien nicht willens zu sein oder einfach nur müde. Sie starrte auf ein einzelnes welkes Blatt der Topfpflanze am Fensterbrett. Auch Wally zeigte kein bisschen Interesse, ihr ganzes Sinnen und Trachten galt offenbar der Beschaffung einer Zahnbürste.

Nachdem Hilde den erstaunlich geringen Betrag beglichen hatte, wollte sie aufstehen und gehen, aber Thekla hielt sie zurück.

»Warte. Endlich bin ich dahintergekommen, warum es in meinem Kopf einen Widerhall gab, als die Wirtin von der General-Aurel-Straße gesprochen hat.«

»Einen Widerhall, so, so.« Hilde war es auf einmal leid. Der Tag war lang gewesen; die Ereignisse vorrangig unliebsam; die Ausbeute an Erkenntnissen gering. Und nun faselte Thekla von einem Widerhall in ihrem Kopf, nachdem sie stumme Zwiesprache mit einem Gummibaum gehalten hatte. Es reichte.

»General Aurel«, wiederholte Thekla. »Funkt es da bei dir nicht?«

»Sollte es?«

»Denk an das Papier, das Wally in der Brennerei gefunden hat«, half ihr Thekla auf die Sprünge. »Wir haben es uns noch zusammen angesehen, bevor wir mit Jakob losgefahren sind.«

»Meinst du den durchweichten Papierfetzen, auf dem nur noch verschmierte Tinte zu sehen war?« Hilde bedachte Wally mit einem vorwurfsvollen Blick.

»Nicht alles ist unlesbar gewesen«, stellte Thekla richtig. »Und ich will Vlad Drăculea heißen, wenn nicht ›General-Aurel-Straße‹ draufstand. Daneben stand Bra… Was, wenn damit nicht Brasov gemeint ist, sondern Bran?«

Hilde spürte, wie ihre Energie zurückkehrte. »Dann wäre die Tann-Apotheke einer von Daniels Drogenabnehmern, falls wir mit unseren Schlussfolgerungen richtigliegen. Wie war die Hausnummer?«

»Keine Ahnung, wahrscheinlich unleserlich«, antwortete Thekla.

Aber Wally flüsterte: »Drei.«

»Worauf warten wir noch?« Hilde trieb Thekla und Wally zur Eile. »Hast du dir die Wegbeschreibung gemerkt, die dir die Wirtin gegeben hat, Wally?«

Wie eine eifrige Schülerin sagte Wally sie auf: »Beim Eingang zum ›Glöckchen‹ rechts die Gasse hinunter bis zu einer Grünfläche, dort links, dann geradeaus über zwei Querstraßen, dann wieder rechts.«

Obwohl Bran ein kleines Städtchen mit kaum mehr als fünftausend Einwohnern war, benötigten sie eine gute Viertelstunde für den Weg, was daran lag, dass sich das »Glöckchen« und die Tann-Apotheke an entgegengesetzten Enden befanden.

Die General-Aurel-Straße erwies sich als schnurgerader Verbindungsweg zwischen einer Schule und einem Lebensmittelladen und war großzügig mit Straßenlampen bestückt. Anders als in Kleingude zeigten sich in Bran die Straßen insgesamt gut beleuchtet, sogar in der Grünanlage erstrahlten die gekiesten Wege zwischen den dunklen Büschen in schimmerndem Elfenbein.

»Da vorn ist sie«, sagte Hilde, kaum dass sie bei der Schule um die Ecke gebogen waren. »Farmacie, das muss sie sein.« Über der Neonschrift blinkte ein grünes Kreuz. Neben der Eingangstür aus Stahl und Glas hing ein Schild mit dem Straßennamen und der Hausnummer 3.

Im Verkaufsraum brannte Licht. Die Apotheke schien also tatsächlich geöffnet zu haben. Aber weder vor noch hinter dem Tresen war jemand zu sehen.

Hilde zögerte, wandte sich hilfesuchend an Thekla. »Was machen wir denn jetzt? Wir können ja schlecht reingehen und einen Joint oder ein Päckchen Kokain verlangen.«

Thekla schien sich bereits Gedanken über die Marktstrategien von Drogendealern gemacht zu haben. »So funktioniert die Sache auch nicht. Falls man sich hier tatsächlich Drogen verschaffen kann, dann nur gegen … gegen …« Sie wusste offenbar nicht recht weiter und sagte schließlich: »Es muss etwas wie eine Legitimation geben.«

»Du hast recht.« Hilde nickte. »Man muss sich als spezieller Kunde ausweisen können.«

»*Ausweisen*«, wiederholte Thekla nachdenklich. »Wie zum Besuch eines illegalen Spielclubs, einer schwarzen Messe oder sonst eines lichtscheuen Zirkus. Ja, so wird es sein. Aber wie? Wodurch? Man wird wohl kaum seinen Pass vorzeigen.«

Hilde und Thekla sahen sich ratlos an, bis Wally sagte: »In Spionagefilmen benutzen Agenten immer Losungen, wenn sie miteinander in Kontakt treten wollen. Da sagt der eine zum Beispiel: ›Morgen soll es Regen geben‹, und wenn der andere darauf antwortet: ›Aber nur im Kongo‹, dann –«

»Ein Passwort.« Hilde klatschte in die Hände. »Prima, Wally. Da sag noch mal einer, Filmegucken sei nicht lehrreich. Ein Passwort ist unser Schlüssel zu den Drogen.«

»Das wir wie herauskriegen wollen?«, fragte Thekla trocken.

Daraufhin wurde es still.

»Es fällt auf, wenn wir so lange vor der Tür stehen und nicht reingehen«, sagte Thekla irgendwann.

Hilde nickte erneut und begann die Straße hinunterzustiefeln. Thekla und Wally flankierten sie.

»Ein Elektrofachgeschäft, eine Bankfiliale, ein Bäcker, gepflegte Privathäuser und ein Lebensmittelladen«, murmelte Wally vor sich hin. »Hier scheinen lauter achtbare Leute zu wohnen.«

»Was hast du erwartet?«, fragte Hilde. »Bekiffte Figuren in den Büschen und gebrauchte Spritzen auf dem Gehsteig?«

Allerdings musste sie zugeben, dass Wallys Feststellung insofern bedeutsam war, als Junkies in der General-Aurel-Straße aufgefallen wären.

»Sie kommen nicht durch die Vordertür«, sagte Thekla, als hätte Hilde den Gedanken laut ausgesprochen.

Ein Hinterhof, in den man über eine dunkle Gasse gelangte. Das würde passen, fand Hilde. Unvermittelt machte sie kehrt und ging wieder auf die Apotheke zu. Falls sie diesen Hinterhof ausfindig machen konnten, hätten sie ein Indiz. Falls sich dort einschlägige Spuren sichern ließen, hätten sie einen Beweis.

Thekla war vor dem ansprechend dekorierten Schaufenster stehen geblieben und begutachtete die Auslage. »Erstaunliches Angebot an Nahrungsergänzungsmitteln.«

Hilde stellte sich neben sie. »Schmerzmittel, Magen-Darm, Erkältung – das Übliche links hinten in der Ecke. Schlankheits- und Schönheitsmittel auf dem Präsentierteller. Vitaminkombipräparate.« Sie hatte ihrerseits einen Blick auf die Produkte im Schaufenster geworfen.

»Auffallend viele, auffallend teure.« Thekla starrte auf die bunten Verpackungen und deren Aufdrucke.

Hilde zuckte die Schultern. »Wenn das Zeug unschädlich ist, dürfen sie es vermutlich zentnerweise verkaufen.«

»Unschädlich.« Thekla kaute auf dem Wort herum wie auf einem zähen Fleischbrocken.

»Unschädlich, harmlos, unbedenklich.« Hilde verlor allmählich die Geduld. »Nenn es, wie du willst. Wenn man nicht krank, süchtig oder sonst irgendwie hinfällig davon wird, dann ist gegen das Zeug nichts einzuwenden.«

Sie ließ Thekla stehen und schritt langsam und sehr aufmerksam an der Fassade entlang, suchte nach einem Durchgang oder Torweg, der hinter das Gebäude führen konnte, aber es gab nicht einmal eine Katzenklappe. Schließlich kehrte sie zu Thekla und Wally zurück, und daraufhin starrten sie alle drei wieder ins Schaufenster.

»Wir kaufen ein«, entschied Hilde irgendwann. »Zahnbürsten, Zahnpasta, was wir halt brauchen für unsere Abend- und Morgentoilette. Antifaltencreme von mir aus und Vitaminpillen, wenn euch danach ist. Und während ihr euch bei der Auswahl schön Zeit lasst, suche ich die Kundentoilette auf, sehe mich dabei gründlich um und werfe vor allem einen scharfen Blick aus dem Fenster. Falls es einen Hinterhof gibt, könnte der ja auch von einer Parallelstraße erreichbar sein.«

Sie wurden sehr freundlich empfangen und von einem Angestellten zuvorkommend bedient. Obwohl er kein Deutsch sprach, gelang es dem jungen Mann, ihnen mit Gesten und Fachausdrücken wie Probiotika, Antioxidantien, Enzyme oder B-12-Komplex einiges über die Wirkung jener Produkte zu vermitteln, für die die Tann-Apotheke offenbar besonders warb.

Hilde achtete kaum auf das, was er tat und sagte, fragte, sobald es die Höflichkeit einigermaßen zuließ, nach der Kundentoilette und beeilte sich dann, seinem Hinweis zu folgen.

Der Weg führte sie quer durch den Verkaufsraum, vorbei an glänzenden Vitrinen, vollgestellt mit teuer aussehenden Präparaten, zu einem Paravent, hinter dem sich der Zugang zur Toilette befand.

»Zwecklos«, murmelte sie, kaum dass sie die Tür geöffnet hatte, denn dahinter gab es nur einen winzigen Raum ohne Fenster, der recht spartanisch mit dem Allernötigsten – Toilette, Waschbecken, Papiertücherbox – eingerichtet war. Hilde schloss sie wieder, ohne einzutreten. Sie begann, sich nach anderen Zu- oder Ausgängen umzusehen, musste sich aber schnell eingestehen, dass es keine gab, und sagte lauter als angebracht: »Fehlanzeige.«

Zurück am Verkaufstresen, stellte sie fest, dass Thekla und Wally ihre Auswahl bereits getroffen hatten und soeben die Rechnung beglichen. Thekla warf ihr einen fragenden Blick zu, woraufhin Hilde fast unmerklich den Kopf schüttelte.

»Außer Spesen nichts gewesen«, sagte sie draußen und deutete auf die gut gefüllte leuchtend gelbe Stofftasche, auf die in Hellgrün der Schriftzug »Farmacie Tann« gedruckt stand.

Wally schwenkte sie fast übermütig hin und her. »Hübsch, nicht? Alina hat auch so eine, die nimmt sie immer, wenn sie Nüsse aus dem Keller holt, hat sie mir erzählt.«

Hilde wollte gerade wieder auf die Drogensache zurückkommen, als sie merkte, dass sie falsch abgebogen sein mussten. Die Straße, in der sie sich befanden, zeigte sich von kleinen Hotels, Kneipen und Restaurants gesäumt, die ihr zuvor nicht aufgefallen waren.

Sie machte Thekla und Wally darauf aufmerksam. »Zurück oder auf gut Glück weiter in die Richtung, in der wir das ›Radu Inn‹ vermuten?«

Beide waren dafür, umzukehren.

»Weicheier«, brummte Hilde, setzte jedoch zu einer Kehrtwende an. Im selben Augenblick sah sie das grün blinkende Kreuz. Ihr Arm streckte sich aus, ihr Finger wies darauf. »Dort vorn ist noch eine Apotheke. Wollen wir uns nicht anschauen, was die so im Angebot hat?«

Der Unterschied sprang ins Auge.

Schon das Gebäude, in dem sich die Miranda-Apotheke befand, wirkte viel bescheidener als das Apothekenhaus in der General-Aurel-Straße. Ebenso verhielt es sich mit den Produkten, die in der beleuchteten Auslage arrangiert waren: preislich günstige, gängige Schmerzmittel wie Aspirin, Ibuprofen, Paracetamol und Konsorten. Halspastillen und Hustensaft, Kräutertee, Wundcreme, Fieberzäpfchen und eine Reihe Fieberthermometer.

»Ascorbinsäurepulver, Magnesium und Kalzium-Kautabletten. Keine teuren Schlankheitsmittelchen, kein kostspieliges Präparat zur Nervenstärkung«, sagte Thekla nachdenklich.

Lebhaft wandte Hilde sich ihr zu. »Verglichen mit dem hier ist das Angebot der Tann-Apotheke tatsächlich …« Sie suchte nach einem passenden Wort und sagte schließlich: »… extravagant. Ganz zu schweigen vom Gebäude selbst. Der Laden sieht aus, als würde er zehnmal so viel Gewinn abwerfen wie die Konkurrenz fünf Straßen weiter. Und die Spur scheint klar.« Sie drückte Theklas Arm. »Die Adresse der Tann-Apotheke steht, wie es aussieht, auf der Liste, die Wally in der Brennerei gefunden hat.«

Hatten sie es tatsächlich mit einem Drogenring zu tun?

Thekla schien die Sache bereits weiterzuverfolgen, denn sie sagte: »Für den Mord an Gustav schälen sich damit zwei recht unterschiedliche Motive heraus.«

Hilde sah sie überrascht an.

»Entweder«, fuhr Thekla fort, »gab es einen Machtkampf innerhalb der Organisation, in dem Gustav unterlag, oder er hatte gar nichts mit dem Drogenring zu tun, ist den Kerlen aber auf die Schliche gekommen und musste deshalb ausgeschaltet werden.«

Wäre dem Kopf der Bande sein einträgliches Geschäftsmodell tatsächlich einen Mord wert gewesen?

»Dein Vetter hätte den Drahtzieher und seine Komplizen für ein paar Jährchen hinter Gitter bringen können«, setzte Thekla hinzu.

»Aber wer sollte denn dieser Drahtzieher sein?«, fragte Wally. »Verdächtigen wir Daniel?«

»Daniel als Kopf eines Verbrechersyndikats.« Hilde lachte höhnisch. »Der ist ja schon mit ein paar Würstchenbuden überfordert.«

»Seine Initialen sind auf dem Hüttenschlüssel«, gab Thekla zu denken.

Hilde winkte ab. »Dass Daniel der Boss ist, kannst du vergessen. Der kann höchstens als kleines Rädchen mitlaufen, das auf Knopfdruck zu surren hat.«

Was nicht ausschloss, dass Daniel seinen Vater ermordet hatte.

War ihm eine solche Tat zuzutrauen? Hilde schüttelte vehement den Kopf.

Aber was, wenn es zu einer Auseinandersetzung gekommen war, Daniel zugeschlagen hatte und Gustav so unglücklich gestürzt war, dass er an seiner Verletzung starb? Daraufhin hatte Daniel sich womöglich nicht anders zu helfen gewusst, als Feuer zu legen, um die Sache zu vertuschen. Nicht ganz auszuschließen war natürlich auch, dass er sich jemandem anvertraut hatte, der ihm dabei half, die Spuren seiner Tat zu beseitigen.

Ein solches Szenario schien Hilde durchaus vorstellbar. Dagegen sprach allerdings, dass sich Daniel zur Tatzeit nicht in Kleingude aufgehalten hatte. Oder war er hier gewesen, ohne dass jemand davon wusste?

Unmöglich, entschied sie.

Denkbar war aber, dass sich die Kleingudener über sein Hiersein ausschwiegen. Entweder weil sie selbst in die Sache verwickelt waren, wie Georgel beispielsweise, oder einfach deshalb, weil sie niemanden auf den Plan rufen wollten – am allerwenigsten die Behörden. Gustav war tot, daran ließ sich nichts mehr ändern.

Nein, dachte Hilde. Ändern lässt es sich nicht mehr. Aber ich will wissen, was geschehen ist und warum.

Thekla und Wally und sie waren ein Stück zurückgelaufen, hatten die Ecke gefunden, an der sie falsch abgebogen waren, hatten den richtigen Weg eingeschlagen und folgten nun dem Sträßchen, das auf die Grünanlage zuführte, die nicht weit vom »Radu Inn« entfernt lag.

Hilde ging tief in Gedanken versunken hinter den beiden anderen her und sinnierte über Daniels Rolle in der ganzen Geschichte.

Auf keinen Fall, dachte sie, kann Daniel der Kopf eines Syndikats sein. Selbst wenn er ein anderer geworden wäre als der, den sie aus Gustavs Schilderungen kannte, wenn er sich in einen zupackenden, zielstrebigen, skrupellosen Kerl verwandelt hätte, käme er dafür nicht in Frage. Denn als Chef der Bande hätte er sich ja ständig in Siebenbürgen aufhalten müssen.

Thekla und Wally standen schon auf dem Vorplatz des »Radu Inn«, als Hilde plötzlich einfiel, was für Daniels Entführung und damit gegen ein geplantes Untertauchen sprach.

»Dann hätte er doch die Berghütte zuvor noch ausgeräumt«, sagte sie laut.

# 12

Wally schluckte hart. Konnte man Ängste hinunterschlucken?

Nur noch ein paar Schritte bis zu Radus Hotel, wo Hilde, Thekla und sie übernachten mussten. Als einzige Gäste. In Zimmern, aus deren Fenstern man nicht hinausschauen konnte, ohne das furchteinflößende, von Scheinwerfern angestrahlte Schloss im Blick zu haben. Das genauso aussah wie im Dracula-Film.

An den Wally sich nur zu gut erinnerte.

Dabei war jener Abend schon fast ein halbes Jahrhundert her, an dem sie im Straubinger Lichtspielhaus mitansehen musste, wie Graf Dracula – gespielt von Christopher Lee – die schöne Mina in diese gräulichen Mauern mit den Dutzenden von Erkern und Türmchen entführte. In dieses Schloss, das ständig in einen Dunstschleier gehüllt schien, der sich hob und senkte und alles wabern ließ, was schrecklich gruselig wirkte.

Sie konnte ein leises Wimmern nicht unterdrücken. Der Gedanke, die Nacht mutterseelenallein im Angesicht des Dracula-Schlosses verbringen zu müssen, versetzte sie in schiere Panik.

Sollte sie Hilde oder Thekla bitten, das Zimmer mit ihr zu teilen? Was würden sie wohl zu einem solchen Ansinnen sagen?

Wally seufzte.

Bei Hilde musste sie sich auf eine Standpauke gefasst machen, die mit »Herrgott noch mal, Wally, stell dich nicht so an« beginnen und mit »So weit kommt's noch, dass ich den Babysitter für dich spiele« enden würde.

Thekla würde ganz anders reagieren und ihr die Bitte nicht abschlagen. Aber Wally kannte sie gut genug, um zu wissen, wie schwer es ihr fiele. Während der gemeinsam verbrachten Jahre in der Klosterschule war Thekla es gewesen, die am meisten darunter litt, dass es weder in den Schlafsälen noch in den Waschräumen einen Hauch von Intimsphäre gab.

Du musst dich zusammenreißen, befahl sich Wally. »Augen zu und durch«, würde Sepp jetzt sagen.

Du brauchst dich kein bisschen zu fürchten, redete sie sich zu. Thekla und Hilde sind ja in den Zimmern nebenan. Und im Dracula-Schloss hat sowieso nie ein Vampir gehaust. Im »Radu Inn« kannst du dich so geborgen fühlen wie in der Scheuerbacher Kirche.

Sie war so intensiv damit beschäftigt, sich Mut zu machen, dass sie blindlings in ein Paar hineinlief, das vom Hoteleingang herkam.

Die beiden blieben erschrocken stehen. Wally registrierte, dass der Mann eine offenbar schwere Tasche in der Hand hatte und die Frau einen Weidenkorb trug.

Als sie weitergehen wollten, vertrat ihnen Hilde den Weg. »Mirela, Leontin. Was macht ihr denn hier?«

Im Licht der Hoflampen war deutlich zu erkennen, wie sich erneut Schrecken in den Gesichtern der beiden ausbreitete.

»Was macht ihr hier?«, wiederholte Hilde scharf.

»Job«, antwortete Leontin. »Radu gibt Job.«

»Er stellt Mirela als Köchin ein?«

»Nach all den Jahren konnte ich sie nun doch noch fürs ›Radu Inn‹ gewinnen.«

Wally zuckte zusammen. Sie hatte gar nicht gemerkt, dass Emilian Radu aus dem Hotel gekommen war und sich jetzt zu ihnen gesellte.

Hilde offenbar ebenso wenig. Die fing sich jedoch schnell. »Es ist Ihnen also gelungen, sie abzuwerben.«

Mirela war das Zusammentreffen sichtlich peinlich. »Villa Bavaria vielleicht schließen. Gustav tot, Daniel …« Sie wusste nicht weiter.

»Es gibt übrigens Neuigkeiten.« Wollte Radu von sich und Mirela ablenken? »Ion ist gefunden worden.«

Es war also mittlerweile publik.

Radu begann zu berichten, was Hilde, Thekla und Wally – weil persönlich beteiligt – ohnehin wussten.

Von Daniel und seiner Mutter gab es offenbar noch immer

keine Spur, aber inzwischen suchte die Polizei nach den beiden. Und Ion lebte, wenn auch schwer verletzt, anscheinend noch.

»Wir gehen müssen«, sagte Leontin. »Henrieta auf uns warten.«

»Fahrt ihr etwa zurück nach Kleingude?« Die Chance, dem leeren Hotel und dem gruseligen Dracula-Schloss unverhofft entfliehen zu können, wollte sich Wally nicht entgehen lassen.

Doch Mirela und Leontin schüttelten die Köpfe.

Radu übernahm es, an ihrer Stelle zu antworten. »Die beiden werden in Kronstadt erwartet.«

»Und in Zarnesti«, ergänzte Leontin, bevor er die Tasche, die er auf dem Boden abgestellt hatte, wieder aufnahm, Mirela an der Hand fasste und mit ihr davonging.

Radu sah dem Paar einen Moment lang nach, dann wandte er sich mit geradezu zerknirschter Miene an seine drei Hotelgäste. »Wenn Sie mir jetzt vorwerfen wollen, unehrenhaft gehandelt zu haben, dann kann ich wenig dagegen vorbringen. Die Gelegenheit, Mirela zu gewinnen, wollte ich mir nicht entgehen lassen. Es könnte einige Zeit vergehen, bis klar ist, ob die Villa Bavaria weitergeführt wird oder nicht, und Mirela kann es sich nicht leisten, von einem Tag auf den anderen ohne Job dazustehen. Leontin hat kräftig in seine Schreinerei investiert. Kredite müssen bedient, Rechnungen bezahlt werden …«

Radu sah sie der Reihe nach an, als erwarte er eine Art Absolution von ihnen. Schließlich sprach er weiter: »Ich meinerseits wollte nicht riskieren, dass man mir Mirela vor der Nase wegschnappt. Dass der Besitzer vom ›Hirschen‹ in Schäßburg schon lange ein Auge auf sie hat, ist kein Geheimnis. Ich wollte ihm einfach zuvorkommen. Aber seien Sie versichert«, fügte er beinahe feierlich hinzu, »dass ich mich mit Alina absprechen und Gustavs Unternehmen keinen Schaden zufügen werde.«

»Niemand macht Ihnen den geringsten Vorwurf«, sagte Hilde in einem Ton, aus dem das glatte Gegenteil herauszuhören war.

Emilian Radu bedankte sich, als hätte er nichts bemerkt.

Als er gleich darauf die Eingangstür des Hotels öffnete, um

sie eintreten zu lassen, sagte Hilde: »Sobald Mirela ihren Job im ›Radu Inn‹ angetreten hat, wird sie wohl regelmäßig hier übernachten müssen.«

Radu nickte. »Ihr Zimmer im Dachgeschoss ist bezugsfertig.«

Hilde legte die Hand auf den Türknauf, drehte sich zu Radu um und sah ihn scharf an. »Warum trägt sie dann ihre Sachen fort, anstatt sie herzubringen?«

Radu lächelte nachsichtig. »Mirela und Leontin haben Mirelas Gepäck natürlich in ihrem Zimmer verstaut. Das, was sie von hier mitgenommen haben, ist für meine Tante in Zarnesti. Der kleine Umweg macht den beiden nichts aus.«

Betrieb diese Tante etwa eine Apotheke in Zarnesti?

Wally hätte nicht sagen können, woher dieser Gedanke kam.

Auszusprechen wagte sie ihn nicht. Aber er setzte sich fest. Und je mehr Raum er einnahm, desto weniger abwegig schien er ihr.

Radu machte eine kleine Verbeugung, wünschte ihnen eine gute Nacht und verließ das Hotel.

Als Wally die Stille spürte, die das Haus füllte, als wäre es mit Watte ausgestopft, bekam sie es wieder mit der Angst.

Himmelmutter.

»Ich würde verdammt gern wissen, was Mirela und ihr Mann nach Zarnesti bringen und zu wem«, sagte Hilde.

»Ich auch.« Wally war plötzlich so aufgeregt, dass sie vergaß, sich zu fürchten, und sogar versäumte, Hilde wegen des »verdammt« Vorhaltungen zu machen. »Was, wenn die angebliche Tante in Zarnesti eine Apotheke betreibt?«

Hilde nickte ihr anerkennend zu. »Dann könnte das feine ›Radu Inn‹ eine Auslieferungszentrale für Drogen sein.«

Hildes Verständnisinnigkeit ermutigte Wally zu sagen: »In der Höhle des Löwen sollten wir aber lieber nicht übernachten.«

Die Antwort darauf ließ sie erschaudern. »Selbstverständlich übernachten wir hier. Und wir filzen den Bau von oben bis unten. Wann würden wir jemals wieder derart freie Bahn dafür bekommen?«

Wally klammerte sich an das Wörtchen »wir«. Sie würden zusammenbleiben, die Durchsuchung gemeinsam vornehmen. Das ersparte ihr zumindest vorerst das Alleinsein in ihrem Zimmer.

Hilde war indessen an die Rückwand der Halle getreten, wo Schilder den Hotelgästen in mehreren Sprachen den Weg wiesen: »Restaurant«, »Frühstücksraum«, »Wellnessbereich« …

»Falls hier tatsächlich der Dreh- und Angelpunkt des Drogenhandels ist, muss es einen speziellen Lagerraum geben.« Sie studierte das Schild, der zum Wellnessbereich ins Untergeschoss wies. »Wir schauen als Erstes da unten nach. Lagerräume sind normalerweise im Keller. Mal sehen, ob wir einen finden.«

Die Metalltür mit der Aufschrift »Privat« befand sich am Ende eines schmalen Ganges. Mit Sicherheit würde sie abgeschlossen sein.

Aber als Hilde die Klinke hinunterdrückte, ging sie auf. Offenbar hatte man es nicht für nötig befunden, sie zu verriegeln, solange sich noch keine Gäste im Hotel befanden.

Lagerräume gab es dahinter etliche: einen für Getränke, zwei für Vorräte, einen für Gartenmöbel und Sonnenschirme, zwei für Werkzeug und Putzmittel, einen sehr großen für Geräte von der Gartenharke bis zum Industriesauger.

»Nichts«, sagte Wally, nachdem sie eine gute halbe Stunde darin herumgeirrt waren, und wusste nicht, ob sie erleichtert darüber sein sollte.

»Geraffel noch und noch, aber keine einzige verdächtige Kiste«, brummte Hilde.

»Es wäre ja auch zu einfach gewesen.« Thekla war bereits wieder auf dem Weg nach oben. Wally eilte ihr nach. Auch Hilde folgte ihnen.

»Dass Radu der Drahtzieher sein könnte, ist doch reine Spekulation«, sagte Thekla. »Es gibt nicht den kleinsten Hinweis darauf, nicht einmal gewisse Anzeichen. Was wir gegen ihn in der Hand haben, sind nichts als Unterstellungen.«

»Die könnten aber exakt zutreffen, weil nämlich niemand sonst für die Rolle der Schlüsselfigur so erstklassig in Frage kommt wie er«, konterte Hilde.

Sie befanden sich inzwischen wieder im Erdgeschoss, wo ostseitig – wie sie nun feststellten – der Frühstücksraum, das Restaurant und ein mit gemütlichen Sitzgruppen, Fernsehgerät und Computer ausgestatteter Aufenthaltsraum lagen. Westseitig gab es laut Wegweiser eine kleine Bibliothek und einen Konferenzraum.

Wally blickte den breiten Flur hinunter und konnte nicht umhin, das stilvolle Ambiente zu bewundern. Ein leuchtend blauer Teppich spannte sich über den Boden, dessen Farbton sich in den Gemälden an den Wänden wiederholte. In den Wandnischen wechselten sich zierliche Sitzgelegenheiten mit Blumengestecken ab.

»In diesem Trakt müsste es eigentlich auch Büroräume geben.«

Wally wäre beinahe entgangen, was Hilde gesagt hatte. Sie schreckte auf, als Hilde in Richtung Konferenzraum davonmarschierte, und hastete hinterher.

Tatsächlich fand sich auch hier am Ende des Flurs eine unauffällige Tür, die mit »Privat« gekennzeichnet war.

Hilde drückte auf die Klinke.

Die ist aber ganz bestimmt abgeschlossen, dachte Wally. Radu würde die Tür zu seinem Büro doch nicht offen lassen.

Offenbar schon.

Der Raum, den sie betraten, versetzte sie in Erstaunen.

Das Büro eines Hoteliers, der womöglich zugleich Kopf eines Verbrechersyndikats war, hatte sie sich ganz anders vorgestellt. Eindrucksvoller, eleganter, größer sowieso.

Marlon Brando fiel ihr ein, wie er in »Der Pate« …

Ihr blieb keine Zeit, die Erinnerung daran heraufzubeschwören, weil Hilde bereits wie ein Feldmarschall kommandierte:

»Thekla, du durchsuchst das Regal dort hinten. Wally, du schaust dir an, was in dem Schrank da ist. Ich filze inzwischen den Schreibtisch.«

Wally tappte gehorsam auf den Schrank zu, drehte den Schlüssel, der im Schloss steckte, und öffnete die beiden Türen.

Tüten, Schachteln und Taschen starrten ihr entgegen.

Sie würde planvoll vorgehen müssen. Am besten war es wohl, sich von oben nach unten zu arbeiten. Außerdem brauchte sie einen Schemel, eine Trittleiter oder etwas Ähnliches, um ans oberste Fach zu gelangen. Sie sah sich um, entdeckte einen Hocker, der offenbar als Ablage benutzt wurde, zog ihn heran, hielt sich an der offenen Schranktür fest und kletterte hinauf. Aber es bedurfte kaum eines Blickes, um festzustellen, dass die Mühe umsonst gewesen war. Ganz oben befanden sich nur ein Hut, ein Schal, ein Taschenschirm und ein Paar braune Lederhandschuhe.

Vorsichtig stieg sie wieder hinunter, schob den Hocker an seinen Platz zurück und nahm sich das nächste Fach vor, das sich mit Schachteln voll Büroartikel gefüllt zeigte: Druckerpapier, Kugelschreiber, Heftklammern …

Im dritten entdeckte sie den Pullover. Er steckte in einer geblümten Geschenktüte. Da es sich fraglos um einen Damenpullover handelte, zog Wally ihn heraus und begutachtete ihn eingehend.

»Kaschmir«, sagte sie anerkennend, nachdem sie ein paarmal über die weiche Wolle gestrichen hatte.

Hatte Radu das edle Stück für seine Frau gekauft? Für wen wohl sonst? Aber war er überhaupt verheiratet?

Wallys Handfläche fuhr ein letztes Mal über die Vorderseite des Pullovers. Mintgrün mit Silbersternchen, wie hübsch. Als junges Mädchen wäre sie für so etwas gestorben.

»Nichts«, sagte Hilde. »Im Schreibtisch ist absolut nichts Verdächtiges zu finden. Sämtliche Korrespondenz betrifft das Hotel. Das Gleiche gilt für Rechnungen und Notizen. Der Computer ist passwortgeschützt, da habe ich keine Chance. Wie sieht's bei euch aus?«

»Nichts von Interesse«, antwortete Thekla, »bis auf das da vielleicht.« Sie legte einen Zeitungsausschnitt auf den Hocker, den Wally zuvor als Tritt benutzt hatte. Die Überschrift des in rumänischer Sprache verfassten Artikels lautete: »Castelul Bran este de vânzare!«

Hilde zuckte die Schultern. »Über das Dracula-Schloss steht vermutlich jede Woche etwas in der Zeitung.«

»Aber nur das hier hat Radu ausgeschnitten und aufgehoben«, gab Thekla zu bedenken. »Folglich« muss es von Bedeutung für ihn gewesen sein.

»Este de vânzare«, las Hilde laut. »Keine Ahnung, was das heißen könnte.«

»Dass das Schloss zum Verkauf steht«, murmelte Wally.

Hilde fuhr zu ihr herum. »Wie kommst du auf so einen Blödsinn?«

»Sie hat recht«, sagte Thekla. »In der Siebenbürgischen Zeitung, die in der Villa Bavaria an der Rezeption ausliegt, gab es einen Bericht darüber. Ich habe ihn nicht gelesen, mir ist nur die Schlagzeile aufgefallen. Wally anscheinend auch.«

»Die Törzburg gehört den Habsburgern.« Hilde wirkte nachgerade fassungslos.

»Die scheinen aber keinen Wert auf ein Vampir-Schloss zu legen«, sagte Thekla trocken. »Radu schon, wie der Zeitungsausschnitt vermuten lässt.«

»Du glaubst wirklich, er will es kaufen?« Wally blickte ungläubig auf das kleine Foto des Dracula-Schlosses, das in den Text des Artikels eingefügt war. »Das kostet doch ein Vermögen.«

»Sechzig Millionen Euro, um genau zu sein.« Theklas Fingerspitze tippte auf eine Zahl in der dritten Zeile.

»Und Radu ist scharf drauf.« Hildes Stimme klang nachdenklich. »Erinnert ihr euch, wie er auf der Herfahrt darüber gesprochen hat? Er muss schon seit Langem eine Schwäche für das Gemäuer haben. Und weil sich sechzig Millionen Euro nicht aus der Portokasse finanzieren lassen, hat er einen groß angelegten Drogenring aufgezogen.«

»Eine Organisation«, nahm Thekla den Faden auf, »die er ständig erweitern muss. Sechzig Millionen lassen sich ja nicht mit dem Umsatz aus drei oder vier Apotheken verdienen.«

Wally konnte sich nicht vorstellen, wie sich überhaupt so viel verdienen ließ. Und außerdem, was besagte es schon, dass Radu diesen Zeitungsartikel aufgehoben hatte?

»Jedenfalls werden wir uns morgen im Dracula-Schloss gründlich umsehen«, verkündete Hilde. »Womöglich gehört es ihm bereits.«

»Castle View«, sagte Radu.

Hilde, Thekla und Wally hatten ihn, als sie gegen acht Uhr früh aus ihren Zimmern kamen, in der Hotelhalle angetroffen.

»Das ist ein kleines Café, in dem man hervorragend frühstücken kann.« Er reichte ihnen die Tickets für die Schlossführung.

»Castle View ...« Wally seufzte leise. In Bran war es offenbar nicht möglich, dem Anblick des Vampirschlosses auch nur eine Sekunde lang zu entgehen.

Aber in ein paar Stunden (Radu hatte versprochen, sie Punkt zwölf am Hotel abzuholen) würden sie auf dem Weg nach Kleingude sein, und Bran samt Drăculea dem Pfähler und Dracula dem Vampir würde hinter den Hügeln verschwinden.

»Dieser Radu ist aalglatt«, sagte Hilde, als sie an einem Fenstertisch im »Castle View« saßen, Wally mit dem Rücken zum Schloss.

»Oder völlig unschuldig.« Thekla biss in ihr Hörnchen.

Mehr gab es nicht dazu zu sagen, solange Radu sich keine Blöße gab.

»Wie es Georgel und Petru gestern wohl noch ergangen ist?« Wally sprach mehr mit sich selbst, während sie Marillenkonfitüre auf ihr Brötchen häufte. »Wie lange sie wohl gebraucht haben für den Heimweg?«

Hilde griff nach dem Töpfchen, das Wally eben auf den Tisch zurückgestellt hatte, inspizierte den honigfarbenen Inhalt und rümpfte die Nase. »Sobald wir zurück in Kleingude sind, schnappen wir uns die beiden und bearbeiten sie so lange, bis sie damit herausrücken, wo sie das Zeug aus der Berghütte hingebracht haben. Außerdem will ich wissen, wo sie ihren Schlüssel für die Hütte herhatten. Den von Georgel hat ja Thekla gehabt, und den aus Gustavs Brennerei hattest du, Wally.« Sie trank ihren Kaffee aus und warf einen missmutigen Blick aus dem Fenster. »Ich wollte, Radu würde früher losfahren. Am besten gleich. Das Schloss kann mir gestohlen bleiben. Da werden wir sowieso nichts finden.«

Es kam nicht oft vor, dass Hildes und Wallys Ansichten sich so nahtlos entsprachen.

Wie bereits beim gestrigen Abendessen war der Betrag, den sie für ihr Frühstück zu entrichten hatten, geradezu lächerlich gering. Wally übernahm es, ihn zu begleichen, und legte ein dickes Trinkgeld drauf, weil es ihr peinlich war, für ein Drei-Personen-Frühstück so wenig bezahlen zu müssen. Schließlich machten sie sich auf den Weg, den sie recht saumselig zurücklegten, denn sie lagen noch gut in der Zeit.

Eine junge Frau, klein und gedrungen, erwartete sie im Innenhof des Schlosses. Sie teilte ihnen mit, dass sich außer ihnen noch fünf Personen aus dem »Hirschen« in Schäßburg für die Zehn-Uhr-Führung angemeldet hätten, bis jetzt aber nicht eingetroffen seien.

»Sind Sie damit einverstanden, ihnen zehn Minuten Verspätung zuzugestehen?«, fragte die Frau, die ein Schildchen mit der Aufschrift »Annette« am Revers trug.

Hilde, Thekla und Wally nickten einmütig, bereuten es aber schon nach kürzester Zeit, denn zwischen den dicken Mauern, die das Sonnenlicht aussperrten, war es bitterkalt.

»Wir sollten uns ein wenig bewegen«, sagte Thekla. »Wenn man nur so herumsteht, kühlt man ganz schnell aus.«

Wally lief einmal im Kreis, entdeckte plötzlich ein winziges sonniges Plätzchen neben einer Steinbank und lehnte sich dort an die Mauer. Ihr Blick glitt über graue Wände aus Steinquadern, vergitterte Fenster, ein Türmchen mit rotem Ziegeldach und vermeldete schließlich, dass es hier eigentlich nichts zu gruseln gab. Ein Schlösschen wie viele andere: alt, angeschlagen, ausgedient.

Hilde und Thekla kamen zu ihr herüber, hofften offenbar, dass sie das bisschen Sonne mit ihnen teilte.

Zuvorkommend machte Wally einen Schritt zur Seite, der sie näher an die Bank führte. Als sie den Fuß aufsetzte, hörte sie unter ihrem Schuh etwas splittern und knirschen.

Sie bückte sich, um nachzusehen, worauf sie getreten war, und fand eine zerbrochene Brille. »Oje.« Sie griff danach. »Die ist wohl nicht mehr zu retten.«

Eins der Gläser war zersplittert. Der Absatz von ihrem Schuh musste es voll getroffen haben. Der linke Bügel war abgebrochen und lag ein Stück entfernt.

Wally fühlte sich schuldig. Warum hatte sie nicht aufgepasst, wo sie hintrat? Die Brille könnte noch ganz sein, wenn sie nur etwas achtsamer gewesen wäre. Sie drehte sie hin und her, als würde sie sich selbsttätig reparieren, wenn sie fleißig geschwenkt wurde.

»Was für ein irres Ding«, sagte Thekla.

Wally sah sich das Gestell genauer an und bemerkte erst jetzt, wie ausgefallen es war. Es bestand aus leuchtend grünem Kunststoff, war mit Strass besetzt und lief seitlich der Gläser in Schmetterlingsflügeln aus. Ein Designerstück? Vermutlich, denn die Verarbeitung wirkte teuer. Die Besitzerin würde untröstlich sein. Wally fühlte sich noch schuldiger.

Hilde war näher getreten und warf einen abfälligen Blick auf die lädierte Brille. »Wer mit so etwas rumrennt, ha...« Sie stockte mitten im Wort und riss sie Wally aus der Hand. »Margot Schenger hatte ein Faible für solche verrückten Dinger. Es gibt Fotos von ihr ...« Wieder brach sie ab und musterte die Innenseite des intakten Bügels. Dann bückte sie sich nach dem abgebrochenen und musterte auch ihn. »Sie hat immer ihre Initialen einprägen lassen.«

Hilde drehte den abgebrochenen Bügel so, dass Thekla und Wally die Buchstaben M.S. erkennen konnten. »Die beiden müssen hier gewesen sein.«

»Daniel und seine Mutter?«, vergewisserte sich Wally.

Statt ihr zu antworten, sagte Hilde: »Und wenn sie immer noch hier sind?«

»Meine Damen, wenn Sie sich bitte anschließen wollen.«

Thekla, Hilde und Wally fuhren herum, als Annettes Stimme durch den Innenhof hallte. Die fünf Personen aus Schäßburg waren offenbar eingetroffen, sodass die Führung beginnen konnte: »Der Ort Törzburg wurde 1357 erstmals urkundlich erwähnt …«

»Glaubst du, Daniel und seine Mutter sind ins Schloss verschleppt worden?« Wally flüsterte es Hilde hinter vorgehaltener Hand zu.

Hilde verdrehte die Augen, aber Wally merkte, dass auch ihr dieser Gedanke gekommen war. Und Thekla offenbar auch.

Während Annette in einem herrschaftlichen Salon über die Geschichte des Schlosses referierte: »Die Burg wurde 1436 von den Türken belagert …«, hielten sie in einer Nische Beratung.

»Ausgeschlossen ist das nicht«, sagte Thekla. »Sicher gibt es hier Räume, von denen nur wenige wissen und die nie einer betritt.«

»Genau«, stimmte ihr Wally zu. »So ein altes Schloss bietet sich doch geradezu an, wenn man jemanden wegsperren will.«

Hilde nickte. »Ihr habt recht. Dieser gottverdammte Radu hat also doch –«

Thekla brachte sie mit einer Handbewegung zum Schweigen. »Erwiesen ist erst etwas, wenn Daniel und seine Mutter gefunden sind.«

Wally dämmerte, was auf sie zukommen würde. Sie rang nach Luft. »Wir drei allein werden sie niemals finden. Wir müssen …«

Hildes bitteres Auflachen ließ sie innehalten. »Eine Hundertschaft der Polizei anfordern? Das Militär auf den Plan rufen? Radu fragen, wo er die beiden versteckt hat?«

Lieber alles auf einmal, dachte Wally, als das, wozu du uns gleich verdonnern wirst.

Hilde ließ sie nicht lang darauf warten. »Wir bleiben in

Deckung, bis Annette mit der Gruppe weitergegangen ist, dann machen wir uns auf die Suche. Sollten wir keinen Erfolg haben, können wir uns mit der nächsten oder übernächsten Führung aus dem Schloss spülen lassen.«

Als Wally aus der Nische lugte, sah sie die Gruppe um die Ecke verschwinden. Sie schloss die Augen und versuchte sich – wieder einmal – Mut zu machen, indem sie wiederholte: ein Schlösschen wie viele andere, alt, angeschlagen, ausgedient. Geradezu verbissen machte sie weiter: keine Vampire, kein umhergeisternder Vlad der Pfähler. Etliche Touristen, helllichter Tag.

»Wohin als Erstes?«, sagte Hilde halb zu sich selbst. »Nach links, nach rechts? Hinauf oder hinunter?«

»In Märchen und Legenden«, murmelte Wally, »werden die Königinnen immer in Turmzimmern eingesperrt.«

Hilde prustete. »Und du meinst, da gehören auch Bratwurstköniginnen hin?«

»Du bist geschmacklos, Hilde.« Wally fühlte Tränen aufsteigen.

Thekla legte ihr die Hand auf den Rücken. »Die ganze Sache erscheint so irreal, dass man sich tatsächlich in der Anderswelt glauben könnte.« Sie zog die Hand zurück und klopfte gegen die Wand. »Aber das hier ist echt. Wir befinden uns in einer mittelalterlichen Burg, und Fakt ist, dass die Burgherren damals unterirdische Verliese und Folterkammern einbauen ließen.«

»Und weil Thekla uns das jetzt verraten hat, begeben wir uns ins Kellergeschoss.« Damit beendete Hilde die Diskussion.

Wally seufzte.

Erstaunlich schnell fanden sie eine Treppe, die abwärtsführte und in einem engen Gang endete, dem sie folgten, bis sie auf eine weitere sehr schmale Treppe stießen, die in einem noch engeren Gang mündete. Der verlief schnurgerade, schien jedoch kein Ende zu nehmen. Außer ihren eigenen Schritten auf dem buckligen Steinboden war bald kein Geräusch mehr zu hören. Die rauen Wände glänzten feucht, es roch nach Schimmel und Moder, und es wurde zunehmend dunkler.

Wallys Atem ging schwer. Sie glaubte, zwischen diesen hässlichen Mauern, die immer enger zusammenzurücken schienen, ersticken zu müssen.

Wohin führte dieser Gang bloß?

Plötzlich merkte sie, dass sie den Anschluss an Hilde und Thekla verloren hatte. Deren Schritte waren kaum mehr zu hören, ihre Gestalten nur noch schemenhaft zu erkennen.

Wenige Augenblicke später waren sie ganz weg.

Wally blieb keuchend stehen, spähte den düsteren Gang hinunter, der nur von dem bisschen Licht erhellt wurde, das vom Treppenaufgang her schien. Dort, wo sie Hilde und Thekla zuletzt gesehen zu haben glaubte, war nichts als Schwärze.

Als ob die beiden mit der Finsternis verschmolzen wären, sich in ihr aufgelöst hätten.

»Das kann nicht sein«, flüsterte Wally. »Das kann überhaupt gar nicht sein. Aber wo sind sie? Himmelmutter …«

Sie rieb sich die inzwischen tränenden Augen und starrte erneut ins Dunkel. Da sah sie den Schatten. Er war riesig, kantig und höckerig, verlief vom Boden bis zur gewölbten Decke und wirkte starr. So starr, dass es sich unmöglich um ein lebendiges Wesen handeln konnte.

Was aber hatte der Schatten zu bedeuten? Befand er sich nicht exakt an der Stelle, wo sie Hilde und Thekla aus den Augen verloren hatte?

Wally starrte den Schatten an, als erwarte sie eine Rechtfertigung von ihm, die sie letztlich auch bekam, denn schließlich wurde ihr klar, dass der Gang dort eine scharfe Kurve machte, was zur Folge hatte, dass die Ecken Schatten warfen. Dieses kantige Abknicken musste auch die Erklärung dafür sein, dass sie Hilde und Thekla so plötzlich nicht mehr hatte sehen können.

Kein Grund zur Sorge also, sagte sich Wally. Du musst dich nur ein bisschen beeilen. Wenn du schnell genug bist, wirst du Thekla und Hilde gleich hinter der Biegung wieder einholen.

Sie wollte sich in Bewegung setzen, wollte es wirklich. Aber ihre Beine wollten nicht so wie sie, verweigerten einfach den Gehorsam. Wally blieb nichts anderes übrig, als an die kalte Steinwand gelehnt abzuwarten, bis sie zur Vernunft kommen würden.

Sie schloss die Augen und beschwor ihre Beine zu kooperieren: Kommt schon, wir müssen weiter. Hier können wir nicht bleiben.

Wally hätte nicht sagen können, wie lange das Klopfen schon andauerte, bevor sie es wahrnahm. Es klang rhythmisch wie der Takt einer Lied- oder Verszeile. Kurz, kurz, kurz, lang, lang, lang, kurz, kurz, kurz. Pause. Dann begann die Sequenz von vorn.

Zuerst hielt sie sie für ein Hirngespinst, aber nach einiger Zeit hob sie den Kopf, öffnete die Augen und versuchte herauszufinden, woher die Klopfzeichen kamen. Kurz, kurz, kurz, lang, lang, lang, kurz, kurz, kurz. Pause. Laut und deutlich, direkt aus dem Mauerstück, vor dem sie stand.

Das Klopfen begann von vorn. In Wallys Ohren klang es fast schon vertraut.

Wie Morsezeichen, ging es ihr durch den Sinn. Szenen aus längst vergessenen Filmen tauchten vor ihrem geistigen Auge auf. Ein Funker im Granatenhagel. Ein sinkendes Schiff, finstere Nacht, ein frenetisch blinkendes Licht: Kurz, kurz, kurz, lang …

Das SOS-Notsignal.

Unvermittelt erwachte Wally zum Leben.

Wer morste SOS, wenn nicht jemand, der aus misslicher Lage gerettet werden musste? Aus Gefangenschaft beispielsweise.

Aus einem Kerker, der sich womöglich hinter dem Mauerstück vor ihrer Nase befand.

»Sie sind hier«, flüsterte Wally. Dann schrie sie aus Leibeskräften: »Hilde, Thekla! Daniel und seine Mutter müssen hier irgendwo sein!«

Ein Lang-lang-lang-kurz-kurz-kurz antwortete ihr.

»Hilde, Thekla!«

Wally hatte automatisch ein paar Schritte den Gang hinunter gemacht und festgestellt, dass ihre Beine wieder gehorchten. Hastig trat sie auf das Mauerstück zu, aus dem nun aber kein Laut mehr zu hören war. Warum hatte das Klopfen aufgehört?

Sie legte beide Handflächen und ihr linkes Ohr auf die roh behauenen Steine und sagte sich, dass sie wohl doch einer Wahnvorstellung erlegen war.

Wie, dachte sie, sollte sich jemand hinter dieser Mauer befinden, in der es keine Tür gibt, keine Klappe, nicht den kleinsten Durchlass?

»Sind Sie noch da?«, drang unverhofft eine dumpfe Stimme an ihr Ohr. »Bitte gehen Sie nicht weg. Sie müssen uns helfen.«

Wally machte vor Schreck einen Satz.

»Bitte helfen Sie uns.« Die Stimme klang heiser und drängend. »Bitte helfen Sie uns, hier wegzukommen.«

»W… w… wie?« Wally musste dreimal ansetzen, bevor sie das Wort herausbrachte. »Wie kann ich denn helfen?«

Es war eine Weile still, dann fragte die Stimme plötzlich: »Wer sind Sie? Was hat Sie zum Verlies geführt?«

Wally versuchte, es so gut wie möglich zu erklären.

»Deshalb also haben Sie meinen Namen gerufen.« Die Stimme, die niemand anders als Daniel Schenger gehören konnte, fuhr fort: »Sie müssen nach einem Eisenring suchen, der in eine Vertiefung eingelassen ist. Er lässt sich nach außen klappen.«

Wallys Blick glitt prüfend über das Mauerwerk, fand jedoch nur grauen Stein.

Es ist nicht hell genug, dachte sie, nachdem sie ein schutzschildgroßes Viereck abgesucht hatte, um einen Eisenring in der Vertiefung eines Mauersteins zu finden.

Daraufhin begann sie, die Wand Zoll um Zoll abzutasten.

»Haben Sie ihn?«

»Ich … Nein, da ist nichts.«

»Er sitzt ziemlich weit unten. Nur knapp einen Meter über dem Boden.«

Wally senkte die Hände bis auf Taillenhöhe und tastete weiter.

Sie glaubte schon nicht mehr daran, etwas anderes als rohen Stein unter die Finger zu bekommen, da spürte sie eine glatte Rundung. Als sie die Stelle genau ins Auge fasste, sah sie den Ring.

»Ich hab ihn«, rief sie aufgeregt. »Jetzt hab ich ihn.«

»Gut, sehr gut«, ließ sich Daniel vernehmen. »Klappen Sie ihn hoch.«

Das erwies sich als einfacher als gedacht.

»Packen Sie ihn jetzt mit beiden Händen. Auf ›drei‹ ziehen Sie, so fest Sie können. Gleichzeitig werde ich von innen dagegendrücken. Gemeinsam kriegen wir das Ding schon auf. Sind Sie bereit?«

Wally nickte.

»Sind Sie noch da?«

»Ja«, beeilte sich Wally zu antworten. »Wenn Sie ›los‹ sagen, dann ziehe ich, und Sie drücken.«

»Eins, zwei, drei – los.«

Wally atmete tief ein und legte sich ins Zeug.

Irgendetwas knirschte und knarzte, aber mehr tat sich nicht.

Wo bleiben nur Hilde und Thekla? Zu dritt könnten sie …

Plötzlich gab es einen Ruck, der Wally zurückschleuderte. Sie knallte an die gegenüberliegende Wand.

»Haben Sie sich wehgetan?«

Wally blinzelte verwirrt. Ein Teil der Mauer vor ihr war nach außen geschwungen und hatte einen schmalen Durchlass entstehen lassen. Dahinter tat sich ein nur schwach beleuchteter Raum auf, der Licht und Luft anscheinend durch eine vergitterte Luke ganz oben in der Wand erhielt. Soweit Wally sehen konnte, war das Verlies mit Pritschen ausgestattet. Mehr konnte sie nicht erkennen, denn die Sicht wurde ihr größtenteils von einem jungen Mann verdeckt, der ihr die Hand entgegenstreckte. Wally ergriff sie, ohne recht zu wissen, ob sie sie schütteln oder sich daran festhalten sollte. Schließlich tat sie beides.

»Daniel Schenger«, stellte sich der junge Mann artig vor, als hätten sie sich im Schlosspark getroffen. »Meine Mutter, Margot Schenger.«

Er trat einen Schritt zur Seite und legte den Arm um die Schultern seiner Mutter, die offenbar hinter ihm gestanden hatte. Sie wirkte erschöpft.

Daniel spähte den Gang hinunter. »Wir sollten so schnell wie möglich hier raus.« Er schien jedoch unschlüssig, in welche Richtung er sich wenden sollte, und warf Wally einen fragenden Blick zu.

Ihre ratlose Miene ließ ihn eine eigene Entscheidung treffen.

Sie wandten sich nach rechts, eilten den Gang hinunter und bogen um die scharfe Kurve, an der Wally den Schatten gesehen hatte. Gleich dahinter stießen sie auf einen helleren, breiteren Gang, der den, aus dem sie kamen, kreuzte.

»Und was jetzt, links oder rechts?«, sagte Daniel mehr zu sich selbst als zu den beiden Frauen.

Sie hatten ohnehin keine Antwort.

Nach kurzem Überlegen schwenkte er nach rechts.

Wenig später gelangten sie an den Fuß einer schmalen Treppe, stiegen sie hinauf und fanden sich in einer kleinen Halle wieder, die er zielstrebig durchquerte. Der angrenzende Flur brachte sie an eine Treppe mit geschnitztem Geländer und Stufen aus dunklem Holz.

Daniel blieb stehen, legte die Hand auf das Geländer und blickte nach oben. »Das muss die lange Stiege sein, über die man auf einen Balkon kommt, von dem eine Wendeltreppe in den Innenhof hinunterführt.«

Er nickte Wally und seiner Mutter zu und begann, hinaufzusteigen.

Im Gegensatz zu Margot Schenger machte Daniel den Eindruck, als habe ihm die Gefangenschaft im unterirdischen Verlies der Törzburg nicht viel anhaben können.

Als Wally nachrechnete, wie lange die beiden eingesperrt gewesen waren, kam sie auf zwei Tage. Am Samstag, dem Tag der Beerdigung, waren sie an der Tankstelle, wo Ion verletzt zurückblieb, entführt und vermutlich sofort hierhergebracht worden. Sie hatten den ganzen Sonntag in ihrem Kerker verbringen müssen, bis sie heute, am Montagmorgen (dank drei couragierter Weibsbilder aus Niederbayern, dachte Wally stolz), fliehen konnten.

Zwei Tage waren für einen jungen Mann wohl leicht zu überstehen. Für eine ältere Frau … Wally wollte gerade einen prüfenden Blick auf Margot Schenger werfen, um ihr Alter einschätzen zu können, da erreichte sie den Balkon und stellte fest, dass der Innenhof voller Leute war.

Daniel machte hastig einen Schritt zurück und zog seine Mutter an die Hauswand. Offenbar wollte er vermeiden, von jemandem dort unten gesehen zu werden.

Wally trat ans Geländer und blickte hinab.

Die Gruppe der Zehn-Uhr-Führung hatte sich wieder im Innenhof versammelt. Annette schien soeben zum Schluss ihres Vortrags zu kommen.

Hilde und Thekla standen etwas abseits und wirkten nervös.

Während Wally noch überlegte, wie sie die beiden auf sich aufmerksam machen konnte, ohne Annette und die ganze Gruppe aufzuschrecken, begegnete sie Hildes Blick.

# 13

Thekla hakte Daniels Mutter unter und schlenderte betont lässig die Rampe hinunter, die über den Felssockel zum Schlosspark führte. Besucher kamen ihnen entgegen; andere, die ihre Besichtigung bereits beendet hatten und einem neuen Ziel entgegenstrebten, überholten sie.

Niemand schenkte ihnen Beachtung.

Thekla drückte beruhigend Margots Arm. Sie und Daniel aus dem Dracula-Schloss zu schleusen war ein Kinderspiel gewesen.

Hilde hatte Wally auf dem Balkon entdeckt und sich mit Blicken mit ihr verständigt. Die drei waren über die Wendeltreppe heruntergekommen, Hilde und Thekla hatten sie in Empfang genommen, und gemeinsam waren sie der Zehn-Uhr-Gruppe nach draußen gefolgt.

Seither hing Hilde wie eine Klette an Daniel.

Thekla konnte ein Schmunzeln nicht unterdrücken. Hilde würde sich an dem jungen Mann festbeißen, bis er haarklein berichtet hatte, was gespielt wurde.

Unterhalb der Rampe gab es Schilder, die den Weg zu einem Pavillon, einer Teestube, einem Souvenirshop und zum Parkausgang wiesen. Thekla schlug die Richtung zum Souvenirshop ein, der von Besuchern umlagert war, sodass sie in der Menschentraube untertauchen konnten. Zwischen den Körben mit den Sonderposten blieb sie stehen.

»Wie geht es Ihnen?«, fragte sie Daniels Mutter.

Margot Schenger versuchte sich an einem Lächeln. »Eine heiße Dusche, eine Kanne Tee, ein paar Stunden in einem weichen Bett … Ich könnte mir vorstellen, dass ich mich danach wieder ganz passabel fühlen würde.« Mit fast flehentlicher Miene neigte sie sich Thekla zu. »Würden Sie uns helfen, nach Kleingude zu kommen? In der Villa Bava–«

»Kommt nicht in Frage«, schnitt ihr Hilde das Wort ab.

»Bevor ihr uns nicht gesagt habt, wer euch entführt hat, schon gar nicht.«

Überrascht vernahm Thekla Daniels Antwort. »Das wissen wir nicht.«

Hilde schien darüber ebenso verwundert wie sie, fing sich jedoch schnell. »Umso mehr Grund, euch nicht nach Kleingude zu wagen.«

»Alina kann uns verstecken«, sagte Daniel.

»Und woher weißt du, dass du ihr vertrauen kannst?«

»Alina …« Daniel war offenbar so entrüstet, dass er nicht weitersprechen konnte.

»Wollen Sie wirklich das Risiko eingehen, von jemandem erkannt zu werden, der sofort herumposaunt, wen er gerade gesehen hat?«, fragte Thekla.

»Außerdem werdet ihr polizeilich gesucht«, sagte Hilde. »Ihr könnt euch natürlich stellen und um Schutz ersuchen.«

Daniels Mutter wirkte entsetzt. »Bei der rumänischen Polizei?«

»Wie ihr wollt«, sagte Hilde erbarmungslos. »Solange ihr nicht wisst, wer euch aus dem Weg haben wollte, schwebt ihr jedenfalls in Gefahr.«

Das war nicht zu bestreiten.

»Wir sollten es schleunigst herausfinden«, fügte sie hinzu.

»Wie denn?« Daniel klang deprimiert.

»Für den Anfang«, antwortete Hilde säuerlich, »wäre Thekla, Wally und mir mit ein paar Informationen außerordentlich gedient.«

Margot Schenger sah sich besorgt um. »Wir sollten uns einen Ort suchen, wo wir ungestört reden können.«

Vorschläge wurden gemacht und wieder verworfen.

Thekla nahm ein kleines Plüschschaf aus einem der Körbe vor dem Souvenirladen und tat, als interessiere sie sich dafür. Wenn sie noch länger einfach so herumstanden, würden sie schließlich doch noch auffallen.

»Ihr könnt euch zwischen Kronstadt und Kleingude nirgends sehen lassen«, sagte Hilde.

Thekla stimmte ihr zu. »Am besten wäre ein Schlupfwinkel hier ganz in der Nähe. Einer, den man zu Fuß erreichen kann. Ein Auto zu klauen kommt ja wohl nicht in Frage, und öffentliche Verkehrsmittel …«

»… kannst du vergessen«, beendete Hilde den Satz.

»Wir müssen jetzt gehen, höchste Zeit zu verschwinden«, sagte Thekla drängend. »Der Ladenbesitzer wirft uns schon misstrauische Blicke zu.«

Hilde musterte Daniel und seine Mutter kritisch. »Kein Wunder, so wie ihr ausschaut. Erschöpft und verdreckt.«

Daniel, zuvor noch voller Tatendrang, war innerhalb weniger Minuten merklich in sich zusammengesackt.

»Die Kapelle.« Seine Mutter hatte sich gestrafft, als wäre seine verlorene Energie auf sie übergesprungen. »Sie steht hinter dem Schloss gleich oben am Waldrand. Gustav hat sie gestiftet, nachdem er sich die Ländereien seiner Familie zurückerstritten hatte, und Pfarrer Barth hat sich um den Bau gekümmert. Bei der Einweihung hat sich herausgestellt, dass das Schlitzohr von Pfarrer an der Rückseite einen Anbau hatte hochziehen lassen.« Sie wandte sich an ihren Sohn. »Du hast mir doch selbst davon erzählt, Daniel.«

Der nickte. »Barth hat samstags nach dem Lesen der Abendmesse in dem Anbau oft mit seinen Spezi gepokert und sogar da übernachtet, wenn er so viel gesoffen hatte, dass er sich nicht mehr auf den Beinen halten konnte.«

»Ein ideales Versteck, jedenfalls bis zum Samstag«, sagte seine Mutter, »wenn wir einen Schlüssel dazu hätten.«

Daniels Augen blitzten auf. »Ich weiß, wo einer ist.«

Sie folgten der Beschilderung zum Ausgang, gingen so langsam, als hätten sie alle Zeit der Welt, und versuchten, den Eindruck einer fröhlich schnatternden Touristengruppe zu erwecken. Thekla und Wally hatten Margot in die Mitte genommen, Hilde krallte sich nach wie vor an Daniel fest.

»Wir sind mit einem Kanister voll Wasser, Brot, Käse und Äpfeln versorgt gewesen«, erzählte Daniels Mutter. »Das hat uns Hoffnung gegeben, dass man uns am Leben lässt. Trotzdem haben wir eine Heidenangst gehabt.«

Thekla sah, wie Wally Margots Hand tätschelte, und hörte sie sagen: »Jetzt sind Sie in Sicherheit, meine Liebe.«

Weit gefehlt, dachte Thekla.

Womöglich waren die beiden, solange man nicht wusste, wer es auf sie abgesehen hatte, im Verlies des Schlosses sicherer gewesen als hier draußen unter all den Menschen. Vielleicht gab ja der junge Mann mit dem Handy dort in der Ecke gerade irgendwem durch, dass Daniel und seine Mutter entkommen waren, und erhielt den Auftrag, sie auf der Stelle unschädlich zu machen.

Am Ausgang des Schlossparks führte Daniel sie in einem Halbkreis um die Törzburg herum und bog schließlich in einen Wanderweg ein, der bald deutlich anstieg. Sie folgten ihm knappe zehn Minuten, bis sie an eine dicke Tanne kamen, hinter der sich ein spitzer Turm versteckte.

Die Kapelle stand auf einem kleinen Felsplateau, das wie eine Insel wirkte. Daniel näherte sich dem Eingang und griff ins Innere einer Laterne aus Messingstreben und Butzenscheiben. Als seine Hand wieder zum Vorschein kam, lag ein schwarzes Lederbeutelchen darin. Daraus förderte er einen Schlüssel zutage, mit dem er der Rückseite der Kapelle zustrebte.

Der kleine Anbau erwies sich als gemütliches Zimmerchen mit Esstisch, Bank und Stühlen, Kommode und Schlafcouch. Sogar eine Kochnische mit Spüle, Herdplatte und Kühlschrank war eingerichtet. Links neben der Eingangstür gab es ein Kabäuschen, in dem Thekla die Toilette vermutete.

»Hier lässt es sich ja prima aushalten«, sagte Hilde. »Eine ganze Woche und mehr, wenn's sein müsste. Aber am Samstag wird wohl wieder Messe gelesen.«

»Ihr werdet Lebensmittel brauchen«, sagte Thekla.

Hilde nickte beipflichtend. »Wir werden was für euch einkaufen.«

»Nicht nötig.« Daniel hatte den Inhalt eines Vorratsschränkchens inspiziert, das über dem Kühlschrank hing, und gleich darauf den Kühlschrank selbst. »Alles da. Sogar Milch – noch haltbar bis zum Zwanzigsten.«

»Gut«, sagte Hilde, »das wäre also geklärt. Und jetzt, Daniel, setz dich hin und spuck aus, was dich in die Arme der Drogenmafia getrieben hat.«

»Daniel!« Der Aufschrei kam von Margot. »Du hast doch nicht … Es kann doch nicht um Drogen …« Sie sackte auf der Bank zusammen, stützte die Arme auf den Tisch und legte den Kopf in die Hände. »Das darf doch alles nicht wahr sein.«

»Es tut mir leid, Margot.« Hilde strich ihr unbeholfen über den Rücken. »Aber was wir herausgefunden haben, weist recht eindeutig darauf hin, dass Daniel im Drogengeschäft ist. Wir haben die Hütte gefunden, wo das Zeug noch bis vor Kurzem abgepackt wurde, und eine Apotheke, die es allem Anschein nach in Umlauf setzt. Daniel?« Sie sah ihn gebieterisch an. »Du solltest jetzt endlich reden.«

Aber Daniel schwieg. Er war blass geworden und hatte beide Hände auf den Mund gepresst.

Thekla entschloss sich, Hilde zu Hilfe zu kommen. »Rede mit uns, Daniel. Dein Schweigen macht ja nichts besser. Wir wissen, dass du Zugang zu der Hütte hast, deine Initialen sind auf den beiden Schlüsseln, die uns in die Hände gefallen sind. Sag, wie genau bist du in die Sache verwickelt?«

Alle blickten fragend auf Daniel, auch Margot hatte den Kopf gehoben.

»Red endlich«, verlangte Hilde.

»Wie kommt ihr auf Drogen?«, sagte Daniel.

Hilde schnappte Luft, ihre Hand fuhr in ihre Hosentasche hinein und mit einem kleinen Tütchen wieder heraus, mit dem sie Daniel vor der Nase herumfuchtelte. »Das hier, mein Lieber, haben wir in der Hütte sichergestellt, die ansonsten komplett ausgeweidet war. Aber das hier«, sie hielt ihm das Tütchen auf dem Handteller hin, »das ist übersehen worden.«

Sie muss das Pulver umgetütet und ständig mit sich herumgetragen haben, ging es Thekla durch den Kopf.

»Was ist das für Zeug?«, fragte Hilde kalt. »Kokain oder was?«

»Ein Vitaminpräparat«, sagte Daniel.

Thekla befürchtete, Hilde würde ihn ohrfeigen, und schob sich schnell dazwischen. »Und um solche Präparate zu lagern, abzupacken oder was auch immer, braucht man eine abgelegene Berghütte mit einem Sicherheitsschloss? Aber garantiert nicht, Daniel.«

»Wenn es getürkt ist, schon«, sagte er leise.

»Was meinst du mit ge…?« Thekla schluckte. »Gefälscht etwa?«

Daniel nickte.

»Medikamenten-schwin-del.« Thekla bekam das Wort nur stockend heraus. Und genauso stockend schien es bei Hilde, Wally und Margot einzusickern.

Aber es ergibt Sinn, dachte Thekla. Jetzt ergibt es endlich Sinn, dass das Zeug an Apotheken geliefert wird, dass die Tann-Apotheke haufenweise Nahrungsergänzungsmittel anbietet und dabei einen Gewinn einstreicht, von dem der Besitzer der Miranda-Apotheke nicht mal träumen kann.

»Keine Drogen?«, fragte Margot fast schüchtern.

»Keine Drogen«, bekräftigte Daniel.

»Du bist also nur ein winziges Rädchen in dem Getriebe, und alles ist ganz harmlos«, sagte Hilde, nachdem Daniel schließlich zugegeben hatte, dass in der umgebauten Schäferhütte Pillen gepresst worden waren. »Willst du uns verarschen, Daniel? Wir haben uns die beiden Apotheken hier in Bran angesehen. Die elegante Tann mit den tollen Angeboten und die ärmliche Miranda mit den Fieberzäpfchen und Kopfwehtabletten. Ihr betreibt Medikamentenschwindel in ganz großem Stil, Daniel. Und jetzt sagst du uns sofort, wer der Boss von diesem Fälscherring ist.«

Das wisse er nicht, beteuerte Daniel.

»Und wer hat dich angeworben? Der herumspukende Geist von Vlad Drăculea?«

Vor etwa zwei Jahren, berichtete Daniel, war er in der Cafeteria Repede von einem Unbekannten angesprochen worden. Der hatte ihm ein hübsches Einkommen in Aussicht gestellt und ihm dargelegt, was im Gegenzug von ihm erwartet wurde.

Selbstverständlich sei ihm klar gewesen, dass die Sache alles andere als legal war, und das habe er auch deutlich gemacht. Aber der Mann hatte es verstanden, seine Bedenken zu zerstreuen: »Diese Vitaminpillen, Schlankmacher, Potenzmittel und so weiter sind ja sowieso für die Katz. Da ist doch egal, was drinsteckt.« Daniel hatte dies und das vorgebracht, aber der Mann war so überzeugend gewesen, dass er schließlich einschlug. Daniel war sicher gewesen – und anfangs war es ja wohl auch so –, dass es sich um eine Art »Medikamentenschwindel light« handelte. »Wer statt Vitaminpillen ein in Kapseln gefülltes Gemisch aus Kalk, Salz und Mehl schluckt, der nimmt ja keinen körperlichen Schaden«, sagte er. »Und der finanzielle Verlust trifft diejenigen, die sich teure Vitaminpräparate, Schlankmacher und was weiß ich leisten können, bestimmt nicht besonders hart.«

Wie die ungeschminkte Wahrheit wohl aussehen mag?, fragte sich Thekla, während sie ihm zuhörte.

War Daniel tatsächlich auf raffinierte Art geködert worden, oder spielte er seine Missetaten nur herunter? Handelte es sich tatsächlich um einen Fälscherring, der sich nur auf teure Nahrungsergänzungsmittel spezialisiert hatte, wodurch wenigstens Menschenleben geschont wurden, oder ging es um mehr? Und inwieweit war Gustav in die Sache verstrickt gewesen?

»Gar nicht«, antwortete Daniel auf Theklas Frage.

Sein Vater hatte ihm ohne lange Diskussion eine Schäferhütte überlassen, als Daniel behauptet hatte, er habe ein Fernstudium der Chemie begonnen und brauche einen abgelegenen Ort, um in Ruhe lernen und die vorgeschriebenen praktischen Übungen durchführen zu können.

Sobald die Sache mit seinem Vater ausgemacht gewesen war, hatte er dem Kontaktmann im »Repede« grünes Licht gegeben, und der hatte dann das Material für den Umbau samt zwei Arbeitern geschickt. Die hatten vom Nachbardorf auf der anderen Seite des Hügels aus operiert, wo es eine alte Fahrtrasse gab, die sie benutzten. Von dort, wo die Trasse endete, war nur noch flacher Weidegrund bis zur Hütte zu überwinden, was mit einem geeigneten Gefährt kein Problem darstellte.

Als der Umbau fertig war, trafen noch die Apparaturen, die Rohstoffe und das Verpackungsmaterial ein, und schon lief der Betrieb.

Pillen pressen. Kapseln füllen. Verpacken und abtransportieren.

»Zur Tanke?«, fragte Hilde.

»Nein. Zu einer Lagerhalle nicht weit von der Schotterstraße, die zum Bärenreservat führt.«

Wie der Kontaktmann prophezeit hatte, entwickelte sich das Geschäft zum Selbstläufer. Es genügte, wenn Daniel alle paar Wochen herkam und nach dem Rechten sah.

»Wer hat die Leute angeheuert, die die Arbeit gemacht haben?«, wollte Hilde wissen.

Das hatte Daniel getan. Viel Personal war ja nicht nötig. Ein paar Frauen aus dem Dorf, Georgel, Leontin und Petru für den Transport per Rucksack. Die dem Verfall preisgegebene Fahrtrasse auf der anderen Seite des Hügels regelmäßig zu benutzen wäre zu auffällig gewesen, zumal sie recht exponiert an einem Hang entlanglief.

»Dein Vater wusste also von nichts.« Hilde sah Daniel stirnrunzelnd und mit grimmigem Blick an. »Und deine Mutter natürlich ebenso wenig.«

Margot hatte nach der ersten Erleichterung nun wieder mit schreckgeweiteten Augen zugehört. »Wie konntest du dich bloß auf so etwas einlassen? Und wie konnte Gustav auf den Unsinn mit dem Fernstudium hereinfallen? Praktische Übungen auf einer Schäferhütte. Das soll er geglaubt haben?«

Natürlich nicht, dachte Thekla. Er hat vermutlich angenommen, dass sich Daniel ein Liebesnest einrichten wollte, und das hat er ihm zugestanden.

»Wie hast du dich bloß auf so was einlassen können?«, wiederholte Margot den Tränen nahe. »Es konnte dir doch nicht um Geld gehen. Du hast doch von uns immer bekommen, was du wolltest.«

»Ich …« Daniel war merklich kleinlaut geworden. »Ich wollte dir und Papa zeigen, dass ich auch was auf dem Kasten habe. Dass ich selbst Geld verdienen kann. Viel sogar und ohne großen Aufwand.«

»Was aber gründlich in die Hose gegangen ist«, sagte Hilde trocken.

»Hast du dir nicht wenigstens ein einziges Mal überlegt, ob es nicht klüger wäre, aus der Sache wieder auszusteigen?«, fragte Margot.

»Oft. Vor allem, als mir klar geworden ist, dass es bei den Nahrungsergänzungsmitteln nicht bleiben würde, weil immer häufiger Verpackungsmaterial mit … mit speziellen Aufdrucken kam.«

Als er nicht weitersprach, sagte Thekla: »Aber da war es längst zu spät. Sie hatten dich in der Hand.«

Daniel nickte bekümmert.

»Sie haben dich erpresst und dir gedroht«, mutmaßte Hilde.

»Nicht direkt«, antwortete Daniel. »Aber der Kerl, mit dem ich dann alles Geschäftliche erledigen musste, hatte so eine Art … Er konnte einen fühlen lassen, dass er vor nichts zurückschrecken würde.«

»Was er schließlich auch nicht getan hat«, sagte Hilde. »Warum aber hat er sich nicht bis nach der Beerdigung Zeit gelassen? Er hätte Ion verschonen und deine Mutter heraushalten können.«

Hilde hat recht, dachte Thekla. Es muss gute Gründe dafür gegeben haben, Daniel gleich nach seiner Ankunft wegzuschaffen.

»Die Bande konnte nicht zulassen, dass du in Kleingude eintriffst«, sagte Hilde soeben nachdenklich. »Aber wieso?«

Darauf gab es nur eine logische Antwort: weil Daniel imstande gewesen wäre, alles auffliegen zu lassen. Alles. Nicht nur die kleine Außenstelle, die er betrieb, sondern das gesamte Netzwerk einschließlich des Mannes, der die Fäden zog.

»Unmöglich«, sagte Daniel, als Thekla den Gedanken aussprach. »Ich habe doch keinen blassen Schimmer, wer dahintersteckt.«

Kaum vorstellbar, dass Daniel darüber im Unklaren geblieben ist, dachte Thekla. Wer war diese Person, die es verstanden hatte, ein womöglich riesiges Netzwerk aufzubauen, ohne jemals in Erscheinung zu treten?

Emilian Radu kam ihr in den Sinn. Er hatte Einfluss, Beziehungen, Ansehen …

Ihre Überlegungen kamen ins Stocken, als sie Hilde »mafiaähnliche Strukturen« sagen hörte.

Der Ausdruck machte ihr Angst. Falls es tatsächlich ein machtvolles Syndikat gab und Radu der Boss war, konnten sie nicht vorsichtig genug sein, durften ihm nicht den kleinsten Anlass zu Argwohn geben.

Sie sah Hilde bedeutungsvoll an. »Wir sollten pünktlich zurück sein, damit Radu sich nicht fragen muss, was uns aufgehalten hat.«

Als Thekla, Hilde und Wally beim Hotel eintrafen, waren weder Radu noch sein Wagen irgendwo zu sehen. Sie beschlossen, in der Halle auf ihn zu warten, wählten eine Sitzgruppe, von der aus man die Zufahrt überblicken konnte, und ließen sich dort nieder. Nach einer Weile begannen sie eine Unterhaltung, die sie unwillkürlich im Flüsterton führten. Wer konnte schon sagen, ob die Wände des »Radu Inn« nicht Ohren hatten.

»Radu kann nicht der Boss sein«, wisperte Wally. »Sonst hätte er uns keine Tickets für eine Schlossführung gegeben.«

Hilde stieß ein Lachen aus, das eher einem Schnauben glich. »Wieso denn nicht? Dass wir seine beiden Gefangenen entdecken würden, konnte er als so unrealistisch abtun wie ein Zusammentreffen mit Vlad Drăculea.« Sie dachte kurz nach. »Die Frage ist eher: Fühlt er sich bereits als Schlossherr?«

Daraufhin hingen alle drei eine Weile ihren Gedanken nach, bis Wally flüsterte: »Dass Radu mehr als ein ganz allgemeines Interesse am Schloss hat, ist durch nichts bewiesen. Der Zeitungsausschnitt in seinem Büro muss nichts heißen.«

»Aber derjenige, der Margot und Daniel in der Törzburg hat verschwinden lassen, der muss sich dort gut auskennen, und er muss ungesehen aus und ein gehen können. Wer passt da besser als Radu?«, fragte Hilde zischend.

»Tatsache ist«, sagte Thekla, »dass Alina das Schloss in- und auswendig kennt und Jakob Gref offenbar auch recht gut Bescheid weiß. Beide könnten aus der Zeit, als sie Führungen gemacht haben, noch Schlüssel besitzen.«

Hilde seufzte. »Lässt sich nicht bestreiten und erinnert uns wieder einmal daran, dass wir niemandem trauen dürfen.« Sie hob mahnend den Zeigefinger. »Absolut niemandem, habt ihr gehört. Wenn da wirklich eine Art Mafia zugange ist, dann kann der Oberboss seine Spitzel überall sitzen haben.«

Vielleicht hätte Thekla ihre Sorge für sich behalten, wäre nicht erneut das Wort »Mafia« gefallen.

»Meint ihr nicht, dass das Ganze eine Nummer zu groß für uns ist?« Sie merkte selbst, wie gepresst ihre Stimme klang. »Wir haben es hier nicht wie vergangenes Jahr in der Pseudo-Westernstadt mit einem Verrückten zu tun, sondern mit einem kaltblütigen, scharf denkenden, gewissenlosen Geschäftemacher, der womöglich über ein Regiment von Helfershelfern verfügt.«

Hilde zuckte nicht mit der Wimper. »Und den lassen wir laufen, weil wir Schiss haben.«

Thekla schluckte.

»Und komm mir jetzt nicht damit, dass wir den korrupten Haufen einschalten sollten, der sich hier Polizei nennt«, setzte Hilde hinzu.

»Aber Hilde«, meldete sich Wally schüchtern, »du kannst doch nicht in Bausch und Bogen –«

Hilde ließ sie wieder einmal nicht ausreden. »Das muss ich sogar, solange nicht alle schwarzen Schafe ausgesondert sind.

Schaut aber nicht so aus, als würde man in diesem Land auf ein Ende der Korruption, Protektion oder wie man solche Schweinereien vornehm nennt, ernsthaft hinarbeiten.«

Thekla sah ein, dass Hildes Argument nicht von der Hand zu weisen war, was nichts an der Lage änderte, in die sie sich gebracht hatten. Von allen Seiten drohte Gefahr. Wann, wie und woher ein Angriff kommen würde, war nicht abzuschätzen. Sie musste einen Moment lang die Augen schließen, als ihr mit voller Wucht aufging, dass sie schon viel zu tief drinsteckten, um noch ungeschoren aus der Sache herauszukommen, jedenfalls nicht ohne Unterstützung vertrauenswürdiger Gefährten.

Sie sah Hilde fast flehentlich an. »Heinrich hat angeboten, herzukommen. Er könnte Ali mitbringen …«

Hilde runzelte missbilligend die Stirn, doch schließlich nickte sie.

Thekla handelte unverzüglich, um ihr keine Zeit für einen Sinneswandel zu lassen. Sie kramte nach ihrem Mobiltelefon, schaltete es ein und drückte die Kurzwahltaste, unter der Heinrichs Nummer gespeichert war.

Er nahm schon beim ersten Klingeln ab. Was er sagte, ließ sie überrascht Luft holen und gleich darauf erleichtert ausatmen.

»Ali, Sepp und ich haben heute die erste Maschine nach Bukarest genommen und sind gerade gelandet. Wir versuchen, am Flughafen so schnell wie möglich ein Mietauto zu bekommen, und machen uns dann sofort auf den Weg zu euch. Thekla? Die ganze Sache gefällt mir gar nicht. Bitte geht nicht das kleinste Risiko ein.«

Seit wann konnte Heinrich hellsehen?

»Das musste er nicht«, sagte Hilde, nachdem Thekla sie und Wally ins Bild gesetzt hatte. »Hast du nicht regelmäßig mit ihm telefoniert? So wie ich mit Ali? Da darf man doch annehmen, dass sie sich ein paar Gedanken gemacht und ein paar Schluss…« Diesmal unterbrach sie sich selbst.

Radu war eingetroffen.

Die Fahrt von Bran nach Kleingude verlief merkwürdig schweigend. Radu schien tief in Gedanken versunken; Wally saß blass und stocksteif auf der Rückbank, als wäre ihr übel; Hilde setzte ein paarmal zum Sprechen an und überlegte es sich dann anders; Thekla selbst begleitete Heinrich im Geiste nach Siebenbürgen, versuchte zu überschlagen, wann sie mit dem Eintreffen der drei Männer rechnen konnten.

»Da seid ihr ja«, rief Alina sichtlich erfreut, als sie schließlich gemeinsam mit Radu die Hotelhalle betraten. »Eigentlich habe ich euch schon vor einer Stunde erwartet.«

Thekla wurde bewusst, dass sie Alina gar nicht davon unterrichtet hatten, wo sie die Nacht verbringen würden, fragte sich aber im nächsten Moment irritiert, wieso Alina sie vor einer Stunde und nicht schon vor mindestens zwölf Stunden zurückerwartet hatte.

Offenbar spielgelte sich die Verwirrung deutlich in ihrem Gesicht, denn Alina schmunzelte. »Emilian hat mich gestern noch darüber informiert, dass ihr bei ihm gestrandet seid und er sich um euch kümmern wird.«

Herzensgut, dieser Emilian Radu, dachte Thekla giftig und biss sich gleich darauf beschämt auf die Lippen. Womöglich war Radu tatsächlich der noble, hilfsbereite, liebenswürdige Charakter, den er zur Schau trug. Womöglich taten sie ihm komplett Unrecht. Womöglich verdiente er Lob und Anerkennung anstatt böser Verdächtigungen.

Sie horchte auf, als sie Alina sagen hörte: »Vor ein paar Minuten habe ich gute Nachrichten aus dem Krankenhaus erhalten. Ion ist zu sich gekommen. Er kann sich zwar momentan an nichts erinnern, aber das wird schon, sagt der Arzt. Die Kopfverletzung soll ernst sein, aber nicht wirklich kritisch. Als man ihn gefunden hat, war er dehydriert und unterkühlt …«

Thekla blendete Alinas Stimme wieder aus und ließ sich, statt zuzuhören, Daniels Bericht von dem Überfall durch den Kopf gehen.

Ion war zu der entlegenen Tankstelle abgebogen, wie er es meistens tat, und hatte an der vordersten Zapfsäule angehalten.

Bevor er aussteigen konnte, war der Kerl aufgetaucht, der von Anfang an als Daniels Mittelsmann fungiert, allerdings nie einen Namen genannt hatte. Er hatte Daniel dazu aufgefordert, dafür zu sorgen, dass der Wagen umgehend in der Garage hinter der Cafeteria abgestellt werde. Daniel hatte sich über die Anweisung gewundert und gefragt, weshalb, aber keine Antwort bekommen. Und schließlich hatte er Ion gebeten, zu tun, was verlangt wurde.

Ion war zu der Garage gefahren, deren Tor offen stand.

Der Mann ohne Namen war zu Fuß gefolgt, hatte sie hineingewinkt. Kaum hatte Ion den Motor abgestellt, riss der Namenlose die Fahrertür auf, schwang einen Schraubenschlüssel und versetzte Ion damit einen Schlag auf den Hinterkopf. Bevor Daniel kapierte, was geschehen war, flog die Wagentür wieder zu, und das Wageninnere füllte sich mit einem Gas, das ihn betäubte.

Er und seine Mutter waren – geknebelt und aneinandergefesselt – auf der Rückbank eines Skoda, der auf einmal vor dem Kleinbus stand, wieder zu sich gekommen, hatten aber benebelt vor sich hingedämmert, bis sich irgendwann das Hallentor öffnete und der Namenlose wieder auftauchte. Er stieg in den Skoda und fuhr los. Das Tor schloss sich hinter ihnen.

Draußen war es bereits dämmrig. Der Mann steuerte den Wagen zur Hauptstraße und dort weiter Richtung Kleingude, bog dann aber an der Kreuzung nach Bran ab.

Erst als der Skoda mit ausgeschalteten Scheinwerfern die Rampe zum Schlosseingang hochfuhr, hatte Daniel begriffen, dass man sie hier gefangen setzen würde. Der Namenlose stieg aus, zerrte sie aus dem Wagen und stieß sie vor sich her in den Innenhof. Dort löste er ihre Fesseln, sorgte aber dafür, dass Daniels Handgelenke auf dem Rücken zusammengebunden blieben. Als Daniel vor Kälte zu zittern begann, merkte er, dass seine Jacke, in der seine persönlichen Gegenstände wie Ausweis, Portemonnaie, Handy und Schlüsselbund steckten, weg war.

Im Innenhof war es fast dunkel. Margot stolperte ein paarmal und verlor dabei ihre Brille. Als der Namenlose unvermittelt stehen blieb, eine Taschenlampe anknipste und eine Skizze oder Beschreibung zu studieren begann, wollte sie danach suchen, wurde aber zurückgepfiffen. Daniel war mittlerweile klar, wohin der Kerl sie bringen würde, denn Alina hatte oft von einer verborgenen Kammer erzählt, in die man durch eine Geheimtür in einem Kellergang gelangte.

Hildes Stimme unterbrach ihre Rückschau. »Hast du gehört, Thekla?«

Sie schüttelte den Kopf. Was Hilde soeben gesagt hatte, war ihr ebenso entgangen wie Jakobs Ankunft. Er hatte Alina beiseitegezogen und redete leise auf sie ein.

»Eine Viertelstunde«, wiederholte Hilde in strengem Ton. »Das muss zum Umziehen und Frischmachen reichen. Um halb zwei treffen wir uns vor dem Hoteleingang, marschieren aufs Nachbargrundstück und reden ein Wörtchen mit Georgel.«

Seufzend nahm Thekla ihren Schlüssel vom Brett und machte sich auf den Weg in ihr Zimmer. Sie hätte es bei Weitem vorgezogen, hier im Hotel auf Heinrich, Ali und Sepp zu warten, um dann das weitere Vorgehen gemeinsam mit ihnen zu planen. Aber da Hilde sich in den Kopf gesetzt hatte, ohne Verzögerung bei Georgel einzufallen, würde jeder andere Vorschlag mit Sicherheit abgeschmettert werden.

Hildes Vorhaben hatte zumindest den Vorzug, dass sie sich nur einen Steinwurf weit von der Villa Bavaria entfernen mussten. Ob Georgel sie in sein Haus lassen würde, war eine andere Sache. Und wieder eine andere war die Verständigung mit ihm, falls er sich überhaupt bereitfinden würde, mit ihnen zu sprechen.

Was er bisher meisterlich zu vermeiden gewusst hatte.

Bevor Thekla – flüchtig geduscht, aber frisch angezogen – ihr Zimmer wieder verließ, trat sie auf den Balkon, um einen hoffnungsvollen Blick auf die Dorfstraße zu werfen, die sich jedoch komplett leer zeigte.

Wie lange noch?, fragte sie sich deprimiert. Wie lange wird es noch dauern, bis Heinrich hier ist?

Als sie sich über das Balkongeländer beugte, um vorsichtshalber auch noch den Parkplatz zu überprüfen – womöglich waren Heinrich, Ali und Sepp eingetroffen, während sie unter der Dusche stand –, sah sie Alina und Elmar Schüller auf der Terrasse an einem Tisch in der Sonne sitzen und Kaffee trinken.

Alinas Mann wirkte blass und angespannt. Offenbar stand er nach wie vor beruflich unter starkem Stress. »IT-Manager«, hatte Alina als Berufsbezeichnung genannt. Außer dass Schüller mit Computern zu tun hatte, konnte sich Thekla nicht viel darunter vorstellen. Lebte er mehr in der realen oder mehr in der virtuellen Welt?

Alina sagte gerade etwas zu ihm und lächelte dabei. Aber er achtete nicht auf sie, beschirmte die Augen mit der flachen Hand und starrte aufs Nachbargrundstück, wo Georgels Hund schlafend auf einem sonnigen Flecken lag.

Erst als sie den Hund sich wohlig strecken sah, nahm Thekla wahr, dass die Temperatur merklich gestiegen war. Sie schloss die Augen und ließ sich ein kleines Weilchen von den Sonnenstrahlen wärmen. Als sie sie wieder öffnete, sah sie Elmar Schüller die Terrasse verlassen. Er schien einen Moment lang unschlüssig, wohin er sich wenden sollte. Thekla dachte schon, er würde auf das schiefe Türchen in Georgels Zaun zusteuern, weil er es anstarrte, als hätte es nach ihm gerufen, aber plötzlich drehte er sich um und ging in Richtung Parkplatz davon.

Ihr Blick folgte ihm, bis er in einen unauffälligen Mittelklassewagen stieg. Sie schaute ihm zu, wie er aus der Bucht rangierte, während sich in ihrem Kopf ein Gedanke Gehör zu verschaffen versuchte, aber zu vage blieb, um Gestalt annehmen zu können. Als sie gerade meinte, ihn zu fassen zu kriegen, spürte sie mehr, als sie sah, dass sich auf dem Nachbargrundstück etwas tat.

Automatisch wandte sie sich dem Geschehen dort zu.

Georgel war aus seinem Häuschen gekommen, hatte den

Hund an eine kurze Leine gelegt und trat soeben an den brüchigen Zaun, der seinen Besitz vom Gelände der Villa Bavaria trennte.

Dort blieb er stehen, legte den Kopf in den Nacken und suchte Theklas Blick. Verwundert blickte sie zurück.

Da streckte Georgel den Arm aus und winkte. »Kommen. Sprechen. Jetzt.«

# 14

»Verdammt«, fluchte Hilde leise, als sie die Treppe hinunterlief, um sich wie ausgemacht vor dem Hotel mit Thekla und Wally zu treffen.

Wie sollten sie es bei den Verständigungsschwierigkeiten, die sie mit ihm hatten, anstellen, Georgel vernünftig ins Verhör zu nehmen?

Mit Alina, Jakob oder Radu als Dolmetscher wäre das Problem gelöst, dachte sie ärgerlich. Aber das sind ja genau die, denen wir am wenigsten trauen können.

Alinas offensichtliche Freundschaft mit Radu, ihre Verbindung zur Törzburg, ihre Stellung als Geschäftsführerin der Villa Bavaria, wo sich vieles, wenn nicht alles überkreuzte, machte sie – verdächtig?

Verdächtig wäre zu viel gesagt, überlegte Hilde, aber zwielichtig macht es sie schon.

Was wusste Alina? Auf welcher Seite stand sie? Daniel hatte diese Fragen nicht beantworten können, und solange sie nicht geklärt waren, musste Alina zumindest als bedenklich eingestuft werden. Ähnliches galt für Jakob Gref, aber dem war noch viel weniger zu trauen als Alina.

Warum sie das so empfand, wusste Hilde nicht. Doch das Gefühl, er habe etwas zu verbergen, ließ sie einfach nicht los.

Unvermittelt kam ihr Pfarrer Barth in den Sinn.

Der perfekte Dolmetscher, dachte sie. Barth müsste über alles, was gesprochen wird, von Amts wegen schweigen.

Sollte sie ihn anrufen und herbitten? Er würde sofort kommen, dessen war sie sich sicher. Aber was für ein Charakter verbarg sich hinter der Maske des Pfarrers? Ein rechtschaffener Hirte im Garten Gottes oder ein schwarzes Schaf?

Thekla und Wally standen bereits am Zaun zum Nachbargrundstück, als Hilde hinzutrat. Georgel erwartete sie auf der anderen Seite. Er machte etwas wie eine kleine Verbeugung, dann öffnete er die Pforte aus windschiefen Latten, ließ sie ein und führte sie über den lehmigen Pfad zu seinem Häuschen.

Der Hund bellte wütend, riss an der kurzen Leine, stellte sich auf die Hinterbeine, was ihn verdammt gefährlich aussehen ließ.

Hilde beeilte sich, an ihm vorbeizukommen und durch die Haustür zu schlüpfen.

Als sie in die Stube trat, schnappte sie verblüfft nach Luft, hätte jedoch nicht sagen können, was sie am meisten überraschte: die Leute, die um den Tisch saßen, oder die Tatsache, dass aufgeräumt und geputzt worden war. Ein schwacher Maiglöckchenduft bemühte sich mit mäßigem Erfolg, gegen die übrig gebliebenen Wolken von Schafsmief anzukommen.

Der Tisch war reichlich gedeckt. Brot, Käse, verschiedene Aufstriche, Hackfleischbällchen, eingelegte Paprikaschoten sowie der unvermeidliche Schnaps. Eine typisch rumänische Brotzeit.

Die Männer in der Stube waren Hilde gut bekannt. Georgel, der ihr einen Stuhl zurechtrückte und sich dann neben sie setzte. Petru, ihr gegenüber, der sichtlich verlegen wirkte. Leontin an der Stirnseite, der bedrückt aussah.

Zwischen Petru und Leontin saß eine alte Frau, klein und verhutzelt wie eins von den Zwetschgenmännla, kleine Figuren aus Dörrpflaumen, die Margot Schenger auf dem Nürnberger Christkindlesmarkt neben »Bratworscht im Weggla« und »Lebkoung« verkaufte.

Georgel schenkte Schnaps ein. Die Männer tranken auf ex, die Frauen nippten bloß.

Nachdem alle ihre Gläser wieder abgesetzt hatten, ergriff die alte Frau das Wort.

Sie sprach ein stockendes, altmodisches, schwerfälliges, aber erfreulich verständliches Deutsch und stellte sich als Georgels, Leontins und Petrus Mutter vor.

Ihr Name sei Zina, sagte sie. Ihre Söhne hätten sich entschlossen, Gustavs Base und ihren Freundinnen zu vertrauen und ihnen alle Informationen zu liefern, die sie selbst hatten. Sie, Zina, sei nur zum Übersetzen hergekommen. Und bitte, die Damen sollten zugreifen, während ihre Fragen beantwortet wurden.

Hatte Georgel es doch tatsächlich geschafft, eine Dolmetscherin zu engagieren – die vertrauenswürdigste, die man sich denken konnte.

Hilde fragte Zina, woher sie Deutsch könne, worauf Zina antwortete, in jungen Jahren habe sie als Hausangestellte in Deutschland und einige Zeit auch in Österreich gearbeitet.

Dem engen Zusammenleben mit den Siebenbürger Sachsen in Kleingude war es zu verdanken, dass Zina nach ihrer Rückkehr in die Heimat die deutsche Sprache nicht wieder verlernte.

Nachdem das geklärt war, setzte sich Zina zurecht und sah Hilde ermutigend an.

Aber die sagte bloß: »Georgel kennt die Fragen.«

Daraufhin entspann sich eine kurze Unterhaltung zwischen Zina und ihrem ältesten Sohn. Dann richtete Zina das Wort an Hilde, Thekla und Wally.

Einiges von dem, was sie ihnen mitteilte, wussten Thekla, Hilde und Wally bereits: wozu die umgebaute Schäferhütte gedient hatte, wohin die fertige Ware gebracht worden war, mit wem es die Brüder in der Lagerhalle beim Bärengehege zu tun gehabt hatten.

Auch Georgel und seine Brüder kannten den Namen von Daniels Mittelsmann nicht, der sie stets pünktlich erwartete. Sie hatten versucht, Erkundigungen über ihn einzuziehen, hatten aber nichts herausgefunden. Niemand kannte den Mann, niemand wusste etwas über ihn. Folglich konnte er nicht aus der Gegend sein. Seinem Dialekt nach, der jedoch kaum wahrnehmbar war, schien er aus dem Nordosten zu kommen.

Ukraine, dachte Hilde. Im Nordosten liegt die Ukraine.

Die Brüder hatten bald gemerkt, dass mit dem Namenlosen nicht zu spaßen war, hatten die Gefahr gewittert, die von ihm ausging, und hatten sich besorgt gefragt, wie gefährlich erst derjenige sein müsse, der ihm Befehle geben konnte. Um sich selbst hatten sie sich allerdings keine allzu großen Sorgen gemacht. Sie waren ja nur Handlanger. Der Mann beachtete sie kaum. Zweifellos hielt er sie für stumpfsinnig, unterbelichtet, versoffen. Sie sorgten dafür, dass es so blieb.

Was Daniel betraf, waren die Brüder zunehmend beunruhigter. Sie sahen den Jungen in einer gefährlichen Falle sitzen.

Irgendwann hatte Georgel sich an Gustav gewandt, der eine Weile gottserbärmlich geflucht, dann aber doch recht schnell zu seinem Augenmaß zurückgefunden hatte. Georgel und er stimmten darin überein, dass man Daniel von den Banditen loseisen müsse, bevor es endgültig zu spät dafür war.

Gustav wollte darüber nachdenken, wie.

Zina machte einen Moment Pause, um einen Schluck Wasser zu trinken, während Hilde zu Bewusstsein kam, dass sie nie in Betracht gezogen hatten, der Chef des Betrugsrings könne von irgendwo auswärts sein. Womöglich saß der Kerl in Kronstadt oder gar in Bukarest und betrieb seine kriminellen Geschäfte von dort aus.

Der Gedanke schien ihr einleuchtend, bis ihr in den Sinn kam, dass er über die Verhältnisse in Kleingude und Umgebung viel zu gut Bescheid wusste, um ortsfremd zu sein. Falls aber doch, dann musste er eine Art Stellvertreter im Burzenland haben.

Georgel hatte Gustav drei Tage Zeit zum Nachdenken gelassen. Dann hatte er ihn gefragt, was dabei herausgekommen sei.

»Ich habe einflussreiche Freunde bei der Polizei, in der Kommunalverwaltung, in der Regierung. Ich werde sie auf die Sache ansetzen«, hatte Gustav geantwortet.

Georgel hatte nicht mehr in Erfahrung bringen können, ob Gustav zu wem auch immer Kontakt aufgenommen hatte, denn wenige Tage später war er tot gewesen.

Zina musste erneut eine Pause machen. Sie redete jetzt schon einige Zeit und wirkte angestrengt.

Hilde nutzte die Unterbrechung, um etwas zu klären, das sich in die Geschichte partout nirgends einfügen wollte. »Kann mir vielleicht jemand sagen, wieso wir am Tag von Gustavs Beerdigung in der Brennerei eingeschlossen worden sind?«

Zina übersetzte die Frage, obwohl ihre Söhne Hilde anscheinend recht gut verstanden hatten, denn sie machten seltsam betretene Gesichter. Das und ein paar Sätze reichten offenbar aus, um Zina ins Bild zu setzen. Sie bedachte die Brüder mit einem tadelnden Blick, bevor sie Hilde eröffnete: »In der Brennerei lagerten zwölf Dutzend Flaschen mit bestem Destillat.«

»Țuică«, murmelte Petru und spitzte die Lippen.

Hilde nickte verständnisinnig. Țuică war ihr ein Begriff. Gustav hatte ihr manchmal eine Flasche dieses besonderen Tropfens geschenkt. Am Flaschenhals hing stets ein Kärtchen mit der Aufschrift: »Traditionelle rumänische Spirituose aus verschiedenen Pflaumensorten«. Auf der Rückseite des Kärtchens stand »wohltuend bei Magen- und Gallenproblemen« und »wirkt sich positiv bei erhöhten Cholesterinwerten, bei Migräne und bei Erregungszuständen aus«.

So gesehen, gab es ständig einen Grund für ein Gläschen Țuică.

Aber bester Țuică war teuer. Deshalb hatte Gustav den Pflaumenschnaps selbst hergestellt und es dabei zu erstaunlicher Perfektion gebracht, erklärte Zina. In der Brennerei lagerten stets mehrere Kisten als Vorrat. Als Gustav starb, waren es exakt zwölf.

Den Schäfern schien der Ort danach nicht mehr sicher genug, weshalb sie beschlossen hatten, die kostbare Spirituose anderswo einzulagern.

Hilde musste grinsen. An Zina war ein aalglatter Politiker verloren gegangen. »Und ich dachte, in Kleingude gäbe es keine Diebe.«

»Gibt es wirklich nicht«, bestätigte Zina »Aber …« Sie wusste nicht recht weiter.

Hildes Grinsen verstärkte sich. »Deine Söhne wollten den

kostbaren Țuică lieber wegbringen. Aber wir sind ihrem Vorhaben in die Quere gekommen.«

Georgel seufzte und sprach dann kurz mit seiner Mutter.

»Sie mussten sich ein Ablenkungsmanöver ausdenken«, sagte Zina. »Der Wagen, mit dem die Kisten abtransportiert werden sollten, war schon auf dem Weg, und Georgel konnte den Fahrer nicht mehr erreichen.

»Soll das heißen, der Überfall war gar nicht echt?« Wally bekam kugelrunde Krötenaugen. »Aber du hast doch geblutet.«

Georgel schmunzelte.

»Es musste glaubhaft wirken«, sagte Zina.

Georgel war auf die Idee mit dem Überfall gekommen und hatte sich niederschlagen lassen, um aus dem Schneider zu sein. Der Unimog war unbemerkt angekommen und – weil die Sache wohl oder übel verschoben werden musste – wieder abgefahren, während die Damen eingeschlossen waren.

Hilde unterließ es zu fragen, wieso Georgels Schlüsselbund ein Stück abseits von ihm gelegen hatte, weil sie nicht zugeben wollte, dass er sich in ihrem Besitz befand.

Eines aber wollte sie noch klarstellen. »Ihr habt die Kisten dann irgendwann später abgeholt.«

Ja, das hatten sie.

Zina hatte wieder einen Schluck getrunken – Schnaps diesmal, wie Hilde amüsiert registrierte – und sprach nun weiter.

Als Ion mit Daniel und seiner Mutter nicht wie erwartet aus Bukarest zurückkam, hatte Georgel sofort befürchtet, dass etwas Schlimmes geschehen sein musste, aber außer mit seinen Brüdern mit niemandem darüber zu reden gewagt.

Er wirkte zerknirscht, als seine Mutter zugab, er habe Gustavs Base und deren beiden Gefährtinnen noch mehr misstraut als allen anderen.

»Das war durchaus vernünftig«, versicherte ihm Hilde.

Als ihm aufging, dass sie Informationen sammelten – über die Brandursache, über die Hütte, die der Namenlose zu räumen befohlen hatte, über dies und über das –, hatte er erst recht nicht mehr gewusst, woran er mit ihnen war. Was bezweckten sie damit?

Georgel beschloss, die drei Weiber sorgsam im Auge zu behalten, und begriff schließlich, dass sie der ganzen Sache auf den Grund gehen wollten. Zu diesem Zeitpunkt begann er, den Gedanken zu erwägen, mit ihnen zusammenzuarbeiten. Gestern Abend hatte er nur helfen wollen.

Hilde schnaubte leise. Ein Unterfangen, das beinahe ins Auge gegangen wäre.

Die Gründe für das unzureichende Gelingen der Hilfsaktion hörten sich allerdings überzeugend an.

Zum einen war Georgel erst viel zu spät zu Ohren gekommen, dass die Damen vorhatten, mit Jakob nach Kronstadt zu fahren. Zum anderen hatte er keine Möglichkeit gesehen, auf die Schnelle einen vertrauenswürdigen Fahrer samt Wagen aufzutreiben, um ihnen zu folgen.

Er selbst besaß weder Führerschein, noch konnte er fahren. Schließlich hatte er sein Leben lang nichts anderes getan, als Schafe zu hüten, sie zu melken, aus der Milch Käse herzustellen und die Käselaibe auf einer Kraxe zu Tal zu bringen. Dazu bedurfte es gewisser Talente und einer Menge Fertigkeiten, zu denen Autofahren jedoch ebenso wenig gehörte wie Klavierspielen oder Predigen.

Unglücklicherweise war Leontin – er hatte sich als Schäfer ungeeignet erwiesen, als Schreiner jedoch seinen Weg gemacht, weshalb er einen Transporter samt Führerschein besaß – mittags mit ebendiesem Transporter nach Zarnesti gefahren, um ein kürzlich fertiggestelltes Treppengeländer zu montieren.

Blieb Petru. Für Georgels jüngsten Bruder galt allerdings das Gleiche wie für ihn selbst. Mit Schafen konnte Petru. Mit Hunden sowieso. Notfalls sogar mit Wölfen und Bären. Jedenfalls schaffte er es regelmäßig, sie in die Flucht zu schlagen. In der vergangenen Saison hatte Petru kein einziges Schaf an wilde Tiere verloren. Einen Wagen besaß er aber ebenso wenig wie einen Führerschein, obwohl in der Zufahrt zu seinem Häuschen ein Dacia 500 stand. Der gehörte jedoch Henrieta, und sie würde damit unterwegs sein. Der Vorgänger des Dacia – gleiche Marke, gleiches Modell – befand sich im Schuppen. Petru hatte ihn dort untergestellt. Als Ersatzteillager. Aber er lief noch.

Zina seufzte schwer. Hilde, Thekla und Wally hatten ja erlebt, wie die Sache ausgegangen war.

»Wenn Radu nicht gekommen wäre –«

»Was doch ein seltsamer Zufall war«, platzte Hilde heraus.

Die Reaktionen der Brüder zeigten ihr, dass auch sie sich darüber Gedanken gemacht hatten. Georgel stieß die Messerspitze in ein Stück Käse und studierte es lange, bevor er es zum Mund führte. Petru hatte die Hände auf den Tisch gelegt und starrte auf seine dunkel geränderten Fingernägel. Leontin hatte sein Glas gehoben, als wolle er daraus trinken, ließ es jedoch in der Luft schweben.

»Mirela wird für ihn arbeiten«, sagte Hilde.

Die Brüder hatten dazu nichts zu sagen.

Was Zina sagte, deckte sich mit Radus Darstellung.

Mirela konnte sich nicht den kleinsten Verdienstausfall leisten, denn Leontin hatte für die Ausstattung, die er für seine Schreinerwerkstatt anschaffen musste, Kredite abzubezahlen.

Wally nickte wissend.

Als hätte sie sich je darum gekümmert, was ihr Mann ausgibt und einnimmt, ging es Hilde durch den Kopf.

Radu hatte Mirela einen sicheren Job anbieten können und gute Bezahlung.

»Halten Sie ihn für vertrauenswürdig?«, fragte Hilde.

Zina beantwortete diese und auch die darauffolgenden Fragen recht unbefangen.

Radu zeigte sich stets hilfsbereit, allen und jedem gegenüber. Mit Gustav war er gut Freund gewesen. Nein, Rivalität hatte es zwischen den beiden nicht gegeben. Keinen Neid und keine Konkurrenz. Im Gegenteil. Radu hatte Gustav in vieler Hinsicht unterstützt und Gustav ihn.

»Aber die allerbesten Beziehungen scheint Radu zu Alina zu haben«, sagte Hilde in leicht anzüglichem Ton.

Zina schüttelte missbilligend den Kopf. »In Freundschaft verbunden, nicht mehr und nicht weniger.«

Obwohl. Schon seit längerer Zeit schien es zwischen Radu und Alinas Mann Spannungen zu geben. Warum, war nicht zu ergründen. Trotzdem glaubte niemand, dass Alina ihrem Mann mit Radu Hörner aufgesetzt hatte.

»Auch nicht mit Gustav?«, fragte Hilde.

Mit dem erst recht nicht.

Woher wollen die Leute das wissen?, fragte sich Hilde. Hatte Alina mit ihrem »Tut mir leid«, ihrer Gastlichkeit und ihrem Lächeln alle eingeseift?

Sie sah jedoch ein, dass sich die Frage im Moment nicht beantworten ließ. Eine andere, die ihr vorhin in den Sinn gekommen war, aber durchaus.

»Was habt ihr, du und Mirela, gestern für Radu nach Zarnesti befördert?«, erkundigte sie sich bei Leontin.

Der sah sie erschrocken an, wandte den Blick ab und presste die Lippen aufeinander.

Als seine Mutter ein paar Worte auf Rumänisch zu ihm sagte, entwickelte sich daraus eine lebhafte Diskussion, die unvermittelt wieder endete.

Zinas Gesicht wirkte auf einmal verschlossen. »Es ist privat.«

Die Bereitschaft zur Zusammenarbeit war anscheinend begrenzt.

Hilde hätte nicht genau erklären können, warum, aber es kam ihr so vor, als hätte Leontin auch seiner Mutter gegenüber die Antwort verweigert. Sie warf Georgel und Petru einen prüfenden Blick zu und gelangte zu der Ansicht: Die zwei wirken wütend.

Zina hatte ihr Schnapsglas mit einem Zug geleert und sagte soeben begütigend: »Leontin und Mirela haben nur ein paar persönliche Dinge für eine Verwandte von Radu nach Zarnesti gebracht.«

Die Sache sei wirklich nicht von Bedeutung, fügte sie abschließend hinzu.

Warum macht Leontin dann so ein Geheimnis daraus?, fragte sich Hilde, hielt es jedoch für sinnlos, darauf herumzureiten.

Georgel schien der gleichen Meinung zu sein, denn er brachte die Sprache wieder auf Daniel und Margot Schenger.

Offenbar vermutete er, dass die beiden in der Lagerhalle beim Bärengehege gefangen gehalten wurden, wo er und Petru die fertige Ware regelmäßig abgeliefert und den Rohstoff in Empfang genommen hatten. Den Gedanken, dort nachzusehen, hatte er wieder verworfen, weil die Halle mit Sicherheit verschlossen und verriegelt sein würde. Zudem war der Namenlose zu fürchten, der sich womöglich dort aufhielt.

Hilde schluckte. Verdammt. Was sollten sie jetzt tun?

Sie hörte Wally leise keuchen. Gleichzeitig kam von Thekla ein kurzes Nach-Luft-Schnappen.

Sollten sie Zina und den Brüdern berichten, dass sie Daniel und seine Mutter aus ihrem Gefängnis befreit und in ein Versteck gebracht hatten?

Sie warf Thekla einen fragenden Blick zu, der mit einem kaum merklichen Kopfschütteln beantwortet wurde.

Gut, sie würden es für sich behalten. Wie du mir, so ich dir. Außerdem war jeder Mitwisser einer zu viel.

Hilde schickte Wally einen warnenden Blick und wechselte dann ihrerseits das Thema. »Wer ist eigentlich der Besitzer von der Tankstelle, hinter der wir den Kleinbus samt Ion in einer Garage gefunden haben?«

In Georgels Augen blitzte etwas auf, aus dem sie nicht klug wurde. Sie glaubte ihm jedoch, als er ihr zu verstehen gab, er wüsste es nicht. Auch seine Brüder zuckten die Schultern.

Zufriedengeben wollte sie sich damit nicht. »Das muss doch rauszukriegen sein.«

Zina nickte, besprach sich mit den Söhnen. Nach einer Weile zückte Leontin sein Mobiltelefon und wählte eine Nummer. Offenbar wurde der Anruf angenommen, denn er erhob sich und ging mit dem Handy am Ohr aus der Stube.

Hilde dachte gerade darüber nach, wie viele Dinge noch

geklärt werden mussten, als ihr die Transaktion in den Sinn kam, die sie an ihrem Ankunftstag in Rumänien an der Tankstelle beobachtet hatte.

Kisten waren still und leise in den Kofferraum des Kleinbusses geladen worden. Geld hatte klammheimlich den Besitzer gewechselt.

Erstaunt stellte sie fest, dass Georgels Mundwinkel belustigt zu zucken begannen, als sie davon berichtete.

Zina bat sie, die Kisten zu beschreiben, vor allem den Geruch, der ihnen entströmte.

»Säuerlich, stechend, wie vergorenes Obst«, sagte Hilde.

Georgel brach in Gelächter aus.

Petru grinste.

Zina schmunzelte. »Ion ist ein Mitarbeiter der Destikop.«

Sie musste ziemlich ausholen, um Hilde, Thekla und Wally begreiflich zu machen, was es mit diesem Unternehmen auf sich hatte.

In ganz Siebenbürgen wurde Schnaps gebrannt. Unter so gut wie jedem Dach. In manchen Haushalten waren die Gerätschaften dafür durchaus professionell, in vielen aber unzulänglich und primitiv.

Was bei nicht sachgerechter Destillation herauskam, nannte sich Fusel. Es war beängstigend, was Fusel anrichten konnte und im Burzenland immer wieder anrichtete.

»Das müsste nicht sein«, hatte Gustav wiederholt gesagt und schließlich die Initiative ergriffen. Er, Pfarrer Barth und noch ein paar andere, die über eine einwandfreie Destille, die nötigen Kenntnisse und genügend Platz verfügten, hatten eine Art Kooperative gegründet. Jeder Teilhaber erklärte sich bereit, von denen, die zum Schnapsbrennen weniger gut eingerichtet waren, so viel Maische wie irgend möglich anzunehmen und zu verarbeiten. Dafür berechnete er nur die Unkosten, verlangte keine andere Entlohnung als auf zehn Kisten angelieferter Maische eine für sich.

Die Tankstelle, die Ion bei seinen Fahrten von und zum Flughafen sowieso gern anfuhr, wurde, weil sie sich geradezu hervorragend dafür eignete, als Umschlagplatz gewählt. Die Kunden brachten ihre Maische zum vereinbarten Zeitpunkt dorthin, Ion lieferte ihnen einige Zeit später den daraus gebrannten Schnaps.

Zina hob die Hand, um einem Einwand Hildes zuvorzukommen.

Hin und wieder ergab es sich, dass ein Kunde seine Maische nicht eintauschen, sondern an die Destikop verkaufen wollte. Auch das gestatteten die Regularien der Kooperative.

Die Dienste der Destikop wurden im Laufe der Zeit immer gefragter, denn jeder, der sie in Anspruch nahm, konnte sich guten Gewissens einen Rausch antrinken. Legal war das Ganze allerdings nicht. Aber wie hatte Pfarrer Barth gesagt: »Der liebe Gott sieht seine Schäfchen lieber wohlauf als blind und lahm.«

Herrgott noch mal, stöhnte Hilde innerlich. War für Kleingude eine illegale Organisation nicht genug? Mussten es gleich zwei sein?

Zugegeben, es gab gravierende Unterschiede.

Das Schnapssyndikat, dem offenbar Gustav und der Pfarrer vorstanden, verstand sich als gemeinnützig und war es wohl auch. Beschissen wurde da keiner. Höchstens die Regierung, was nicht zählte.

Das Pillensyndikat dagegen, dem der große Unbekannte vorstand, der Leute wie den Namenlosen befehligte, lebte von Betrug und Manipulation und beging Verbrechen, um damit durchzukommen.

Hilde sah erwartungsvoll auf, als Leontin in die Stube zurückkehrte.

Er wirkte betroffen.

Was er sagte, verstand sie auch ohne Zinas Übersetzung: Eigentümer der Tankstelle, der Cafeteria und sämtlicher Nebengebäude war Emilian Radu.

# 15

Wally konnte kaum ein Wort verstehen, weil alle durcheinanderredeten.

»Es muss nichts heißen«, sagte Zina in ihrem schweren Akzent.

»Es ist aber eine Tatsache, dass wir Ion und den Kleinbus in einer Garage gefunden haben, die Radu gehört und keinem ersichtlichen Zweck dient«, sagte Hilde.

Daraufhin gab Leontin eine längere Erklärung ab, die Zina übersetzte.

Das Gebäude, in dem der Kleinbus gestanden hatte, war tatsächlich einmal eine Werkstatt gewesen. Der siebzigjährige Eigentümer wollte das gesamte Gelände irgendwann verkaufen. Lange fand sich kein Käufer. Als der Preis kaum mehr nennenswert war, hatte Radu zugegriffen, die Werkstatt aber nicht weiterbetrieben.

Sofort wurde wieder lebhaft diskutiert.

Hatte jemand hinter Radus Rücken die Garage als Versteck für den Kleinbus benutzt, weil er darauf spekulierte, dass niemand sie betreten würde? Oder hatte Radu selbst die Entführung in Auftrag gegeben?

Aber hätte er dann zugelassen, dass der Wagen samt dem verletzten Ion dort stehen blieb?

Warum denn nicht? Er wusste ja am besten, dass das Gebäude stillgelegt und elektronisch verriegelt war.

Aber allzu lange wollte er ihn da bestimmt nicht unterstellen, dachte Wally.

Da sagte Hilde auch schon: »Wahrscheinlich war geplant, den Kleinbus irgendwann in der Nacht abzuholen und endgültig zu beseitigen.« Sie machte eine bedeutsame Pause. »Und wie es der Zufall will, war Radu an dem Abend, als wir Ion gefunden haben, gerade ganz in der Nähe.«

»Aber er kam aus Bran«, wandte Wally ein.

»Er kam aus Bran und wollte zur Tanke, um Ion und den Wagen wegzuschaffen.« Hilde blieb hartnäckig.

Hatte Radu tatsächlich vorgehabt, sich selbst die Hände schmutzig zu machen?

»Damit hätte er doch bestimmt den Namenlosen beauftragt«, sprach Thekla aus, was Wally durch den Kopf ging. »Der war der Mann fürs Grobe.«

So ging es hin und her, aber der Antwort auf die Frage: War Radu nun der Kopf des Verbrechersyndikats, oder war er es nicht?, kamen sie keinen Schritt näher.

Wally konnte sich nur schwer vorstellen, dass Emilian Radu ein gewissenloser Verbrecher sein sollte. Er war immer so freundlich, so rücksichtsvoll …

Theklas Stimme unterbrach ihre Gedanken. »Wem wohl die Farmacie Tann in Bran gehört?«

Wally brauchte einen Moment, bis ihr klar wurde, dass Thekla auch hier eine Verbindung mit Radu mutmaßte.

Zu Recht, wie sich herausstellte, nachdem Zina und ihre Söhne eine Weile beratschlagt und Leontin einen weiteren Anruf gemacht hatte.

Der Inhaber der Apotheke war vergangenes Jahr tödlich verunglückt. Dessen Schwägerin hatte die Farmacie übernommen.

Sie war eine Verwandte von Radu.

Daraufhin wurde es still. Jeder hing seinen Gedanken nach, bis Georgel mit energischer Stimme ein paar Worte sagte, von denen eines »Daniel« lautete. Die Brüder erhoben sich.

Wo wollten sie hin? Etwa doch noch zu dem Lagerhaus am Bärengehege, weil sie ja glaubten, Daniel und seine Mutter würden dort festgehalten?

Wally warf Hilde einen fragenden Blick zu. Sollten sie die Burschen nicht endlich aufklären?

Hilde hatte sich ebenfalls erhoben. »So oder so. Den Umschlagplatz für die heiße Ware werden wir uns auf alle Fälle ansehen.«

Thekla hielt sie auf. »Wir warten, bis die Männer da sind.«

Wally wusste im ersten Augenblick gar nicht, wen Thekla damit meinte.

Erst als sie Hilde sagen hörte: »Wer weiß, wann die eintrudeln«, fiel ihr wieder ein, dass Heinrich, Ali und Sepp nach Kleingude unterwegs waren.

Sie hatte den Gedanken, ihr Mann würde bald hier sein, tunlichst verdrängt.

Warum war Sepp überhaupt mitgekommen? Er hasste es doch, den Betrieb in Scheuerbach sich selbst zu überlassen. Was, wenn während seiner Abwesenheit etwas schiefging?

Dann würde er die Schuld daran ihr geben. Die Schuld daran, dass er zu Hause alles hatte stehen und liegen lassen und nach Rumänien hatte reisen müssen, gab er ihr aller Wahrscheinlichkeit nach sowieso.

Sie würde sich also auf etwas gefasst machen müssen.

Vor die Wahl gestellt zwischen dem Zusammentreffen mit einem höchst aufgebrachten Sepp Maibier und einem Ausflug zur Lagerhalle am Bärengehege, entschied sich Wally für die Bären und plädierte dafür, umgehend aufzubrechen.

Als Thekla weiterhin auf ihrem Standpunkt beharrte, begann Hilde lauthals zu wettern. »Wozu denn auf sie warten, verdammt noch mal. Der kleine Ausflug dauert nicht lang.« Sie bedachte Thekla mit beredten Blicken. »Und gefährlich ist die Sache auch nicht. Wir sind schließlich zu sechst, Zina nicht eingerechnet.«

»Wir gehen nicht ohne die Männer«, sagte Thekla halsstarrig.

Dagegen kommt nicht einmal Hilde an, dachte Wally.

Hilde schien zu demselben Resultat gelangt zu sein, denn sie sagte plötzlich beschwichtigend: »Es ist ja eigentlich ganz einfach. Wir dirigieren die drei Mannsbilder ein bisschen um. Die Zufahrt zum Bärenreservat liegt ja fast auf ihrer Strecke. Damit ersparen wir ihnen auch, unnötig hierher- und dann den Weg wieder zurückzufahren.«

Wally nickte beipflichtend. Unnötig irgendwo hin- und wieder zurückfahren würde Sepp ganz bestimmt nicht wollen.

Zina verkündete, dass alle in Leontins Transporter Platz finden würden, weil es Georgel und Petru nichts ausmachte, im Laderaum zu hocken. Sie selbst wolle nicht mitkommen.

Aber sie würde doch als Dolmetscherin benötigt werden, sagte Wally.

Zina lächelte besänftigend. »Keine Sorge, für das, was ihr vorhabt, reichen die Deutschkenntnisse meiner Söhne aus.«

Im Gegensatz zu seinem jüngeren Bruder erwies Leontin sich als routinierter Fahrer, versetzte Hilde, Thekla und Wally jedoch kurz in Aufregung, weil er am Ortsende von Kleingude von der Hauptstraße abbog und auf eine kleine Ansiedlung am Ende einer Sackgasse zuhielt.

»Henrieta«, sagte er, als er die Unruhe der drei Frauen bemerkte. »Henrieta nicht wissen.«

Ach so, Petru wollte seiner Frau Bescheid sagen, dass er wegfahren würde.

Leontin hielt in der Zufahrt eines geradezu winzigen, aber äußerst gepflegt wirkenden Häuschens an. Petru sprang aus dem Wagen, lief auf die Eingangstür zu und traf auf den Stufen davor mit seiner Frau zusammen, die soeben aus dem Haus kam.

Henrieta trug einen mintgrünen Pulli mit Silbersternchen.

»Aus Kaschmir«, japste Wally. Sie hätte jeden Eid geschworen, dass sie die Wolle am Abend zuvor befühlt und begutachtet hatte.

Hilde und Thekla sahen sie verdattert an.

Wally warf einen bezeichnenden Blick auf Leontin und machte eine abwehrende Geste.

Sie würde Hilde und Thekla erst später erklären können, was sie so verblüfft hatte. In Leontins Beisein konnte sie nicht wagen, davon zu sprechen.

Nachdenklich betrachtete sie Henrieta und Petru, die nur kurz miteinander gesprochen hatten und sich nun mit einem bloßen Winken voneinander verabschiedeten, wonach Petru eilig zum Wagen zurückkehrte.

Wieso hat Emilian Radu Petrus Frau ein so teures Geschenk

gemacht?, fragte sich Wally. Oder hat er nur den Boten gespielt und den Pullover im Auftrag von jemand anderem bei Henrieta abgeliefert? Aber wer käme da in Frage?

Zweihundert Euro, überlegte Wally. So viel kostet so ein edles Stück mindestens. Ein derartig hoher Preis schloss aber auch aus, dass Henrieta den Pullover selbst gekauft hatte. Die Frau eines Schäfers würde wohl kaum einen so horrenden Betrag für ein Kleidungsstück ausgeben.

Blieb also nur Emilian Radu als Sponsor, was argwöhnen ließ, dass die beiden eine Affäre hatten, und gleichzeitig die Frage aufwarf, wer der Vater des Kindes war, das Henrieta bald zur Welt bringen würde.

War das zu weit hergeholt?

Nein, entschied Wally, als ihr einfiel, wie sie Radu und Henrieta am Tag von Gustavs Beerdigung zusammen gesehen hatte. Sie hatten sich vor dem Hotel eine Weile miteinander unterhalten und schienen recht vertraut zu sein, aber sie hatte sich natürlich nichts dabei gedacht.

Wally war so in Gedanken über Radu und Henrieta versunken, dass sie gar nicht merkte, wie viel der Wegstrecke sie bereits zurückgelegt hatten.

Leontin verließ soeben die Hauptstraße und folgte der Beschilderung zum Bärenreservat.

Die Straße war schmal, aber erstaunlich gut in Schuss. Rechts davon lagen Wiesen und Felder, links wuchs das übliche Gestrüpp, hinter dem sich ein Wald erstreckte.

»Zaun«, sagte Leontin mit einer umfassenden Handbewegung, die wohl andeuten sollte, dass besagter Zaun ein beachtliches Terrain umschloss. Innerhalb der Einzäunung mussten sich die einzelnen Gehege befinden. »Electric«, fügte er hinzu.

Der Zaun stand also unter Strom.

Alles andere kann einen Bären wahrscheinlich nicht abschrecken, dachte Wally.

Als sie schließlich das Reservat erreichten und am Zaun entlangfuhren, kamen sie an einem riesigen Tor aus Metallstäben vorbei, das allerdings geschlossen war. Wally warf einen Blick auf die Uhr am Armaturenbrett: siebzehn Uhr zehn. Als sie wieder aufsah, fiel ihr ein Schild ins Auge, das den halben Torflügel einnahm. Darauf standen die Öffnungszeiten – zehn bis siebzehn Uhr – und auf Rumänisch und auf Deutsch der Hinweis, dass der Zutritt zum Reservat nur in Begleitung eines Betriebsangehörigen erlaubt, ansonsten aber streng verboten war.

Bevor Wally weitere Informationen für Besucher lesen konnte, lenkte Leontin den Wagen scharf nach links und fuhr auf eine Schneise, die nur aus Wagenspuren bestand.

Der Transporter begann zu holpern und zu schlingern. Wally stieß auf dem für drei Personen viel zu schmalen Beifahrersitz mal an Hildes, mal an Theklas spitzen Ellbogen.

Nach einer scharfen Biegung kam schließlich das Dach eines Gebäudes in Sicht.

Georgel rief ein paar Worte aus dem Laderaum, die Leontin veranlassten, den Wagen von der Fahrbahn zu steuern und hinter hohem Randbewuchs abzustellen, der den Transporter fast völlig verbarg.

Wally war Theklas Unruhe bereits während der Fahrt aufgefallen. Sie hatte keine Sekunde stillsitzen können, hatte sich gedreht und gewunden und ständig aus dem Fenster oder in den Rückspiegel gespäht. Nun sprang sie aus dem Wagen, lief auf die Schneise hinaus und blickte angespannt dorthin zurück, wo sie hergekommen waren.

Georgel eilte ihr nach, packte sie an der Schulter und schob sie wieder in den Schutz der Büsche.

Wally legte ihr den Arm um die Schultern. »Sie werden bestimmt gleich da sein. Hat Heinrich nicht gesagt, dass sie schon über Kronstadt hinaus sind, als du ihn angerufen hast?«

Thekla nickte matt.

»Gehen schnell«, sagte Leontin drängend.

Georgel und Petru waren bereits verschwunden. Wally nahm an, dass sie einen Pfad auskundschafteten, dem man zum Lagerhaus folgen konnte, ohne von dort gesehen zu werden.

Hilde hatte auf Thekla und Wally gewartet, winkte ihnen jedoch ungeduldig.

Leontin trieb sie vor sich her. Mit leisem Protest arbeitete Wally sich vorwärts. Zwar wusste sie recht gut, dass es klüger war, in Deckung zu bleiben, aber sie hatte diese Märsche durch unwegsames Gelände langsam gründlich satt.

Unvermittelt trafen sie auf Georgel, der stehen geblieben war und die Zweige einer üppigen Staude auseinanderbog, um hindurchspähen zu können. Er machte die Lücke so groß, dass sogar Wally erkennen konnte, wo sie sich befanden.

Direkt vor ihnen mündete die Schneise in einen Vorplatz. Dahinter ragte ein Gebäude auf.

Zu sehen war niemand. Kein Mensch, kein Tier.

Georgel flüsterte mit rauer Stimme, unterstrich seine Worte mit Gesten.

Wally verstand nur so viel, dass eine von ihnen vorerst hierbleiben sollte, um den Vorplatz und die Zufahrt im Blick zu behalten, der Rest der Mannschaft sollte langsam weiter vorrücken und sich verteilen. Auf Georgels Signal hin sollten sich dann alle am Lagerhaus treffen.

Sie fragte sich einen Moment lang, warum Georgel und seine Brüder so einen Zirkus veranstalteten, wieso sie nicht einfach auf die Halle zugingen, wie sie es beim Liefern und Abholen von Ware sicher schon zigmal getan hatten, als ihr einfiel, dass sie ja nicht mehr erwartet wurden. Was die Schäferhütte bei Kleingude betraf, war der Betrieb eingestellt worden. Die Schäfer hatten hier nichts mehr zu suchen.

Der Gedanke beruhigte Wally. Es gab keinen Grund, weshalb sich der Namenlose hier aufhalten sollte. Seine Geschäfte hatten sich erledigt, und zu bewachen gab es auch niemanden, was die Schäferbrüder allerdings immer noch nicht wussten.

Schwerer zu ergründen schien ihr, was Hilde mit der Aktion bezweckte.

Sie hofft wahrscheinlich, Hinweise auf den Kopf der Fälscherbande zu finden, sagte Wally sich schließlich. Falls es ihnen gelang, in das Lager einzudringen, konnte sich die Hoffnung durchaus erfüllen. Drinnen gab es womöglich Notizen, Frachtpapiere, Anweisungen, die der Namenlose bekommen haben musste.

Thekla bot sich an, die Stellung an der Einmündung der Schneise in den Vorplatz zu halten.

Wally lächelte ihr verständnisvoll zu. Von ihrem Wachposten aus würde sie den Wagen mit Heinrich, Ali und Sepp sehen können, sobald er hinter der Biegung auftauchte.

Georgel nickte kurz und bahnte sich erneut den Weg durch die Büsche.

Er machte erst halt, als sie nur noch ein paar Schritte von der Rückseite des Gebäudes entfernt waren, und begann wieder zu flüstern und zu gestikulieren. Leontin und Hilde verdrückten sich hastig um die Ecke. Wally begriff, dass Georgel seine Leute das Umfeld des Lagerhauses erst ausspähen lassen wollte, bevor er riskierte, die Deckung aufzugeben und sich auf dem Vorplatz zu zeigen, denn er selbst blieb stehen, bedeutete aber Petru und ihr, sich zur Ostseite zu schleichen.

Petru führte Wally wieder ein Stückchen vom Lagerhaus weg und drang dann in einen Wildwuchs mit hohen Büschen und verkrüppelten Bäumen ein, wo sich das Vorwärtskommen als extrem schwierig erwies. Wally stöhnte und ächzte, benötigte Ewigkeiten für ein halbes Dutzend Schritte.

Plötzlich stand sie vor einem Zaun.

»Bär«, sagte Petru leise.

Wally nickte. Ja, natürlich, das musste der Zaun sein, der um das gesamte Bärenreservat herumlief. Er war wohl etliche Kilometer lang.

Petru deutete auf ein Schild, auf dem Blitze abgebildet waren.

Wally nickte noch einmal. Leontin hatte ihnen ja schon zu verstehen gegeben, dass der Zaun unter Hochspannung stand.

Schließlich zeigte Petru auf einen Baumstumpf, an dem ein Wildwechsel vorbeiführte. In einer Richtung lief die Spur weit sichtbar am Zaun entlang, in der anderen verlor sie sich im Dickicht.

Wally erfasste, dass sie an ihrem Spähplatz angekommen war, nickte abermals und setzte sich auf den Baumstumpf.

Petru erklärte ihr mit viel Herumgefuchtel, dass sie sich, sobald Georgel das Signal dazu gab, wieder auf das Lagerhaus zubewegen, falls aber Gefahr drohte, einen Warnpfiff abgeben sollte. Dann eilte er weiter.

Petru geht nicht weit weg, machte Wally sich Mut. Auch die anderen sind ganz nah. Habe ich Georgel nicht gerade husten hören? Und gefährlich ist die Sache sowieso nicht. Wenn Georgel wüsste, dass Daniel und Margot gar nicht hier sind, würde er längst nicht so ein Getue machen.

Vermutlich würde er die ganze Sache abblasen und nach Kleingude zurückfahren. Das aber konnte Hilde nicht zulassen, ohne zuvor nach einem Schlupfloch ins Innere des Gebäudes gesucht zu haben, und deshalb mussten sie jetzt bei Räuber und Gendarm mitspielen.

Wally zog ihr Taschentuch heraus und wischte sich übers Gesicht. Zweige mit vorjährigen Blättern daran hatten sie gestreift und klebrige Flecken hinterlassen.

Georgels Signal musste jetzt jeden Moment kommen. Daraufhin würden sie sich am Lagerhaus treffen, endgültig feststellen, dass niemand hier und sämtliche Türen verriegelt waren, und zum Hotel zurückfahren.

Drei dumpfe Schläge in kurzer Folge schreckten sie auf. Erst als drei weitere in gleichem Rhythmus folgten, wurde ihr klar, dass es sich um das erwartete Signal handelte.

Wally sprang auf, verfing sich in einer Ranke und schlug der Länge nach hin.

Es dauerte eine Weile, bis sie sich aufgerappelt, die Kleidung geordnet und den gröbsten Schmutz abgeklopft hatte. Inzwischen mussten ihr die anderen weit voraus sein, hatten das Gebäude wohl längst erreicht und fragten sich, wo sie so lange blieb.

Also vorwärts mit Tempo.

Sie machte ein paar forsche Schritte, bevor sie ein lauter Knall mitten in der Bewegung erstarren ließ.

Das war ein Schuss gewesen. Kein Zweifel.

Wally wusste ganz genau, wie sich Schüsse anhörten. Sepp besaß eine Flinte und schoss damit oft auf die Elstern am Schuppendach. Ehe sie darüber nachdenken konnte, was der Schuss zu bedeuten hatte, erscholl Geschrei und Getrampel.

Himmelmutter, bitte sag mir, was ich tun soll!

Weiterzugehen wagte sie nicht, aber stehen bleiben wollte sie ebenso wenig.

Sie stellte sich auf die Zehenspitzen, versuchte, durch die Büsche zu spähen, und lauschte.

Als sie das Geräusch brechender Zweige und näher kommender Schritte hörte, atmete sie erleichtert auf. Petru war auf dem Weg zu ihr und würde sich um sie kümmern.

Sie eilte zum Baumstumpf zurück und kletterte hinauf, um sicherzugehen, dass Petru nicht blindlings an ihr vorbeirennen konnte. Er musste schon ganz nah sein, denn die Schritte waren jetzt gut vernehmbar. Im nächsten Augenblick entdeckte sie ihn.

Aber warum kam Petru aus der entgegengesetzten Richtung, in die er zuvor gegangen war? Und warum trug er plötzlich eine rote Jacke? Zuvor hatte er – ebenso wie Georgel und Leontin – einen grauen Janker angehabt.

Wally begriff, dass es sich nicht um Petru handeln konnte. Aber wer war diese Person in der roten Jacke?

Thekla und Hilde trugen beide nichts Rotes. Abgesehen davon war die Gestalt, die auf sie zukam, definitiv ein Mann. Groß, schlank, dunkle Haare.

Eine Zehntelsekunde lang hoffte Wally, Ali oder Heinrich oder – in Gottes Namen halt – Sepp wäre auf der Suche nach ihr, doch keiner von ihnen war so hoch aufgeschossen und dürr, keiner hatte so tiefschwarze Haare.

Andererseits kam ihr der Mann, der es offenbar sehr eilig hatte, irgendwie bekannt vor.

Wo hatte sie ihn schon gesehen?

Im Hotel, heute Nachmittag erst.

Aber warum stürmte er jetzt wie gehetzt durch den Wald?

Die Antwort darauf schoss wie ein Blitz durch Wallys

Hirn. Er flüchtete, floh vor Georgel und seinen Leuten. Und er würde ihr direkt in die Arme laufen, wenn sie nicht schleunigst machte, dass sie von hier wegkam.

Wally sprang vom Baumstumpf, aber es war bereits zu spät. Sie konnte seinen Blick schon auf sich spüren.

Instinktiv begann sie zu rennen.

Irgendwann merkte sie, dass sie der Spur des Wildwechsels folgte. Wo mochte die enden?

Darüber nachzudenken blieb keine Zeit.

Wally lief, so schnell sie konnte, musste sich jedoch eingestehen, dass es nicht mehr lange dauern würde, bis der Kerl sie eingeholt hatte. In wenigen Sekunden würde er über sie herfallen und ihr den Garaus machen. Was blieb ihm auch anderes übrig? Sie hatte ihn gesehen und – davon musste er ausgehen – erkannt. Georgel zu entkommen nutzte ihm gar nichts, solange es eine Zeugin gab, die beschwören konnte, dass er hier gewesen war.

Er konnte sie nicht leben lassen.

Gewaltsam trieb sie sich weiter, forderte sich alles ab, versuchte, noch schneller zu rennen, stolperte, fing sich, lief weiter und wusste doch ganz genau, dass sie keine Chance hatte.

Der Wildwechsel wand sich wie eine schmale Rinne am Zaun des Bärengeheges entlang. Eines der Schilder mit dem Blitz tauchte auf.

Wally schrak zurück. Sie durfte dem Zaun nicht zu nahe kommen.

Wieso eigentlich nicht? In wenigen Augenblicken würde sowieso alles zu Ende sein. Was spielte es für eine Rolle, ob ein Stromschlag sie niederstreckte oder ein Faustschlag?

Der Gedanke raubte ihr den Elan.

Sie geriet ins Torkeln, suchte unwillkürlich nach einem Halt. Ihre Finger schlossen sich um eine blau gestrichene Holzstange mit einem gelben Wimpel, die etwa zwei Handbreit vor dem Zaun in den Boden gerammt war.

Als sie das Gleichgewicht zurückerlangt hatte, entdeckte sie das Türchen.

Es war winzig, mehr eine Klappe, war ebenfalls blau gestrichen, saß in einem blau-gelb gestreiften Rahmen und führte direkt in eins der Bärengehege.

Wie Samenkapseln ploppten auf einmal mehrere Erkenntnisse gleichzeitig in Wallys Hirn auf:

Bei dem Türchen musste es sich um einen Notein- oder -ausgang handeln. Es konnte also nicht abgeschlossen sein und auch nicht unter Strom stehen. Ihr Verfolger würde vielleicht vor dem Zaun zurückschrecken und sich nicht auf die andere Seite wagen, wo jederzeit mit dem Auftauchen eines Bären zu rechnen war.

Dass es absurd war zu glauben, das Bärengehege könne ihr Zuflucht bieten, kam Wally erst später in den Sinn.

Im Moment gehorchte sie einfach dem Drang, das Türchen zu öffnen und hindurchzuschlüpfen. Wie in Trance legte sie die Hand auf den Knauf, der die Türklinke ersetzte, und drehte daran. Nach zwei Umdrehungen sprang das Türchen auf, im nächsten Moment warf Wally es hinter sich zu.

Dann wandte sie sich um.

Ihr Verfolger war inzwischen bei dem Durchgang angelangt, linste durch die Zaunmaschen.

Wally sah ihn an und fragte sich, ob dieser Mann, der nie wirklich in Erscheinung getreten war, der Kopf des Medikamentenfälscher-Rings sein konnte.

Als sich ihre Blicke trafen, wusste sie, dass es so war.

Elmar Schüller musste es fertiggebracht haben, eine kriminelle Organisation aufzubauen, ohne persönlich sichtbar zu werden.

Wally konnte sich denken, wie.

Als IT-Spezialist hatte er es offenbar geschafft, sich hinter einem Computerprogramm zu verstecken, war ein Phantom geblieben, das im Hintergrund die Fäden zog.

Schüller starrte sie mit schmalen Augen an, schien zu überlegen, ob er ihr folgen sollte oder darauf vertrauen konnte, dass die Bären kurzen Prozess mit ihr machen würden.

Während Wally ihn dabei beobachtete, ging ihr auf, in welche Lage sie sich gebracht hatte. Schüller konnte auf der anderen Seite des Zauns in aller Ruhe zuschauen, wie die Bären erledigten, was sonst er hätte tun müssen.

Es stellte sich jedoch heraus, dass er zu der Ansicht gelangte, auf Bären sei kein Verlass, denn plötzlich drehte er am Knauf, riss das Türchen auf und stürmte ins Gehege.

Wally begann wieder zu rennen.

Auf Bärengebiet war der Boden zwar platt getreten, wies jedoch eine Menge Löcher und Mulden auf. Äste und Zweige – blank gescheuert wie Treibholz – lagen herum.

Wally musste hier ausweichen, dort ein Hindernis umgehen und hörte ihren Verfolger aufholen.

Es hat keinen Sinn, brüllten ihre Gedanken. Er wird dich gleich haben. Du kannst ebenso gut auf ihn warten.

Aber als hätten ihre Beine einen eigenen Kopf, liefen sie weiter.

Wally sprang über einen liegenden Baumstamm, umging eine Vertiefung, schlitterte über eine feuchte Stelle. Als sie merkte, dass es vor ihr steil abwärtsging, war es zu spät.

Sie konnte nicht mehr rechtzeitig abbremsen, rutschte einen Hang hinunter und landete mit dem Hintern in einem Haufen Obstschalen, Salatblätter und Gemüseschnitzel.

Als sie aufblickte, sah sie den Bären.

# 16

Thekla hielt vergeblich nach dem Mietwagen Ausschau, den Heinrich ihr beschrieben hatte.

»Ein roter Mazda«, hatte er gesagt. »Mit Fließheck.«

Wo blieben die drei bloß?

Sie überlegte gerade, ob sie Heinrichs Mobiltelefon noch mal anwählen sollte, als sie ein rhythmisches Klopfen hörte, offenbar das Zeichen, sich dem Lagerhaus zu nähern – jetzt.

Thekla seufzte und setzte sich in Bewegung. Im Schutz des Gehölzes, das die Fahrschneise säumte, schlich sie auf die Front des Gebäudes zu.

Was aber sollte sie tun, sobald sie den Vorplatz erreicht hatte? Ihn überqueren, als sei sie eine harmlose Spaziergängerin, die sich ganz zufällig hierherverirrt hatte?

Warum eigentlich nicht?

Je länger Thekla darüber nachdachte, umso schlauer fand sie den Plan.

Angenommen, da hockte tatsächlich einer in dem Lagerhaus und sah sie über den Platz schlendern. Was würde er tun?

Wenn er nicht komplett verrückt ist, dachte Thekla, dann kommt er entweder heraus und sagt »Verschwinden Sie, das ist Privatgrund«, oder er verhält sich still und wartet ab, was geschieht.

Auf beides konnte sie es ankommen lassen.

Sie trat aus dem Schutz der Büsche, gab sich locker und lässig, schlenkerte beim Gehen mit den Armen, tat, als halte sie nach einem Pfad Ausschau, auf dem sich weiterspazieren ließe.

Um sie herum knackte und raschelte es.

Wie zufällig blieb sie stehen, setzte eine gelangweilt-gleichgültige Miene auf und schaute sich um.

Das Lagerhaus lag verlassen da. Sämtliche Fenster, sämtliche Türen waren geschlossen, wirkten, als wären sie seit Monaten nicht geöffnet worden. Im Schotterbelag des Vorplatzes waren jedoch frische Radspuren zu erkennen, die zu einem Rolltor führten. Offenbar wurden die Fahrzeuge im Inneren des Gebäudes be- und entladen.

Thekla überlegte gerade, ob sie es riskieren konnte, an eines der vergitterten Fenster zu treten und durch die Scheibe zu spähen, als links vom Rolltor eine unscheinbare Tür aufging. Ein dunkel gekleideter Mann kam heraus und hielt direkt auf sie zu.

Thekla schluckte. Das musste der Namenlose sein. Genau so hatte sie ihn sich vorgestellt: wie einen dieser Schlägertypen aus James-Bond-Filmen. Sie würde die Rolle der harmlosen Spaziergängerin sehr gut spielen müssen, um ihn zu überzeugen.

Für den Anfang versuchte sie sich an einem Lächeln.

Er sprach sie auf Rumänisch an.

Thekla machte ein bedauerndes Gesicht, was ihr leichter fiel und wohl weniger künstlich wirkte als das Lächeln. Gleichzeitig gab sie ihm mit einer Geste zu verstehen, dass sie seine Sprache nicht verstand.

Der Namenlose war direkt vor ihr stehen geblieben, taxierte sie.

Schräg hinter ihm sah Thekla eine Bewegung und wandte schnell den Blick ab, um sich nicht zu verraten.

Aus dem Augenwinkel verfolgte sie, was geschah.

Leontin hatte seine Deckung verlassen und lief gebückt auf die Tür zu, durch die der Mann herausgekommen war.

Im nächsten Moment erschien Georgel rechts von ihm.

Thekla rechnete damit, auch Hilde auftauchen zu sehen, und konnte nicht verhindern, dass ihr Blick in die Richtung glitt, aus der Georgel gekommen sein musste.

Zu spät merkte sie, dass der Namenlose etwas auf Deutsch gesagt hatte, das ihr entgangen war.

Sie überlegte noch, ob sie so tun sollte, als würde sie Deutsch ebenso wenig verstehen wie Rumänisch, da peitschte ein Schuss.

Thekla schrie auf, als sie sah, wie Leontin zusammensackte.

Georgel war auf einmal verschwunden. Hinter einem Stapel Holzpaletten konnte sie jedoch etwas hervorlugen sehen, das ihr vorkam wie ein Ärmel seiner grauen Lodenjacke.

Der Namenlose war herumgewirbelt, drehte sich aber in einer einzigen fließenden Bewegung wieder zu Thekla um und ließ seine Faust an ihre Schläfe krachen.

Sie ging zu Boden.

In der halben Sekunde, die es dauerte, bis sie auf dem Schotter aufschlug, schwirrte ihr ein halbes Dutzend Gedanken durch den Kopf:

Sie waren in die Falle gegangen. Leontin war von einer Kugel getroffen worden. Gegen Schusswaffen konnten sie nichts ausrichten. Vielleicht gelang es den anderen zu fliehen. Hoffentlich waren Heinrich, Ali und Sepp noch nicht nah genug, um in Gefahr zu geraten. Vielleicht konnten sie die Fliehenden draußen auf der Straße aufsammeln. Hoffentlich war Wally schlau genug, sich hier nicht blicken zu lassen. Hoffentlich hatte sich Hilde aus dem Staub gemacht.

***

Hilde dachte nicht im Traum daran, Fersengeld zu geben.

Leontin hatte ihr aufgetragen, hinter einem Haufen abgestorbener Äste, die wohl vor langer Zeit einmal als Feuerholz zusammengetragen worden waren, in Deckung zu bleiben, bis er ihr ein Zeichen machen würde.

Sie war gerade dabei, nach einer Lücke im Astgewirr zu suchen, die klare Sicht versprach, als sie den Schuss hörte und mitansehen musste, was dann passierte.

Spontan brach sie aus der Deckung.

Der Schütze musste abgelenkt werden, bevor er Gelegenheit bekam, auch noch auf Thekla zu feuern oder auf Georgel, dessen Unterschlupf sehr zu wünschen übrig ließ.

Hildes Blick fand ein offenes Fenster, aus dem der Schuss abgefeuert worden sein musste.

Aber dort war niemand zu sehen.

Was machte der Kerl? Nachladen? Nach einem einzigen Schuss?

Wie auch immer, sie musste es riskieren.

Sie bückte sich, griff nach einem faustgroßen Stein, rannte auf das Fenster zu und schleuderte ihn hinein.

Der Schwung, den sie genommen hatte, trug sie bis zum Fenstersims, unter dem sie sich zusammenkauerte, weil der nächste Schuss nicht mehr lange auf sich warten lassen konnte.

Es tat sich nichts.

Da wagte sie es, sich am Sims hochzuziehen und hineinzuschauen. Drinnen machte sie ein paar aufgestapelte Kisten aus, einen langen Arbeitstisch mit Verpackungsmaterial darauf, eine offen stehende Tür.

Nirgendwo im Raum lauerte einer mit einem Schießeisen. War der Kerl etwa hinausgerannt und näherte sich ihr von hinten?

Hastig ließ sich Hilde wieder zu Boden gleiten, stieß sich von der Mauer ab und drehte ihr den Rücken zu.

Jetzt hatte sie den Vorplatz im Blick, sah Thekla am Boden liegen und den Namenlosen auf sich zukommen.

Instinktiv griff sie sich eine Handvoll Schotter. Als sie sich aufrichtete, um den Kerl damit zu attackieren, sah sie Petru heranstürmen. Er rammte seine linke Schulter in die Flanke des Mannes. Der reagierte jedoch mit einem Kinnhaken, mit dem er Petru außer Gefecht setzte.

Sollten sie alle der Reihe nach niedergeschlagen werden, Herrgott noch mal?

Wo blieb eigentlich Georgel? Warum kam er Petru nicht zu Hilfe?

Ein Seitenblick zeigte Hilde, dass Georgel neben Leontin kniete, ihn aufgerichtet hatte und offenbar beabsichtigte, ihn wegzubringen. Das bedeutete wohl, dass Leontin noch lebte. Allerdings bedeutete es auch, dass man auf Georgel im Moment nicht zählen konnte.

Und Petru lag am Boden. Der Namenlose holte soeben

mit dem Fuß aus, um ihm einen Tritt in die Weichteile zu verpassen.

Hilde schwang den Arm nach hinten, legte alle Kraft, die sie aufbringen konnte, in die Vorwärtsbewegung und schleuderte ihm den Schotter ins Gesicht.

Verblüfft hörte sie ihn aufheulen und sah, dass er sich die Faust aufs linke Auge presste.

Das Zwischenspiel hatte Petru genügend Zeit verschafft, sich aufzurappeln. Er holte aus und boxte den Namenlosen in den Magen.

Der knickte ein und blieb unten.

Georgel hatte Leontin inzwischen in die Deckung der Büsche geschleift. Soweit Hilde erkennen konnte, sprach er mit ihm. Demnach war Leontin bei Bewusstsein. Womöglich war alles halb so schlimm.

Wie auch immer. Leontin hatte eine Schussverletzung und musste umgehend ins Krankenhaus.

Hilde suchte Petrus Blick, zeigte auf Leontin und sagte: »Hospital.«

Petru nickte und lief davon.

Sie sah sich nach dem Schützen um. Warum hatte er nur einen einzigen Schuss abgegeben? Warum ließ er sich nicht blicken?

Thekla regte sich stöhnend.

Hilde ging zu ihr.

Bevor sie sich zu ihr hinunterbeugte, durchforstete ihr Blick erneut die Umgebung. Wo zum Teufel befand sich dieser Schütze? War er etwa auf und davon und hatte seinen Spießgesellen allein zurückgelassen?

Es sah fast danach aus.

Hilde hatte Thekla gerade an den Schultern gepackt, um ihr beim Aufrichten behilflich zu sein, als ihr ein schrecklicher Gedanke kam. Erschrocken ließ sie Thekla so abrupt los, dass sie mit einem Schmerzlaut wieder auf dem Boden aufschlug.

Wenn der Schütze tatsächlich getürmt war, wohin würde er sich wenden? Dorthin wahrscheinlich, wo das Gehölz dicht war und die Gefahr, jemandem zu begegnen, gering. Dorthin, wo Wally vermutlich Posten bezogen hatte.

Ausgerechnet an Wally würde der Schuft geraten, verdammt, verflucht, ver–

Hilde fuhr herum, als sie Motorengeräusch und das Knirschen von Reifen auf Schotter vernahm.

Ein roter Kleinwagen hielt auf dem Vorplatz an, Heinrich sprang heraus und stürmte wie von Furien gehetzt auf Thekla zu.

Hilde stellte sich ihm in den Weg. »Thekla wird's überleben. Wallys Chancen stehen weniger gut.«

***

Wally saß wie betäubt in einem Haufen Orangenschalen und starrte den Bären an. Er stand keine zwei Meter vor ihr und starrte zurück. Minutenlang bewegten sich weder Wally noch er.

Wenn sie reglos sitzen blieb, würde der Bär dann irgendwann abziehen? Möglich. Doch was dann? Sollte sie versuchen, zu der kleinen Pforte zurückzukehren und sich in den Wald zu schleichen? Dort aber lauerte ihr Verfolger. Oder befand er sich noch im Gehege?

Wally schielte vorsichtig nach links und rechts, konnte jedoch niemanden entdecken. Ihr Blick hatte sich eben wieder in den des Bären versenkt, als neben ihr etwas so hart aufklatschte, dass die Orangenschalen wegspritzten.

Wally zuckte zusammen, ließ den Bären jedoch nicht aus den Augen. Vor ihm lag jetzt ein dicker Ast.

Der Bär hatte sich kein bisschen bewegt, nur sein Blick war über Wally hinweggeglitten und richtete sich nun auf einen Punkt irgendwo hinter ihr.

Ein weiteres Aststück klatschte auf den Boden.

Das konnte kein Zufall sein. Doch um zu ergründen, was tatsächlich vor sich ging, musste sie nachsehen.

Zentimeterweise bewegte Wally den Kopf.

Es schien eine Ewigkeit zu dauern, bis in ihr Sichtfeld geriet, worauf der Bär sein Augenmerk richtete. Als ein neuer Ast aufschlug, konnte sie ausmachen, von wo aus er geschleudert worden war und von wem.

Elmar Schüller hatte sich hinter dem liegenden Baumstamm verschanzt und den Bären unter Beschuss genommen. Was er damit bezweckte, war klar: Sobald das Tier genügend in Erregung versetzt war, würde es den Erstbesten angreifen, dessen es habhaft werden konnte, und das war definitiv Wally.

Ein weiterer Ast flog heran, landete diesmal neben Wallys Fuß.

Der Bär hob den Kopf und riss das Maul auf, als wolle er brüllen.

War das das Zeichen zum Angriff?

Wally schloss die Augen. In wenigen Minuten würde sie tot sein. Zerfetzt von der Pranke des Bären.

Himmelmutter, lass es schnell gehen!

Sie spürte, wie der Bär sich in Bewegung setzte, glaubte zu fühlen, wie sein Pelz sie streifte.

Hinter sich hörte sie schleifende Geräusche, die wohl Schüller verursachte, der sich vermutlich in Sicherheit bringen wollte. Dann vernahm sie ein trockenes Knacken und dann nichts mehr.

Vorsichtig öffnete sie die Augen. Der Bär war fort. Hatte er sich einfach davongemacht?

Wally wandte sich vorsichtig um, und da sah sie ihn.

Er stand reglos da und blickte auf eine Gestalt hinunter, die mit verrenkten Gliedern auf der Erde lag.

Wally entwich ein Keuchen.

Der Bär hob den Kopf, schnüffelte und grunzte leise, als halte er ein Selbstgespräch, und trottete dann gemächlich an seinen Platz zurück.

Erneut hockten sie sich Auge in Auge gegenüber. Starr und stumm.

Minutenlang.

Irgendwo raschelte es. Links von ihr flog ein Vogel auf. In weiter Ferne bellte ein Hund.

Ganz in der Nähe knackte es. Der Bär hob witternd die Nase in den Wind.

***

Hilde sah Heinrich verblüfft an. Er wirkte plötzlich so geistesabwesend, als habe sein Gehirn eine komplizierte Rechenaufgabe zu lösen.

Sie wollte ihn gerade knuffen und fragen, was denn an dem, was sie gesagt hatte, so schwer zu begreifen war, da schien er zu sich zu kommen.

»Wally muss im Bärengehege sein.«

Hilde schnappte nach Luft.

»Wir haben uns verspätet, weil wir von einem Ranger aufgehalten worden sind«, begann Heinrich zu erklären. Während er sprach, mogelte er sich an Hilde vorbei und gelangte zu Thekla, die soeben auf die Beine kam. Er nahm sie in die Arme. »Der Ranger war beunruhigt, weil er festgestellt hatte, dass ein Alarmsignal blinkte. Er hatte die Sache überprüft und war zu dem Schluss gekommen, dass entweder der Zaun beschädigt oder einer der Notzugänge geöffnet worden war. Von uns wollte er wissen, ob wir irgendwas mitbekommen hätten.«

Hilde blinzelte verwirrt. Und Heinrich glaubte jetzt, Wally hätte ein Tor aufgebrochen oder den Zaun zerschnitten und sei schnurstracks in das Bärengehege marschiert?

Blödsinn, dachte sie. Warum hätte Wally so etwas tun sollen? Niemand, der sie alle beisammenhat, würde das tun. Und unserer ängstlichen Wally würde es im Traum nicht einfallen.

Außer.

Hilde biss sich auf die Lippe. Außer das Bärengehege war ihr sicherer erschienen als das Gelände drum herum.

Als sie ihn sprechen hörte, wandte sie sich wieder Heinrich zu und stellte fest, dass er mit jemandem telefonierte.

»Der Ranger will, dass wir zum Haupttor kommen«, sagte er, nachdem er das Gespräch beendet hatte. Dann rief er nach Ali und Sepp.

Hilde hatte gar nicht darauf geachtet, wohin die beiden nach ihrer Ankunft gegangen waren. Aber jetzt sah sie sie bei den Büschen auftauchen, hinter die Georgel seinen verletzten Bruder in Deckung gebracht hatte. Offenbar hatte Georgel sich bei ihnen bemerkbar gemacht. Und jemand musste den Namenlosen weggeschafft haben, denn der lag nun nicht mehr auf dem Vorplatz.

Für fünf Personen schien der Mazda nicht vorgesehen zu sein.

Hilde musste sich mit Thekla und Heinrich auf die Rückbank zwängen, wobei sie die Luft einsog und mit »Wenigstens haben wir es nicht weit« wieder entweichen ließ.

Es dauerte wirklich nur ein paar Minuten, dann waren sie schon beim Haupttor. Es stand jetzt weit offen.

Der Ranger erwartete sie bereits. Er hatte ein Gefährt in Stellung gebracht, über das Hilde wahrscheinlich gelacht hätte, wäre sie nicht so voller Sorge um Wally gewesen.

So registrierte sie nur zerstreut, dass es aussah wie ein Käfig auf Rädern.

Ali und Sepp, die Heinrich während der Fahrt ins Bild gesetzt hatte, sprangen aus dem Wagen, eilten auf den Ranger zu und begannen auf ihn einzureden. Er nickte ein paarmal und sagte schließlich: »Also gut. Einer von Ihnen kann mitkommen. Er muss allerdings den Käfigwagen steuern.«

Hilde fiel auf, dass der Mann Deutsch sprach. Das Bärenreservat wurde anscheinend von Siebenbürger Sachsen betreut.

***

Wally vernahm ein merkwürdiges Geräusch, das schnell lauter wurde.

Der Bär wirkte nun alarmiert.

Mit aller Vorsicht richtete sie sich ein wenig auf, drehte den Kopf in die Richtung, aus der es kam, und kniff die Augen zusammen.

Zuerst konnte sie nicht glauben, was sie sah. Aber als das

Knacken, Klappern und Rascheln lauter und das Gefährt größer wurde, dämmerte ihr, dass ihre Chancen, davonzukommen, in dem Tempo stiegen, in dem das Fahrzeug näher kam.

Es handelte sich um ein kleines Wägelchen – elektrisch angetrieben vermutlich – mit einem hohen, käfigartigen Aufbau.

Zwei Männer befanden sich darin. Einer saß am Steuer, der andere stand hinter ihm und hielt ein Gewehr im Anschlag.

Als Wally den Mann mit der Waffe klarer erkennen konnte, geriet sie plötzlich in Panik. Wer war der Kerl? Wer sagte denn, dass die beiden gekommen waren, um sie zu retten? Ebenso gut konnten sie Schüllers Komplizen sein, die nichts anderes im Sinn hatten, als zuerst den Bären abzuknallen und dann sie.

Ihr Blick flog zu dem Mann am Steuer. Sein Gesicht war nun deutlich zu sehen.

Erleichterung überflutete sie.

Ali.

Wally wollte aufspringen, seinen Namen rufen, aber der Mann mit dem Gewehr stieß ein leises Zischen aus, das sie in letzter Sekunde zurückhielt.

Mit aller Kraft zwang sie sich, ruhig sitzen zu bleiben.

Langsam rollte der Wagen näher, beschrieb eine leichte Kurve, bremste, stoppte.

Der Mann hinter Ali schob den Gewehrlauf durchs Gitter.

Wally hielt den Atem an, erwartete einen lauten Knall, ein Aufbäumen des Bären, seinen Tod.

Den sie zu verantworten hatte. Sie war eigenmächtig in sein Gehege eingedrungen. Hatte sich nicht um die Folgen ihres Tuns geschert. Und jetzt musste das Tier sein Leben lassen, damit sie befreit werden konnte.

Himmelmutter. Das war nicht gerecht.

Wally sprang auf.

***

Thekla war froh darüber, dass Ali sich bereit erklärt hatte, den Käfigwagen zu fahren. Sie hätte Heinrich nicht loslassen können, brauchte ihn, um sich an ihm festzuhalten.

Ali und der Ranger waren mit ihrem Gefährt, dem Hilde und Sepp, Heinrich und sie langsam zu Fuß folgten, bereits außer Sicht. Die Fußgängergruppe konnte nicht viel tun, außer die Augen offen zu halten.

Vom Haupteingang aus führte sie eine breite Sandstraße ins Reservat hinein, das größere und kleinere Gehege umfasste.

Links und rechts des Weges konnte man zwischen Büschen und Bäumen die elektrischen Zäune sehen, die die Gehege von den für Besucher zugänglichen Trassen, vom Umland, aber auch untereinander trennten.

Thekla erinnerte sich, gehört oder gelesen zu haben, dass jeder neu aufgenommene Bär erst einmal einzeln gehalten werden musste. Einige sozialisierten sich im Laufe der Zeit und konnten in größere Gehege umgesiedelt werden, wo sie dann unter Artgenossen lebten. Andere waren psychisch und körperlich so zugrunde gerichtet worden, dass sie bis zu ihrem Tod in einem Einzelgehege bleiben mussten, so wie derjenige, den sein Besitzer mit Salzsäure geblendet hatte.

Die Sandstraße begann sich zu verzweigen. Schmale Wege wanden sich um Bauminseln, führten über kleine Anhöhen, liefen auf einen Unterstand oder ein Hüttchen aus Holzbohlen zu. Die Zäune spannten sich größtenteils diskret hinter Bodenwellen und Geäst, was sie weniger abweisend erscheinen ließ und gleichzeitig die Besucher zwang, Abstand zu halten, sodass die Bären nicht allzu sehr gestört wurden. Die Anlage wirkte wie ein friedlicher Park. Die Tiere schienen es hier gut zu haben.

Trotz allem aber glaubte Thekla einen leisen Widerhall des Elends zu spüren, dem die Tiere entronnen waren.

Sie klammerte sich fester an Heinrich.

Der Hauptweg, den sie eingeschlagen hatten, beschrieb eine weite Kurve und führte dann direkt an einem Gehege entlang, hinter dessen Zaun zwei ausgewachsene Bären auf und ab gingen. Sie wirkten unbedarft und harmlos. Thekla schauderte dennoch. Wie würden die beiden reagieren, wenn ein Mensch ihr Reich betrat?

Würden sie sofort angreifen oder erst einmal abwarten? Oder würden sie sich für den Eindringling überhaupt nicht interessieren?

Die Reaktionen eines Bären, vermutete Thekla, der hier im Reservat lebte, wo er genug Nahrung bekam, nicht gequält und nicht gereizt wurde, hingen wohl hauptsächlich von seinen früheren Erfahrungen mit Menschen ab.

Und die waren wohl durchweg negativ.

***

Wally hörte ein Ploppen, sah, wie den Bären ein Zittern durchlief, wie seine Hinterbeine einknickten und wie er auf die Seite fiel.

Dann lag er leblos da, und das war einzig und allein ihre Schuld.

Sie ließ den Kopf auf die Brust fallen. Tränen liefen ihr übers Gesicht.

Irgendwann spürte sie, wie sie umfasst, weggeführt und auf einen Autositz verfrachtet wurde.

»Los jetzt«, hörte sie jemanden sagen. »Wir müssen noch den Toten rausholen, bevor die Wirkung der Spritze nachlässt.«

Die Worte ergaben für Wally nicht den geringsten Sinn.

# 17

Thekla sah ihn als Erste. Stumm deutete sie auf das Bild, das sich ihr bot.

Die Schäfer hatten die Handgelenke des Namenlosen zusammengebunden und ihn auf die Knie gezwungen. Sein Gesicht sah erbarmungswürdig aus. Die Unterlippe war aufgeplatzt, die Augen geschwollen.

Georgel, Petru und ein Mann, den Thekla nicht richtig sehen konnte, weil er von den anderen beiden verdeckt wurde, standen debattierend vor dem Gefangenen.

»Lasst ihn!«, schrie Ali und lief auf die Gruppe zu.

Georgel nickte bedächtig und deutete über die Schulter. »Poliţie.«

Thekla sah ein Polizeiauto auf den Vorplatz der Lagerhalle einbiegen.

Petru war bereits damit beschäftigt, den Namenlosen aufzurichten.

»Leontin ist schon auf dem Weg ins Krankenhaus.« Erst als er sprach, erkannte Thekla Jakob Gref.

Was machte der denn hier?

»Leontin hat Glück gehabt«, fuhr er fort. »Glatter Oberschenkeldurchschuss. Der Krankenwagen war zum Glück schnell da, sodass sich der Blutverlust in Grenzen hält.« Er machte eine Kopfbewegung in Richtung des Namenlosen, der leicht vor- und zurückschwankte. »Sie wollten ihn zum Reden bringen, bevor ihn die Polizei einkassiert.«

»Hat es wenigstens funktioniert?«, fragte Thekla, die jede Form von Gewalt verabscheute.

Jakob nickte abwesend. »Aber was er gesagt hat, ist irgendwie nicht zu fassen.«

Thekla konnte sehen, dass es Jakob tatsächlich noch nicht ganz gelungen war, das Gehörte zu verdauen.

Am liebsten hätte sie ihn gedrängt, ihr endlich zu sagen,

was der Namenlose verraten hatte, erkannte aber, dass sie ihm etwas Zeit geben musste.

Jacob atmete ein und schien die Luft anzuhalten, während er schließlich sagte: »Elmar Schüller soll der Boss eines groß angelegten Betrügerrings sein, und er soll Daniel und seine Mutter auf Schloss Bran gefangen halten, weil sie ihm irgendwie gefährlich geworden sind.«

Thekla schüttelte ungläubig den Kopf. »Alinas Mann? Das ist doch nicht möglich.«

Jakob nickte wieder in Richtung des Namenlosen. »Der Kerl hier schwört Stein und Bein.«

Thekla bewegte den Kopf, als müsse sie Regentropfen aus ihren Haaren schütteln. »Alinas Mann. Wer hätte das für möglich gehalten? Er schien nur für seine Arbeit in der Firma zu leben.«

Jakob lachte auf. »Da kannst du mal sehen, was die IT-Branche bietet.«

Thekla fragte sich, ob ihnen das Wissen um Schüllers IT-Qualifikation nicht auf die Sprünge hätte helfen müssen, als immer deutlicher wurde, dass der Drahtzieher so eigenartig substanzlos schien. Schüller musste seine Leute über elektronische Überwachung kontrolliert und dirigiert und auch alle Geschäftsbeziehungen digital abgewickelt haben.

»Aber wie kam er dazu, ein derart kriminelles Geschäft aufzuziehen?«

»Ich kann es mir auch nicht wirklich erklären«, antwortete Jakob. »Vielleicht hat er sich verschuldet, ohne dass jemand was davon gemerkt hat. Er hat ja schon immer gern am Spieltisch gesessen, nächtelang, mit Gustav und dem Pfarrer. Was ihm kaum geschadet hätte, da ging es ja um nicht wirklich hohe Beträge. Aber das war ihm anscheinend nicht genug. So hat er sich wohl Leute gesucht, die vor keinem Einsatz zurückscheuen.« Er deutete auf die Lagerhalle. »Wir haben sie kurz durchsucht. Im hinteren Teil ist eine kleine Wohnung. In der Stube steht ein Spieltisch.«

Thekla dachte an den Anbau der Kapelle in Bran und fragte

sich, ob der Pfarrer nicht doch um höhere Einsätze spielte, als Jakob glaubte.

»Elmar muss hier übernachtet haben«, sagte der gerade, »wenn er Alina weisgemacht gemacht hat, auf Geschäftsreise zu sein oder sich die Nacht in der Firma um die Ohren zu schlagen.«

Thekla wiegte skeptisch den Kopf. »Wäre das nicht aufgefallen?«

Jakob winkte ab. »Er hat den Wagen in der Halle abgestellt. Der war nicht zu sehen. Wie hätte also jemand auf die Idee kommen sollen –«

»Weil er Schüller einmal zu oft am Bärengehege vorbeifahren sah«, unterbrach ihn Thekla.

Jakob stieß einen anerkennenden Pfiff aus. »Der Einwand ist gut, aber Elmar hat auch da vorgesorgt, hat alles schlau eingefädelt, das muss man ihm lassen.« Auf Theklas fragenden Blick hin fuhr er fort: »Er hat immer so getan, als läge ihm das Bärenreservat besonders am Herzen. Hat sogar eine Alarmsicherung für das Haupttor und die Zäune eingerichtet. Wen also hätte es gewundert, ihn dran vorbeifahren zu sehen?«

Thekla drehte sich hastig um, weil es hinter ihr auf einmal laut geworden war.

»Hat der Kerl tatsächlich alles gestanden?« Hilde hatte Georgel am Ärmel gepackt. »Den Medikamentenschwindel, den Angriff auf Ion, die Entführung, den Mord an Gustav?«

Georgel grimassierte und gestikulierte wild, während er redete.

Ja, der Mann hatte den Medikamentenschwindel, den Angriff auf Ion und die Entführung zugegeben und gestanden, dass Daniel und seine Mutter in Schloss Bran gefangen gehalten wurden. Gleichzeitig hatte er aber immer wieder betont, dass er nur die Befehle des Chefs ausgeführt habe, der ihn schließlich so feige im Stich gelassen hatte und einfach davongelaufen war. Allerdings hatte der Namenlose heftig abgestritten, etwas mit Gustavs Tod zu tun zu haben, und davon war er auch trotz aller Prügel nicht abgewichen.

Hat Ali sich geirrt?, fragte sich Thekla, während Hilde den Schäfer endlich darüber aufklärte, dass Daniel und seine Mutter längst befreit worden waren. War der Brand, bei dem Gustav umkam, doch nicht absichtlich gelegt worden? War alles eine unglückliche Verkettung von Umständen, wie man so schön sagte, wenn man nichts beweisen konnte?

Jakob riss sie aus ihren Gedanken: »Ich fahre jetzt den Transporter samt Georgel und Petru zurück nach Kleingude. Deswegen hat Georgel mich eigentlich herbestellt. Sie wollen schleunigst weg hier.«

»Das geht nicht«, sagten Hilde und Ali gleichzeitig. »Die beiden müssen vor der Polizei eine Aussage machen.«

Georgel hatte sie offenbar verstanden. Er brummte etwas auf Rumänisch, das Thekla im Sinne von »Den Teufel werde ich tun« übersetzte, und sprang in den Wagen. Eine halbe Minute später war der Transporter fort.

Hilde fluchte derartig, dass Wally gepeinigt aufstöhnte.

Niemand hatte Wally dazu bringen können, aus dem Mazda zu steigen, mit dem Heinrich die drei Frauen – Ali und Sepp mussten zu Fuß gehen – zum Lagerhaus gefahren hatte.

Sepp hatte Wally zuerst geschmeichelt, dann hatte er sie gescholten, und schließlich hatte er die Autotüren weit aufgerissen. »Damit sie wenigstens frische Luft kriegt, die damische Urschel.«

»Was denkt Georgel sich?«, wetterte Hilde. »Sollen *wir* etwa die Aussage machen? Oder sollen wir auch verduften?«

Dafür war es bereits zu spät.

Der Namenlose war in den Polizeiwagen verfrachtet worden, wo ihn ein Beamter bewachte. Der andere kam soeben auf sie zu.

Man würde sie aufs Kommissariat beordern, wo sie sich auf stundenlange Verhöre gefasst machen mussten.

Thekla vermutete, dass Georgel und Jakob Gref es gewesen waren, die Alina über die Ereignisse unterrichtet hatten.

Jedenfalls wusste sie Bescheid.

Vor sich hinbrütend saß sie im Gastraum der Villa Bavaria, als Thekla, Hilde und Wally, Heinrich, Ali und Sepp gegen Abend endlich dort ankamen.

Die drei Frauen waren auf dem Polizeirevier mehrmals einzeln vernommen worden, hatten sich dabei aber offenbar in keinerlei Widersprüche verwickelt, denn letztendlich wurden sie entlassen. Der diensthabende Beamte bot ihnen sogar an, sie im Polizeiwagen mit nach Kleingude zur Villa Bavaria zu nehmen, wo er ohnehin noch mit Schüllers Frau reden wollte.

Er fasste sich erstaunlich kurz.

Als er fort war, setzte Thekla sich zu Alina an den Tisch. Hilde kam hinzu und wenig später auch Wally.

Aber was hätten sie ihr sagen sollen?

Wally streichelte Alinas Hand.

»Ich hatte keine Ahnung«, sagte Alina irgendwann.

»Das wissen wir.« Thekla sah sie offen an. »Sogar die Polizei ist davon überzeugt.«

»Natürlich war nicht zu übersehen«, fuhr Alina mit brüchiger Stimme fort, »wie Elmar sich in den letzten Jahren verändert hatte. Er ist auch immer öfter und immer länger fortgeblieben, und wenn er hier gewesen ist, war er …« Sie konnte nicht weitersprechen. Schließlich fügte sie hinzu: »Aber ich habe das alles auf den Stress in seinem Job zurückgeführt, anstatt auf Emilian zu hören. Ihm war nämlich zu Ohren gekommen, dass Elmar in illegalen Spielclubs eine bekannte Größe sein soll.« Sie suchte nach einem Papiertaschentuch und wischte sich die Augen. »Ich habe das als unsinniges Gerede abgetan, habe den Gedanken, Elmar könne spielsüchtig sein, einfach nicht zulassen wollen. Aber gerade eben hat mir der Polizeibeamte bestätigt, dass mein Mann schon bei Razzien in solchen Clubs aufgegriffen worden ist.« Sie atmete mit einem Seufzer aus. »Und seine Spielsucht hat er mit Medikamentenschwindel finanziert.«

Es wurde wieder still.

Weil es einfach nichts zu sagen gibt, dachte Thekla.

Elmar Schüller war zum Verbrecher geworden. Nichts ließ

sich daran mehr ändern. Er hatte seine Schuld mit dem Leben bezahlt. Auch das war nicht mehr rückgängig zu machen.

Sie konnten zwar versuchen, Alina den Rücken zu stärken, aber aufrichten konnte sie sich nur selbst.

Hilde war offenbar zu der Ansicht gelangt, dass Ablenkung ein gutes Heilmittel war, denn Thekla hörte sie sagen: »Wie gut kennst du eigentlich Emilian Radu?«

Alina hob überrascht den Kopf. »Jeder weiß, dass wir Freunde sind.«

»Mehr nicht?«, hakte Hilde nach.

Alina schüttelte traurig lächelnd den Kopf. »Ich hätte Elmar nie betrogen. Im Übrigen ist Emilian mit einer jungen Frau liiert.«

»Mit Henrieta«, platzte Wally heraus.

Thekla glaubte, sich verhört zu haben, aber Alina nickte bestätigend. »Es ist sicherlich ein Fehler gewesen, die Sache vor Petru so lang geheim zu halten. Aber keiner wollte ihm wehtun. Henrieta am allerwenigsten.«

»Das Kind, das sie bekommt, ist von Radu?« Auch Hilde klang bass erstaunt.

Erneut nickte Alina. »Henrieta und Emilian waren ein Paar und hatten vor zu heiraten. Aber vorher wollten sie für die Leitung des ›Radu Inn‹ noch richtig fit werden. Henrieta sollte auf die Hotelfachschule in Kronstadt, und Emilian wollte ein paar Monate in einem Vier-Sterne-Hotel in Oberbayern hospitieren. Kaum war er abgereist, setzte Henrietas Vater alle Hebel in Bewegung, um die Hochzeit zu vereiteln. Ich weiß weder, warum er das getan hat – es gibt Gerüchte, dass Henrietas und Radus Familien von jeher verfeindet sind –, noch wie er es geschafft hat, sie mit Petru vor den Altar zu kriegen.« Alina seufzte. »Es war eine Riesendummheit. Zina macht sich große Vorwürfe, nichts dagegen unternommen zu haben. Dass die beiden kein bisschen zueinanderpassten, war eigentlich jedem klar. Er ein wortkarger Schäfer, sie eine kluge und gebildete Frau …«

»Und wann gedenkt man, Petru die Augen zu öffnen?«, fragte Hilde.

Alina zuckte die Schultern. »Viel Zeit bleibt nicht mehr. Das Kind kommt in zwei Monaten. Die Wohnung in Kronstadt ist schon fertig eingerichtet, sagt Emilian.«

Die letzten Kleinigkeiten haben Mirela und Leontin gestern Abend noch hingebracht, ging es Thekla durch den Kopf. Ob die Tante in Zarnesti wohl bloß eine Erfindung war?

»Henrieta will nach Kronstadt ziehen?« Erst als Hilde nachhakte, wurde Thekla bewusst, wie wenig Sinn das machte.

Erstaunt vernahm sie Alinas Antwort. »Henrieta und Emilian ziehen nach Kronstadt, weil sie da ein zweites Hotel eröffnen werden.«

Thekla sah Hilde die Stirn runzeln und ahnte, was sie dachte: Woher hat Radu das Geld für seine ehrgeizigen Projekte? Hat er doch auf irgendeine Weise die Finger im Medikamentenschwindel?

Da sagte Hilde auch schon: »Man könnte fast meinen, Radu hätte sämtliche walachischen Fürsten beerbt.«

Alina ließ den Hauch eines Lächelns sehen. »Nur seinen Großvater. Das hat gereicht. Er besaß mehrere Grundstücke.«

Hilde wirkte verwirrt. »Aber die Enteignungen nach dem Zweiten Weltkrieg haben doch nicht nur die Deutschstämmigen betroffen.«

Alina war offenkundig erschöpft, erklärte jedoch: »Was die Rumänen betraf, wurden nur Großbauern enteignet, deren Landbesitz größer als fünfzig Hektar war. Der Besitz von Emilians Großvater war kleiner. Deshalb blieb Emilian alles erhalten.« Sie stützte den Kopf auf die Hände und senkte den Blick auf die Tischplatte.

Thekla dachte, sie würde nun darum bitten, allein gelassen zu werden, aber Alina sprach weiter: »Anfangs hat sich Emilian nicht wirklich um das Erbe gekümmert, aber nach der Sache mit Henrieta hat er sich in wilde Betriebsamkeit gestürzt, das eine verkauft, das andere erworben und dabei ein sehr geschicktes Händchen bewiesen.«

»Und jetzt ist er auf das Dracula-Schloss scharf«, sagte Hilde kühl.

Alina hob den Kopf. »Es steht zum Verkauf, das stimmt wohl. Ich hatte gar nichts davon mitbekommen. Aber Emilian hat mir irgendwann einen Zeitungsartikel gezeigt, in dem sogar der Preis angegeben war. Er hat aber gesagt, dass er sich nicht einmal dann dafür interessieren würde, wenn es um einen Bruchteil zu haben wäre.« Sie machte ein zweifelndes Gesicht. »Ob sich wohl ein Käufer dafür findet?«

Wenn Radu nicht will, dass das berühmte Dracula-Schloss, dem das »Radu Inn« seinen Umsatz verdankt, in russische oder chinesische Hände gelangt, dachte Thekla, dann wird er wohl doch selbst zuschlagen müssen.

Sie hing gerade fruchtlosen Gedanken darüber nach, wie sich ein Verkauf des Schlosses an einen russischen Oligarchen auf Bran auswirken würde, als sie Hilde sagen hörte: »Das ›Radu Inn‹ kann ja nun mit einer hervorragenden Köchin aufwarten. Wird es auch eine hervorragende Geschäftsführerin bekommen?«

Bevor Alina darauf antworten konnte, wurden im Vorraum auf einmal Stimmen laut. Eine dieser Stimmen erkannte Thekla sofort. Sie gehörte Pfarrer Barth. Vermutlich war er gekommen, um Alina Trost zu spenden.

Thekla erhob sich.

Zeit, ihm das Feld zu überlassen.

***

Hilde steuerte auf den Pfarrer zu und vertrat ihm den Weg. »Bevor Sie zu Alina hineingehen, sollten wir noch ein Wörtchen über Gustav reden.«

Der Pfarrer senkte ergeben den Kopf und folgte ihr zu einer kleinen Sitzgruppe in der Fensternische. Thekla und Wally schlossen sich an.

»Sie haben am Tag von Gustavs Beerdigung von der Kanzel verkündet, dass Gustav einem Unfall zum Opfer fiel«, begann Hilde.

Die Miene des Pfarrers blieb unbewegt.

»Und dann haben Sie eine interessante Predigt gehalten«, fuhr Hilde fort.» Ein Satz daraus gibt mir zu denken.«

Der Pfarrer blickte stoisch geradeaus.

»Wer ohne Sünde ist, werfe den ersten Stein«, zitierte Hilde. Eisig fügte sie hinzu: »Und wer sich schuldig gemacht hat, sollte sich stellen.«

Sie wartete gespannt, wie der Pfarrer darauf reagieren würde. Im Grunde rechnete sie damit, dass er sie ungerührt abblitzen ließ, erwartete eine Plattitüde wie »Gott richtet auf seine Weise« oder »Unser oberster Richter ist *der Herr*«. Wie sie dann vorgehen sollte, wusste sie nicht. Wahrscheinlich war damit das Ende der Fahnenstange erreicht. Pfarrer Barth war eine harte Nuss.

Zu ihrer Überraschung antwortete er leise: »Einen Großteil der Schuld trägt Gustav selbst.«

Hilde fasste ihn scharf ins Auge. »Also doch. Lassen Sie mich raten. Es gab einen Streit. Die Kontrahenten wurden handgreiflich, Gustav stürzte unglücklich, schlug mit dem Schädel auf eine Kante, war tot, bevor der andere recht wusste, was geschehen war.«

Der Pfarrer faltete die Hände. »Ein schrecklicher Unfall, wie ich sagte.«

Hilde ließ ihn nicht vom Haken. »Dessen Hergang durch ein absichtlich gelegtes Feuer vertuscht wurde. Was strafbar ist.«

Der Pfarrer neigte demütig den Kopf.

»Worum ging der Streit?«, fragte Hilde. »Um Gustavs Weibergeschichten?«

»Eine alte Sache, längst passé«, antwortete Pfarrer Barth seufzend. »Aber von Zeit zu Zeit kocht so etwas halt wieder hoch.« Er schaute auf und sah Hilde mit einem Blick an, der deutlich sagte: Mehr wirst du nicht darüber erfahren.

Wer immer die Schuld trug an Gustavs Tod, wer immer geholfen hatte, den Hergang durch einen Brand zu vertuschen, er würde davonkommen, weil die Kleingudener ihn deckten, denn er stand unter dem Schutz der »Nachbarschaft«.

Hilde dachte daran, wie Alina gesagt hatte, dass die Siebenbürger Sachsen diese Tradition besonders hochhielten. Und sie waren wohl samt und sonders Pfarrer Barths behütete »Seelen«. Er selbst hielt seine schützende Hand über den Täter.

Würde er das auch bei einem abgefeimten Mörder tun?

Hilde glaubte, es verneinen zu dürfen.

Folglich musste es sich tatsächlich um einen so unglücklichen wie tödlichen Unfall gehandelt haben.

Die Kleingudener haben Gustav gemocht, überlegte sie, und sie hatten ihm viel zu verdanken. Dafür haben sie ihm seine Weibergeschichten – von denen sie garantiert wussten, so diskret er auch vorgegangen sein mag – mehr oder weniger nachgesehen. Aber als es deswegen zu einem Streit kam, der für Gustav tödlich ausging, haben sie beschlossen, es gut sein zu lassen. Und der Pfarrer hat das abgesegnet.

»Wir sollten es gut sein lassen«, sagte Thekla, als habe sie Hilde denken hören und sich Kleingudes Ratsschluss zu eigen gemacht.

Wally und der Pfarrer nickten. Schließlich nickte auch Hilde.

Barth stand auf und ging auf die Tür zum Gastraum zu, hinter der Alina um ihren Mann trauerte, der sie und alle Welt hintergangen hatte.

Hilde, Thekla und Wally blieben sitzen und sinnierten vor sich hin.

Von draußen waren Männerstimmen zu hören. Gegenstand der Diskussion war anscheinend das Mietauto, dessen linker Vorderreifen offenbar einen Platten hatte.

»Völlig unverständlich ist mir«, sagte Thekla nach einiger Zeit, »wieso Schüller meinte, Daniel und seine Mutter wegsperren zu müssen, bevor sie hier ankommen konnten. Daniel wusste ja praktisch nichts.«

»Trotzdem hätte er den ganzen Betrug auffliegen lassen können«, erwiderte Hilde, fügte dann jedoch nachdenklich hinzu: »Das erklärt aber nicht, warum Schüller ihn beinahe überstürzt aus dem Verkehr gezogen hat.«

»Eben. Daniel durfte diesmal nicht in Kleingude ankommen«, sagte Thekla. »Aber warum? Er wusste ja nicht mehr als bei seinem letzten Besuch.«

»Vielleicht hätte er bei der Beerdigung etwas erfahren können«, sagte Wally.

Hilde wollte das gerade als unsinnig abtun, als sich Thekla unvermittelt aufrichtete. »Gustav. Er muss etwas herausgefunden und notiert haben, das Daniel – sobald er es in die Hand bekam – auf die Spur des Drahtziehers gebracht hätte.«

»Die Liste der Kundschaft«, sagte Wally.

Thekla und Hilde sahen sie verdutzt an.

»Die Apotheken«, präzisierte Wally.

Hilde schlug sich an die Stirn. »Die Apothekenliste. Natürlich. Schüller muss irgendwie dahintergekommen sein, dass jemand herauszukriegen versuchte, wer die gefälschten Vitaminpräparate, Schlankheitsmittel und so weiter vertreibt.«

»Und dass dieser Jemand, der sich auf seine Spur gesetzt hat, Schenger heißt«, fügte Thekla hinzu.

Hilde stach ihren Zeigfinger in die Luft. »Das hat ihm gar nicht gefallen. Egal, ob Gustav oder Daniel Schenger, er konnte den Jungen nicht zurückkommen lassen. War Gustav der Schnüffler, dann würde Daniel in seinem Nachlass womöglich Notizen finden, war es Daniel selbst, dann wurde es höchste Zeit, ihn einzukassieren.«

»Weil wir aber von Daniel wissen, dass er es nicht war, kann es nur Gustav gewesen sein«, sagte Thekla. »Aber einer seiner Kontakte muss geplaudert haben.«

Sie sahen irritiert auf, als Heinrich eilig auf sie zukam. »Georgel besteht darauf, dass Daniel und Margot Schenger sofort in Bran abgeholt werden. Willst du das übernehmen, Hilde? Jakob würde dich fahren.«

Hilde nickte zögernd. Sie hätte Daniel im Anbau der Kapelle gern noch ein wenig schmoren lassen. Aber Margot hatte es nicht verdient, weiter Angst ausstehen zu müssen.

Sie stand auf, trat ins Freie, um zu Jakobs Wagen zu gehen, blieb dann aber erstaunt stehen. Mitten auf der Dorfstraße, die inzwischen kaum noch vereist war, näherten sich zwei Mädchen. Beide rothaarig, beide voller Sommersprossen, beide schlenkerten beim Gehen auf ganz eigene Weise mit den Armen.

Schwestern?

In der einen erkannte Hilde Mirelas Tochter. Aber wer war die andere?

»Das größere Mädchen ist Jakobs Tochter, Catinca.« Pfarrer Barth war neben Hilde getreten. »Ihre Mutter leidet unter Depressionen. Wenn es besonders schlimm ist, bringt Jakob das Mädchen zu Mirela. Catinca und Adela verstehen sich ausnehmend gut.«

Hilde wandte sich ihm zu. »Jakob also.«

Die Miene des Pfarrers war blank.

Jakob Gref. Ein Streit zwischen Gustav und Jakob war die Ursache für Gustavs Unfall gewesen. Der Grund für den Streit spazierte soeben die Straße hinunter.

Hilde wandte sich ab und ließ – vielleicht zum letzten Mal – den Blick über die schroffen Felszacken des Königstein im Norden schweifen, über die sanften Hügel im Westen, die Weiler im Osten und über die Häuser von Kleingude.

## Andere Kriminalromane von Erfolgsautorin Jutta Mehler:

*Alle Titel sind auch als eBook erhältlich.*

*Krimis mit Fanni Rot*

**Saure Milch**
ISBN 978-3-89705-688-6

**Honigmilch**
ISBN 978-3-89705-784-5

**Milchschaum**
ISBN 978-3-89705-803-3

**Magermilch**
ISBN 978-3-89705-898-9

**Milchrahmstrudel**
ISBN 978-3-89705-963-4

**Eselsmilch**
ISBN 978-3-95451-006-1

**Milchbart**
ISBN 978-3-95451-285-0

**Wolfsmilch**
ISBN 978-3-95451-532-5

**Milchlinge**
ISBN 978-3-95451-804-3

**Milchreis**
ISBN 978-3-7408-0067-3

**Heumilch**
ISBN 978-3-7408-0411-4

*Krimis mit Hilde, Thekla und Wally*

**Mord und Mandelbaiser**
ISBN 978-3-95451-168-6

**Mord mit Streusel**
ISBN 978-3-95451-396-3

**Mord mit Marzipan**
ISBN 978-3-95451-664-3

**Mord mit Schokoguss**
ISBN 978-3-95451-998-9

**Mord mit Buttercreme**
ISBN 978-3-7408-0195-3

*Weitere Titel*

**Moldaukind**
ISBN 978-3-89705-452-3

**Am seidenen Faden**
ISBN 978-3-89705-504-9

**Schadenfeuer**
ISBN 978-3-89705-580-3

**Der kleine Flüchtling**
ISBN 978-3-95451-090-0

**Zwei Frauen und ein Mord**
ISBN 978-3-7408-0274-5